# Gabriela Kasperski

# *Diesseits vom Jenseits*

*Der erste Fall für*
*Friedhofsgärtner Paul Blom*

*Kriminalroman*

Atlantis

Alle Rechte vorbehalten
Copyright © 2023 by Atlantis Verlag in der Kampa Verlag AG, Zürich
www.atlantisverlag.ch
Lektorat: René Stein
Satz: Tristan Walkhofer, Leipzig
Gesetzt aus der Stempel Garamond LT / 230145
Druck und Bindung: Friedrich Pustet, Regensburg
Auch als E-Book erhältlich
ISBN 978 3 7152 5505 7

Für Franz

Wenn ich denn einst tot bin,
vom Klagen lasse ab.
Statt Rosen und Zypressen
pflanz Gras mir auf mein Grab.
Und wenn es dämmert, schlaf ich
ganz ruhig, bis tief in die Nacht.
So denk an mich, mein Liebstes,
Und wenn nicht, dann vergiss.

Ich spüre nicht den Regen.
Ich sehe nicht, ob's tagt.
Ich höre nicht die Nachtigall,
die in den Ästen klagt.
Niemand wird mich wecken,
die Welt wird blass und geht.
An dich denk ich vielleicht.
Und vielleicht auch nicht.

*Requiem* von Christina Rossetti (1848)

# Prolog

Paul Blom betrachtete das handgeschriebene Schild an der Holztür der Friedhofskapelle: »Betreten verboten, bröckelnder Verputz«. Am Morgen war es so wenig da gewesen wie das herausgebrochene Stück Gips, das aus einer Mulde für Bauschutt ragte. Anstatt den Hauptweg wählte er den Pfad in Richtung Sumpfweide. Die Bank lag etwas versteckt hinter dem Stamm, die Baumkrone erhob sich hoch in den Himmel, die Zweige glichen mit Blättern gespickten Lianen, deren Spitzen das Brackwasser des Teichs berührten. Eine winzige geschwungene Brücke führte über einen Bach zu einer Sommerwiese.

Paul setzte sich und band die Wanderschuhe neu. Er amtete den Duft ein, eine Mischung aus frisch gemähtem Gras, Kiefern und Lindenblüten. Allmählich wurde es dunkel.

»Auf dem Friedhof machen die Toten die Nacht zum Tag«, hatte Matteo Lazzarone gesagt. Er war ein Vierteljahrhundert jünger und Pauls Chef.

Paul verspürte einen Hauch. Vernahm ein Rascheln, glaubte ein Blitzen zu sehen, luzide Umrisse. Ein Reh? Die Friedhofskatze? Oder doch eher eine Nebelschwade. Ernsthaft, im Juni? Da war es wieder. Etwas irrlichterte die Büsche entlang bis zum Weinberg. Die Blätter bewegten sich wellenförmig, und auf dem Kiesweg davor lagen säuberlich nebeneinander drei Eierschalen. Sie waren zu groß für Vogeleier, der ganze Friedhof rätselte über ihre Herkunft. Frau Havel vermutete Herrn Traub als Urheber.

»Ein Vandale, der junge Mann«, hatte sie geschimpft.

Herr Traub war fünfundachtzig, Frau Havel neunzig. Sie mochte Wildblumen, er mochte Begonien. Sie besuchte die Grabstätten ihrer verflossenen Liebhaber, er saß neben dem Weinstock seiner Frau. Sie plauderte, er schwieg.

Paul ließ die Eierschalen, wo sie waren, marschierte zum Grünen Heinrich, einem eingezäunten Stück Land mit Holzhütte und Werkzeug, und schulterte einen Spaten. Auf der Allee, die sich terrassenförmig an den Hügel schmiegte, zögerte er. Wieder verspürte er den Hauch. Eiskalt diesmal … Die Toten kommen aus den Gräbern, die verlorenen Seelen rächen sich. Knapp zwei Wochen Friedhof und ich werde zum Dichter, dachte er und ging ein wenig schneller.

Die Gräber links und rechts waren frisch bepflanzt, und die Begonien standen stramm.

Eine einzige Ruhestätte fiel aus dem Rahmen, sie gehörte Leopold, Frau Havels allerbestem Freund, wie sie sagte. Zwischen den zarten, millimeterkleinen Keimen von Wildblumen standen ein halb leeres Glas und eine Flasche: »Servus« prangte auf dem Etikett. Paul glaubte, die Hand zu sehen, wie sie ihm zuprostete, ihm Mut zusprach für den schattigen Weg in Richtung unterer Eingang. Er war auf der einen Seite gesäumt von Bäumen und auf der anderen von einer Wiese mit vereinzelten Grabmälern, die zum Kunstwerk erklärt worden waren und den Sprung in die Ausstellung und damit in die Ewigkeit geschafft hatten. Allesamt waren sie mit Flechten und Moos oder orangen Pilzsporen überzogen, ein verrostetes Kreuz, eine bröcklige Vase, ein keltischer Kreis. Ein schlafendes Kind auf dem Schoß seines Vaters.

Paul verlangsamte seinen Schritt, er hatte sein Ziel erreicht. Es war eine weibliche Skulptur aus verwittertem Stein, mit einem so leeren Ausdruck in den Augen, dass er schauderte, trotz der dreißig Grad.

Als sich sein Herzschlag wieder beruhigt hatte, hob er seine Hände und ließ sie langsam über ihren Rücken gleiten, von oben nach unten und wieder zurück. Dabei fiel ihm ein feines Loch auf, daneben ein zweites und ein drittes. Jemand war vor ihm da gewesen. Die Jagd nach dem Totengold hatte gerade erst begonnen.

# Erster Teil

## Zehn Tage zuvor

## Erstes Kapitel

Wie jeden Morgen steckte Paul Blom den Beutel mit der Asche in die Hosentasche. Er wog weniger als ein halber Apfel. Milu war einundzwanzig Wochen alt geworden, zu jung, um offiziell ein Mensch zu sein. Er und seine Ex-Frau hatten sich die Asche geteilt. Sie hatte ihm ein Video geschickt, in dem ihre erste Tochter und Milus Halbschwester alles in den Wind gepustet hatte, auf einer Segeljacht, irgendwo im Mittelmeer. *Milu ist nun ein Windengel geworden,* hatte sie geschrieben. *Was hast DU gemacht?*

Nichts, hätte Paul antworten müssen, ich bin immer noch auf der Suche. Er wusste nicht, wonach. Einem Ort. Nach etwas für immer.

In der Wohnküche ließ er sich einen Espresso heraus und dann gleich noch einen, mit afrikanischen Bohnen, wegen des Dufts. Er trank im Stehen, die Gitarre im Blick, das letzte Geschenk seiner Mutter. Sie lehnte neben dem alten Klappbett an der Wand. Klappbett und Gitarren, das waren die beiden einzigen Dinge, die mit ihm von Dublin hergereist waren. Er faltete die Decke zusammen und rollte das Gestell in den winzigen Wirtschaftsraum. Für Hausbesichtigungen war es einfacher, wenn er nur die Küche bewohnte. Einst waren viele gekommen, ein Acht-Zimmer-Smarthouse in bester Lage, nun nahm das Interesse ab. Der Makler verzweifelte, und nur Paul kannte den Grund, warum die Käufer kurz vor der Unterschrift wieder absprangen.

»Du musst loslassen«, sagte seine Ex-Frau bei ihren seltenen Telefonaten. Sie teilten die Erinnerung an das Blut in der Badewanne. Die Spur auf der Treppe. Ihren Zusammenbruch in der Garage. Paul war nie mehr da unten gewesen, das Auto stand bei jedem Wetter draußen.

Nach einem weiteren Espresso fühlte er sich wach. Er schlief schlecht, mehr als drei, vier Stunden schaffte er nicht.

Er klappte das Laptop zu und steckte es in den Rucksack, schlüpfte in die Lederschuhe, ein elegantes Paar. Davon besaß er mehrere, er hatte nicht riskieren wollen, dass sie nicht mehr lieferbar wären.

Im Vorbeigehen berührte er die Kleiderstange. Der Bügel rutschte einige Zentimeter und stieß die anderen an, eine klirrende Symphonie. Ich sollte neue Kleidung kaufen, dachte er, irgendetwas. Mehr Anzüge für Tage wie diesen. Er vermied den Blick in den Spiegel, er wusste, was ihn erwartet hätte. Dunkle Hose, dunkler Rollkragenpulli, viel zu warm für die Jahreszeit. Dunkles Haar, nicht mehr so dicht.

Draußen stieg er ins Auto. Ein olivgrüner Jaguar, ein Überbleibsel aus einer vergangenen Zeit. Er fuhr nicht gerne mit den Öffentlichen, er brauchte das Alleinsein vor der Arbeit. Die Verliebten aus dem Mehrfamilienhaus gegenüber ging vorbei, eilig, Hand in Hand. Sie wirkten jung und glamourös.

»Hi, Paul.«

Seit er ihr mal mit Bargeld ausgeholfen hatte, duzten sie sich. Die Frau hieß Mirka. Dass sie schwanger war, fiel ihm heute zum ersten Mal auf. Bald würden sie zu dritt über die Straße spazieren. Er blieb stehen und blickte ihnen einen Moment lang nach, bevor er die Kopfhörer in die Ohren steckte und seine Playlist anwählte. Er stellte sie lauter als üblich: Chris Rea, Jim Croce, manchmal Bette Midler und The Dubliners oder als Tribut an seinen verstorbenen Dad die St. Georges' Brass Band.

Häuser zogen vorbei, größere, kleinere, Autos, Busse. Eine S-Bahn. Bei der Durchgangsstraße wartete er auf den Moment, um sich einzufädeln. Achtzehn Minuten Fahrzeit, sagte die Uhr, als er vor dem Haus am See ankam. Das war mehr als gestern, aber besser als sonst.

Oben in der Kanzlei roch es nach Sandelholz, der Bildschirmschoner zeigte ein Tal in Grün, die Schreibtische waren diagonal ausgerichtet, alle noch leer, seine Mitarbeiter waren keine Frühaufsteher. Bis auf Jelena Nikolic, die in seinem Büro einen weiteren Espresso hinstellte. Sie trug eine weiße Bluse unter dem taillierten Jackett. Eine Kette baumelte am Brustansatz. Ihr blondes Haar war rechtsgescheitelt, und sie blinzelte, wegen der Kontaktlinsen. Bei ihnen trugen die Männer Brille, die Frauen keine. Einen Master mussten Frauen und Männer vorweisen. Jelena strebte einen zweiten an. Sie war kompetent, Generation Y. Sie wünschte ihm einen guten Morgen und versorgte ihn mit den gewünschten Unterlagen und einigen Memos.

»Außerdem sind die neuen Visitenkarten gekommen. Du wolltest ja welche aus umweltfreundlichem Karton.«

*Paul Blom – Wirtschaftsrecht, Steuerrecht, Erbrecht*
stand da in schnörkelloser Schrift. Dazu sein Titel:
RA *Dr. jur.* LL. *M.*

Lizenziat und Dissertation hatte er an der Uni Zürich erworben, den Master of Law in den USA. Nicht um sein Englisch aufzubessern, wie die meisten Berufskollegen, sondern wegen des Netzwerks. Es hatte sich gelohnt. Danach hatte er seine Kanzlei gegründet. Blom & Partner – objektiv, unbestechlich, fair. Einen Partner hatte es nie gegeben.

»Du hast noch zehn Minuten bis zu deinem ersten Termin«, sagte Jelena. »Soll ich dich erinnern? Nichtanerkennung des Erbscheins. Die Töchter des Toten aus erster Ehe gegen die Witwe. Es geht um den Zweitwohnsitz an der Nordsee, der Mann hat alles selbst gebaut, viel Handarbeit, viel Herzblut.«

Eine heikle Sache, menschliche Arbeit zu beziffern und Heuchelei von rechtmäßigem Anspruch zu unterscheiden. Paul hatte das Mandat akzeptiert, weil er den Toten gemocht hatte. Einmal hatte er ihn in dem Haus am Meer besucht. Was er da gezimmert hatte, war beeindruckend gewesen.

»Und dann ... unser Liebling.« Jelena lächelte. »Eine Zeitung wollte ein Interview.«

Es ging um den Starkoch. Sie hatten vor einigen Wochen gewonnen, beim Bezirksgericht, in erster Instanz. Jelena war beteiligt an dem Erfolg. Sie hatte den ausschweifenden E-Mail-Verkehr gemanagt und ihm den Rücken freigehalten.

Paul überlegte. »Mach du das. Es wird ein Berufungsverfahren geben.«

Sie bekam große Augen. »Du überträgst mir das Mandat?«

Es war an der Zeit, Briefe verschicken konnte der

neue Praktikant. Außerdem bewegte sie sich sicher im Rampenlicht, das Paul scheute. »Du hast die Führung, ich bleibe im Hintergrund.«

Ihr Erstaunen irritierte ihn. Hatte er sie übersehen? Die Andeutungen fielen ihm ein, die Überstunden, ihre kreativen Vorschläge, die er nie kommentiert hatte.

»Okay. Gerne.« Sie strahlte. »Wird gemacht.«

»Was ist denn noch?«, fragte er, als sie bei der Glastür verharrte.

»Der Kongress ... du fährst in drei Tagen.«

Paul hatte den Termin verdrängt. »Wie lange bin ich weg?«

»Eine Woche. Da ist ein Weekend im Anschluss. Ein Relax-Programm.«

»Sag es ab.« Die Aussicht auf endlose Referate, den endlosen Austausch in den Pausen und die endlosen Feierabenddrinks war nicht verlockend.

Sie zögerte. »Connecticut soll schön sein im Frühling. Ich könnte dich besuchen. Wir könnten ...«

Ich kann nicht, dachte er. »Danke, Jelena.«

Sie las seinen Blick, war enttäuscht.

Er schlüpfte aus dem Pulli, Hemd und Anzugjacke hingen bereit. Zum Schluss zog er den Aschebeutel um. Er fühlte sich weich in seiner Hand an, wie Seide, es raschelte ein wenig.

Als er am Schreibtisch saß, um sich in die Akte der Witwe zu vertiefen, waren seit seiner Ankunft keine zehn Minuten vergangen. Eine Mail kam herein. Der enthusiastische Dank des Starkochs war mit einer Essenseinladung verbunden – er würde sie zurückziehen, wenn er die Vorladung fürs Obergericht bekäme. Es war eine wüste Steuersache, was der Koch nicht wahrhaben wollte. Steuerhinterziehung galt in seiner Welt als Kavaliersdelikt.

Jelena rief an.

»Entschuldige, dass ich noch mal störe. Ich habe den Anruf eines Anwalts in der Leitung. Es ist dringend, er braucht deine Hilfe.«

Ein Laut entfuhr ihm. »Wir nehmen doch keine neuen Klienten mehr.«

Wenn sie erstaunt über seine unerwartet heftige Reaktion war, ließ sie es sich nicht anmerken. »Er sagt, er kennt dich von früher.« Sie nannte einen Namen.

Die Erinnerung überfiel Paul aus dem Hinterhalt, unvermittelt und so mächtig, dass er die Augen schließen musste. Gedankensplitter ploppten auf.

*Regen auf gesprungenem Asphalt. Apple Pie. Schorf am Schienbein.*

»Stell ihn durch. Und schieb die Witwe auf später.«

\* \* \*

»Paul, bist du das?« Die Stimme klang immer noch so wie in der dritten Klasse.

»Iain? Iain O'Reilly?«

»*What's the story?* Dich zu finden, war schwieriger als eine Partie gegen den Schachweltmeister. Kostet ein Guinness, oder zwei, ein ganzes Fass.« Das Lachen am anderen Ende wollte gar nicht mehr aufhören.

»Wieso rufst du an?«, fragte Paul.

Kurze Stille. »Das ist alles, nach fast vierzig Jahren? Dabei waren wir unzertrennlich, dieselben Trikots, dieselben Mädchen …«

»Wir waren zehn«, sagte Paul.

»Wir waren wild. Ich am Bass, du an der Gitarre. Spielst du noch?«

Paul berührte die immer raue Stelle am Zeigefinger. »Nein.«

»Zürich, hä? Das letzte Mal, als ich dich gesehen habe, hat dich deine Mutter mitgenommen, in dieses Tessin.« Aus Iains Mund klang der Name des italienischen Teils der Schweiz wie ein Schimpfwort. »Ich habe dir Briefe geschrieben, irgendwann dann E-Mails. Sag nicht, dass sie im Ärmelkanal hängen geblieben sind.«

Natürlich hatte Paul sie bekommen. Die Briefe mussten in einer der Kisten liegen. »Entschuldige, Iain. Das Leben, du weißt …«

Es kam ihm so vor, als stünden sie auf dem Schulhof und Iain würde die Matheprüfung zerknüllen. Weil er zwei Noten schlechter abgeschnitten hatte als Paul.

»Du hast in Dublin studiert«, sagte Paul.

»In Durham. Fängt auch mit D an.«

»Aber du lebst in Dublin.«

»In London. Ich bin ausgewandert, wie du.«

»Mit deiner Freundin?«

»Frau.«

»Eileen?«

»Karen.«

»Oh. Natürlich, Karen … Karen? Wirklich?«

»Yes, Sir. Hab sie mir geangelt. *Lucky me.*«

»Und du hast eine Kanzlei, Kinder?«

»Das ganze Programm, wobei nur die Kinder mir gehören, die Kanzlei nicht. Angestellt mit Haut und Haar. Bin wegen Karen da gelandet und hängen geblieben, nach der zweiten Tochter hat sie sich selbstständig gemacht. Ein Pilates-Studio. Viel Arbeit, wenig Ertrag. Und du?«

»Keine Karen, keine Kinder. Aber viel Kanzlei.«

»Ich hab's gesehen … deine Webseite ist beeindruckend.« Iains Lachen klang angestrengt.

»Hast du nicht gesagt, dass es schwierig war, mich zu finden?«

Iain lachte noch mehr, noch angestrengter. »Egal. Und Luisella? Macht sie immer noch in Oper?«

Pauls Mutter Luisella hatte vor ihrer endgültigen Abreise aus »Zähneklapper-Dublin«, wie sie es nannte, im Park ihres Viertels ein Konzert gegeben. Sie hatte es ihm überlassen, seinen sturzbetrunkenen Dad hinterher nach Hause zu schleifen; Paul war damals sechs gewesen, und zehn, als sein Vater starb. Dreizehn, als ihn Luisella bei den O'Reillys, die als Pflegefamilie eingesprungen waren, abgeholt und ins Tessin verpflanzt hatte. Neunzehn, als sie von einer Tournee nicht mehr zurückkam.

»Was hast du gesagt? Grüß sie von mir. Luisella Rossellini, ein Ereignis.«

Er wusste offenbar nicht, dass sie keinen Kontakt mehr hatten. »Wieso rufst du an?«

»Sorry, ich stehle dir deine Zeit. Ich hätte auch … wenn nicht …« Iains Stimme hatte sich verändert, er wirkte nervös. »Es ist eine ganz einfache Sache, ich könnte deine Hilfe gebrauchen. Trotzdem ist es heikel, weißt du.«

Paul wappnete sich. »Erzähl.«

Das Luftholen am anderen Ende verhieß eine lange Geschichte. »Ein Klient von mir, ein alter Apotheker namens Kruger, ist kürzlich verstorben, in seiner Villa an der Old Church Road, in Fulham, das ist unweit von Westminster.

Bauchspeicheldrüsenkrebs, es ging nur wenige Wochen. Krugers Urgroßvater wurde reich mit Hustensaft, Jacob's Magic Juice. Originell, nicht wahr? Zu der Zeit, 1890, also Ende des 19. Jahrhunderts, war London eine Jauchegrube. Mit dem Saft hat Jacob Kruger, ein eingewanderter Ostjude aus Galizien, den Bronchialkatarrh der halben Stadt geheilt, darunter war auch eine der Töchter von Queen Victoria. Louise. Kein Witz, das Kind der berühmten Königin, sie hatte ja sechs. Der Saft wurde danach zu einem Verkaufsschlager, über drei Generationen hinweg. Bis mein Freund Jacob – die Erstgeborenen der Familie heißen alle gleich –, bis also der vierte Jacob das Rezept vor einigen Jahren einem Pharma-Multi verkauft und den Erlös in Immobilien investiert hat. Er dachte, er wäre smart. Aber … Baupfusch, Fehlplanung, du kennst das. Der Grund für diesen verdammten Krebs, davon bin ich überzeugt. Seine Frau, Alba, ist vor zwei Jahren gestorben. Die Fonds der drei längst erwachsenen Kinder wurden aber nicht angetastet, jedes kriegt seinen Anteil. Dazu noch ein Haus in bester Lage, es ist ein Vermögen wert.«

»Moment«, sagte Paul. »Lass mich zusammenfassen. Ein Familienerbe, das auf magischem Hustensaft beruht, wird unglücklich in Immobilien investiert und ist nun weg. Der Rest ist aber glasklar geregelt.« Er wertete Iains Schweigen als Zustimmung. »Wieso rufst du mich dann an?«

»Es stellte sich heraus, dass es eine Sache gab. Eine einzige Sache, die Jacob für sich behalten wollte. Nichts wirklich Schlimmes, nichts, bei dem man ihn belangen könnte, mehr menschlich, du weißt.«

»Nein. Was meinst du damit?«

»Zu Beginn wusste ich nur, dass absolut niemand davon erfahren sollte, gar niemand, und schon gar nicht seine Kinder. Nur ich, als sein Vertrauter. Traurig, wenn dein einziger Freund dein Anwalt ist. Aber was will man machen? Ich bin loyal, wärst du auch, oder? Auf jeden Fall hatte es eine gewisse Hektik zur Folge. Beweise mussten vernichtet werden, Papiere mussten verschwinden.«

»Was für Papiere?«

Iain druckste herum. »Brisante.«

»Und wieso hat er es nicht früher gemacht, wenn sie so brisant waren?«

»Ich glaube, er hielt sich für unsterblich! Er klebte am Leben wie eine Klette am Hosenbein und war überrascht, dass es zu Ende ging. Ein tragischer Trugschluss, passiert allen von uns. Ich hätte ablehnen können. Nur, konnte ich das, angesichts des Todes?« Iain gab die Antwort gleich selbst. »Siehst du, alter Ire. Ich weiß, warum ich dich anrufen wollte und niemand anderen. Dass ich alles … im einzig intakten Cheminée der Villa, einem Gebäude aus der viktorianischen Zeit, an dem immer nur das Nötigste renoviert wurde … in einem winzigen Zeitfenster, notabene, denn die jüngste Tochter – Alice, die vorübergehend eingezogen war, um den Vater zu pflegen – holte gerade ein Medikament in der Apotheke vorne. Wir mussten fertig sein, bevor sie zurückkam. Wie gesagt … was wollte ich noch mal?«

Er fand den Bogen nicht mehr.

»Du wolltest erzählen, was du mit den brisanten Papieren angestellt hast.«

»Ach so, das.« Iain musste husten. »Was man so tut in einem Kamin.«

»Du hast sie verbrannt?«, fragte Paul. »Wenn da juristische Dokumente darunter waren, kann es dich die Lizenz kosten.«

»Was tust du so moralisch?« Iain wurde hektisch. »Einen Quatsch kann mich das. Es waren vor allem persönliche Briefe. Über fünfundzwanzig Jahre alt. Handgeschrieben, sie hatten nichts mit der Familie zu tun. Ich schwöre, Paul, lauter privater Kram.«

»Also doch nicht so brisant?«

»Jetzt warte. Es hat auch alles prima geklappt, nur kurz bevor wir fertig waren, war da plötzlich all der Ruß. Der Kamin war verstopft, es glomm und qualmte, eine Riesenaufregung, das Personal lief zusammen, die Feuerwehr rückte mit Tatütata an. Jacob hat mir ein Zeichen gegeben, den Rest um Gottes willen verschwinden zu lassen.«

»Aha. Hast du es mitgenommen?«

»In einem Faltordner, und dann im gasbetriebenen Feuer des Herds bei mir zu Hause verbrannt, einige Stunden später. Es waren nur noch einige wenige Zettel. Am nächsten Tag habe ich den Ordner wieder zurückgebracht, damit alles seine Richtigkeit hatte. Es hätte auch überhaupt keine Probleme gegeben, hätte die älteste Tochter, Gertrud, Jahrgang 1970 wie wir, nach Jacobs Tod nicht alle Unterlagen, jedes einzelne Dokument, jeden Beleg durchgelesen.«

»Und dabei ...?«

»Ein kleiner Fetzen Papier.«

»... der dir entgangen ist?«

»Frag mich nicht, wie das passierten konnte, das macht Karen schon die ganze Zeit.«

»Du besprichst die Fälle mit deiner Frau?«

»Sie war ja früher auch in der Kanzlei.«

Es wurde heikel. »Was steht denn auf dem Papier?«

»Es ist ein Kaufbeleg, aus dem Jahr 1997, ausgestellt am 15. Juni, also praktisch vor einem Vierteljahrhundert. Über dreihundertfünfzig Franken.«

Paul ließ die Informationen erst mal sacken. »Franken? Ein Beleg aus der Schweiz?«

»Darum ruf ich dich an, falls du dich darüber gewundert hättest. Ein Beleg aus Zürich. Datum und Ort sind deutlich zu lesen. Es hat mich ehrlich gesagt nicht groß erstaunt, Jacob war ab und zu aus beruflichen Gründen in der Schweiz. Wegen der Pharmafirma, die die Hustensaftlizenz gekauft hat.«

»Die Pharmaindustrie ist in Basel beheimatet, nicht in Zürich.«

»Was Jacob im Detail gemacht hat, entzieht sich meiner Kenntnis, wie gesagt, er war verschwiegen, keine Silbe zu viel kam aus seinem Mund. Ganz anders als ich.«

Ein wahres Wort, dachte Paul.

»Mich hätte dieser Beleg auch nicht gestresst. Ich finde, es gibt jede Menge Erklärungen, wofür Jacob in der Schweiz Geld ausgegeben haben könnte. Essen, Schokolade, Geschenke … was Menschen halt so kaufen, wenn sie shoppen. Nur Gertrud, die Rädelsführerin der Geschwister, wie sich zeigte, denkt bei der Schweiz an Paradeplatz, namenlose Konten, an Bankgeheimnis. Und dabei war das Schließfach …«

Paul unterbrach Iain. »Ein Schließfach?«

»Hab ich das nicht erwähnt? Ich hatte den Schlüssel bei mir aufbewahrt, genauso wie mit Jacob verabredet. Nach seinem Tod stehen wir, Gertrud und ich, – Raphael, ihr

Bruder, ein Schauspieler, und Alice fehlen –, wir stehen mit dem Schlüssel vor dem Schließfach. Gertrud öffnet, und darin ist der Familienschmuck. Ein Collier, ein Ring, eine Uhr. Drei Stück. Auch hier, für jedes Kind etwas. Wie bei der Queen.«

»Ich schätze, auch da gibt es ein Problem.«

Iain am anderen Ende schnaufte auf. »Gertrud denkt, da müsste mehr sein. Sie will das Zeug haben. Sonst geht sie zur Polizei.«

»Und mit Zeug meint sie was? Bargeld? Aktienpapiere?«

»Nein. Gold.« Iain holte Luft.

»Gold«, wiederholte Paul.

»Gold. Drei Barren. Royal Louise 85, Größe 25 / 10 / 8, jeder etwa fünfzehn Kilogramm schwer. Sie gehören zu den teuersten Goldbarren der Welt. Einer soll sechs Millionen wert sein. Das Pfund ist allerdings auf einem historischen Tief.«

»Trotzdem wäre es sehr viel Geld.«

»Das es nicht gibt. Rein virtuell, wie eine Kryptowährung.« Iains Stimme bekam eine hysterische Note. »Diese Gertrud, ich sag's dir, attraktiv wie der Teufel, Apothekerin wie der Vater, findet es einen Skandal, dass Jacob mich engagiert hat. Und dabei … alles Hirngespinste. Der Kindertraum vom Goldschatz, Tom Sawyer und Huckleberry Finn, so ein Blödsinn. Die drei Barren sind auf keiner Inventarliste aufgeführt, Jacob hat mir nie davon erzählt, ich habe sie nie gesehen. Die existieren nicht.« Letzteres hatte er geschrien.

»Wie kommt Gertrud dann darauf?«

»Jetzt fängst du auch noch an. Völliger Humbug, absolut nicht glaubwürdig, haltlose Gerüchte.« Er schnappte erneut nach Luft. »Ich kenne jedes Versteck, jeden Winkel. Ich habe sogar ... tausend Pfund in schottischen Scheinen, in einer Nachtmütze, ich habe sie sichergestellt.«

»Und das hat Gertrud gemerkt?«

»Sie wurde zur Furie. Stell dir vor, sie behauptet, dass die Zahl auf dem sichergestellten Beleg, die dreihundertfünfundfünfzig, ein Code sind, dass ich Jacob geholfen habe, die Goldbarren in die Schweiz zu transferieren und da zu verstecken. Nun warten sie in irgendeinem geheimen Schließfach nur darauf, dass ich mich daran bereichern kann, sobald genügend Zeit nach seinem Ableben vergangen ist.«

Es ging ums Geld. Es ging letztlich immer ums Geld.

»Bist du dabei, Paul?«, fragte Iain in Pauls Schweigen hinein. »Ich habe dir gerade ein Foto vom Beleg geschickt.«

»Ich bin kein Goldjäger.« Und doch spürte Paul ein gewisses Interesse. Ein Londoner Goldschatz, das klang aufregender als die Erbstreitigkeiten, die er üblicherweise betreute.

Iain schnaufte auf. »Da sich im Netz kaum etwas Stichhaltiges finden lässt, habe ich einen Historiker darauf angesetzt herauszufinden, ob das Gold wirklich existiert. Marten Jong, er hat eine Firma namens Past Public History, aber ich kann ihn nicht hetzen, Wissenschaftler sind da eigen. Das Einzige, mit dem ich im Moment weiterkomme, ist dieser Beleg. Du musst bitte herausfinden, was es damit auf sich hat. Es sieht nach einer harmlosen Quittung aus, andrerseits befand sie sich in den Unterlagen, die ich verbrennen sollte. Also musste es für Kruger eine Bewandtnis haben.«

Tatsächlich. Als Paul das Bild vergrößerte, konnte er die schwarz geschriebene Nummer erkennen, darüber handgeschrieben ein Ausstellungsdatum, 15. Juni 1997. Daneben einen Stempel mit den Anfangsbuchstaben eines Firmenlogos, darunter das Wort BLUMEN in geschwungener Schrift, wobei das Papier an der Stelle ausgerissen war.

»Es dürfte sich um ein Blumengeschäft handeln. Der Name ist nicht lesbar.«

Iain schnappte nach Luft. »Über dreihundert Franken … 1997? Wem schenkt man so teure Blumen? Wenn ich Karen, ich sollte auch wieder mal, bei einem Stand auf dem Heimweg … für zehn Pfund, maximal. Aber fast dreihundert Pfund?«

Eine beredte Stille.

»Hatte er eine Geliebte?«, fragte Paul. »Eine Zürcher Geliebte?«

Paul war, als ob er Iains Lockenpracht fliegen sehen könnte. »Ich wusste es, du bist mein Mann. Darum wich mir Jacob aus, wenn wir darauf zu sprechen kamen. Es ging nicht um eine Steuersache, sondern um eine Frau, die er mir verschwiegen hat. Und dabei habe ich immer gesagt, ich kann dich bei allem Gemauschel decken, wenn ich die Wahrheit weiß.«

Eine Stimme ertönte im Hintergrund, eine zweite, Streit, eine knallende Tür.

»Ich muss aufhören. Hier bricht das Chaos aus.« Iains Stimme war eine Oktave höher gerutscht. »Die Kinder sind aufgestanden, ich sollte mich um sie kümmern, Karen ist schon lange weg.«

Paul wollte schon auflegen, aber Iain ließ nicht locker. »Hilfst du mir?«

## Zweites Kapitel

Du musst nicht alles Geschwätz glauben, Mum.«
Ruby Kosa stand im Waschsalon ihrer Mutter Olga,
der sich an der Fulham Road in London befand, und
stellte die Tasse auf den Tresen, dass der Tee nur so über-
schwappte und eine milchige Spur auf ihren Doc Martens
hinterließ. Eigentlich war sie auf dem Weg zur Suppenküche, wo sie zur Mittagessenausgabe erwartet wurde.
»Warum sollte die Familie Kruger ein heimliches Mausoleum auf einem verlotterten, verwitterten, vergessenen
jüdischen Friedhof haben? Und den Ort mit aller Macht
geheim halten?«

»Hör zu, Rubylein!« Olga raffte ihre Arbeitsschürze
und lächelte das Lächeln, das meist einen Rattenschwanz
an Folgen nach sich zog. »Die Krugers ... die sind mindestens so schillernd wie die Addams Family. Ich sage nur,
da sind Geschichten vergraben, goldene Geschichten, die
du in klingende Münze ...«

»Stopp!«, unterbrach Ruby. »Das denkst du dir alles
aus, weil du findest, ich solle Bestseller schreiben und den
Nobelpreis gewinnen. Eine billige Masche, Mum.«

»Würde ich nie tun, *skarbie*.« Das war polnisch und
hieß mein Schatz. »Aber Bücher sind nun mal was Besseres als dein Podcast.« Mit ihrem Akzent klang das Wort
nach »potthässlicher Ast«.

»Es ist nicht mein Podcast, Mum. Ich mach den für PPH,

das ist mein Arbeitgeber, wie du wohl weißt. Es ist ein Auftrag. Ich kann mir die Jobs nicht aussuchen.«

»Aber das ist unter deiner Würde. Du bist eine Sensation. Ende zwanzig und schon zwei Masterstudien in der Tasche.«

»Nur den in Geschichte. Den anderen muss ich erst hinkriegen. Und dafür brauche ich Geld.« Ruby war erst gerade von einem Feldforschungssemester in Passau zurückgekommen, bei dem es um die Restaurierung einer Abtei an der Donau ging. Es hatte ihr Deutschkenntnisse gebracht und ihr Erspartes vernichtet. Anstatt die fällige Masterarbeit in ihrem anderen Studienfach Archäologie zu schreiben, musste sie jobben.

»Ich gebe dir welches, mein Kind.« Olga hatte die Hand an der Registrierkasse. Sie lebte in der Illusion, Ruby das Leben zu finanzieren. Dass es seit der Wirtschaftskrise umgekehrt war, ignorierte sie.

»Schon gut, Mum.«

»Jetzt bist du beleidigt, ich seh es dir an. Hör zu. Dein Podcast ist … interessant.«

»Du hast ihn nicht mal abonniert.«

»Ich mag nun mal lieber Hörspiele. Kannst du nicht ein Hörspiel machen?« Sie zeigte auf ihr altmodisches Radio, das nur noch auf einer Frequenz lief.

»Ein Podcast ist eine Reportage, die man als Audiodatei aufs Handy herunterladen kann. Du hast doch ein Handy.«

»Ich will einfach nichts über Friedhöfe hören.« Das klang endgültig. »Du solltest über das Leben berichten, nicht über den Tod.«

Die Ladentür klingelte. Während Olga einen Kunden bediente, checkte Ruby die Zahlen. *DIESSEITS VOM JENSEITS*, der Friedhofspodcast, hatte immer noch dieselben dreizehn Abonnenten und eine unterirdische Reichweite. Ein Reinfall, genauso wie sie es prophezeit hatte. Und dabei hatte die Firma PPH – PPH stand für Public Past History – mit Rubys Pitch einen Wettbewerb bei BBC-Radio gewonnen. Die BBC, hallo! Das war der Durchbruch, hatten alle gedacht, und ihr Chef hatte ihr einen Bonus versprochen. Den sie dringend brauchen könnte, da eine von Mums Waschmaschinen ausgefallen war. Kaum hatten sie den Vertrag unterschrieben, hatte die Redaktion eine Kehrtwende gemacht und Rubys Konzept verworfen.

»Nach internen Diskussionen sind wir zum Schluss gekommen, dass wir ein reines Audio-Storytime-Format mit Content wollen.«

Was so viel hieß wie ein stinklangweiliger Informationspodcast für die Zielgruppe vierzig plus. Nicht ihr Ding, hatte Ruby gedacht und ihren Chef Marten angerufen, um den Auftrag zurückzugeben. Er war ein netter Typ, trug karierte Hemden und Stricksocken und fror auch im Sommer. PPH war seine Firma, sie machten eigentlich private Ausgrabungen, Restaurierungen und gelegentlich historische Beratungen bei Theaterstücken oder Filmen. Ruby arbeitete als Freelancerin zum Stundenlohn.

»Ich gebe den Auftrag zurück, Marten.«

Er wollte nichts von ihrer Absage wissen. »Niemand außer dir ist vertraut mit solchen Audio-Formaten. Nimm etwas, das du gut kennst, den Highgate-Friedhof zum Beispiel. Da werden auch die langweiligsten Informationen vergoldet.«

Der Highgate war Rubys zweiter Arbeitsort, einer der sieben berühmten Londoner Friedhöfe, der »Magnificent Sieben«. Sie machte Führungen im West- und im Ostteil. Da wimmelte es nur so von toten Promis, von Karl Marx bis Malcolm McLaren. Während in den Siebzigern, zu Zeiten der Sex Pistols, die Katakomben verschandelt worden waren, wollte heute Netflix auf dem Highgate drehen, und Potter-Rowlings neuster Krimi spielte auch da. Es gab unzählige Artikel und Sendungen, niemand hatte auf einen Info-Podcast gewartet.

Marten ließ trotzdem nicht locker. »Wir brauchen neue Kunden, der Podcast ist Gratiswerbung. Das Leben ist doch eine Challenge, wie du sagen würdest, Ruby.«

Sie hatte sich breitschlagen lassen. Hatte Historikerkolleginnen und Friedhofspersonal befragt. Nachdem sie einige Anekdoten ausgegraben hatte, voller Poesie und Melancholie, hatte sie sogar ein wenig Feuer gefangen. In ihrem Auftakt-Speech hatte sie das Lebendige im Tod beschworen, die Grazie der Trauer und die Schönheit des Zerfalls. Sie hatte alles gegeben, und die »Freunde vom Highgate-Friedhof« fanden es auch klasse. Leider waren sie die Einzigen. Der Podcast hatte eine magere Reichweite und kaum Follower generiert. So wie sie es prophezeit hatte.

»Beim zweiten liefern wir was Besseres«, lautete Martens Fazit. »Content und Attraktion, die Quadratur des Kreises. Du schaffst das, Ruby.«

»Mit Insta-Reels und Draw-your-Life-Moderationen hätte ich eine Chance gehabt. Aber so?«

Marten hatte ganz verzweifelt ausgesehen. »Wir haben diesen Vertrag. Wenn wir früher aussteigen, zieht das rechtliche Probleme nach sich. Und blöderweise steht da dein Name als Produzentin drin.«

Auch das noch. Die BBC gegen Ruby ... das war eine chillige Ausgangslage, überhaupt kein Erfolgsdruck. Der Abgabetermin für Folge zwei stand bevor, und Ruby hatte nicht mal eine Location. Ihre Gedanken surrten. Der komische Friedhof der Kruger-Family, den Olga erwähnt hatte – vielleicht könnte der was sein. In der Not griff sie nach jedem Strohhalm.

Olga hatte ihren Kunden inzwischen verabschiedet und stellte sich ans Bügelbrett.

»Was ist jetzt mit dem Apotheker und diesem komischen Friedhof, von dem keiner etwas weiß?«, fragte Ruby.

Olga ließ den Dampf zischen. »Wusste ich doch, dass es dich interessiert. Also, pass auf, *skarbie*. Alice, die jüngste Tochter vom alten Apotheker Kruger, hat die Wäsche abgeliefert. Es war seine letzte. Das Totenbett sozusagen. Unter uns gesagt, kein schöner Anblick. Voll mit Blut und ...«

»Mum!«

»Dass sie dabei auch eine Todesanzeige hiergelassen hat«, sie fuchtelte mit dem Bügeleisen in der Luft herum, »hat mich sehr gerührt.«

»Ich dachte, du boykottierst den Laden.«

»Erst seit Gertrud, die älteste Tochter, übernommen hat. Die ist eine *gupi barras*.«

Das war polnisch für dummes Schaf. Und dabei wirkte Gertrud sympathisch, Ruby kannte sie vom Sehen.

»Früher war ich Stammkundin. Der Hustensirup war von da, und auf die Medikamente haben wir Nachbarschaftsrabatt bekommen, sie aber wollte neulich nichts mehr davon wissen, als ich dein Rezept eingelöst habe.«

»Spinnst du? Wie kommst du dazu, mein Rezept einzulösen? Das ist übergriffig.«

»Es lag hier auf dem Tisch«, verteidigte sich Olga, »und die Apotheke war sowieso auf meinem Weg.«

»Das Rezept steckte in meinem Rucksack.«

»Trotzdem wollte sie keinen Rabatt gewähren.«

»Logisch. Medikamente gibt's nicht im Ausverkauf.«

»Aber das ist eine schillernde Krankheit, habe ich ihr gesagt. Diese Leute muss man unterstützen. Die Watson Emma hat sie, und der Mozart Amadeus hatte sie und ich glaube der Wałęsa Lech auch. Genau wie Ruby.«

Seit bei Ruby das Aufmerksamkeitsdefizitsyndrom diagnostiziert worden war, erzählte ihre Mutter es jedem. Das Chaos hatte einen Namen bekommen. Der Kommentar von Rubys angeblich bester Freundin hatte gelautet: »Das ist ja jetzt angesagt, dieses ADHS. Kann ich auch mal so ein Pillchen haben?«

Ruby hatte sich daraufhin von ihr und ähnlich gelagerten Menschen zurückgezogen. Ihr Freundeskreis hatte sich drastisch reduziert.

»Nimmst du dein Medikament regelmäßig, *skarbie*? Ich habe gerade einen Artikel gelesen ...«

»Es reicht!«

»Und was ist mit deiner Kleidung?« Olga zeigte mit dem Bügeleisen auf Ruby. »Dieser Rock ist zu kurz. Und die Strümpfe mit den Löchern ... Schneidest du die mit der Nagelschere rein? Während hier ein Sommerkleidchen am Bügel verwaist, wie für dich geschaffen.« Das Eisen zischte schon wieder.

»Es regnet seit Tagen. Der nässeste Juni seit Beginn der Wetteraufzeichnung in London.«

»Ich wollte es nur gesagt haben. *Anyways*, ich kriege also die Todesanzeige, persönlich an mich gerichtet. Am nächsten Tag stand es auch in der Zeitung, die für unsere Kunden immer bereitliegen. Ein ganzer Artikel über Jacob Kruger.«

Sie stellte das Eisen hin und begab sich an den Tresen, um einen Stapel zu durchsuchen. Olga war stolz darauf, alle wichtigen Zeitungen abonniert zu haben, sie behauptete, die Kunden würden auch deswegen immer wiederkommen. Ihr Waschsalon, Olgas Laundrette, war der Dreh- und Angelpunkt im Quartier: nicht nur Wäscherei, sondern auch Tauschbörse für Geschwätz und Gerüchte. Es war die erste Behausung ihrer Mum gewesen, nachdem sie vor knapp fünfundzwanzig Jahren, mit der kleinen Ruby im Schlepptau, von Warschau nach London gekommen war. Der Hausbesitzer war ein Fuchs und lockte sie seit Jahren mit Verkaufsangeboten, um dann im letzten Moment abzuspringen und stattdessen die Miete zu erhöhen. Olgas Finanzen waren immer in Schieflage gewesen, aber so schlimm wie jetzt war es noch nie.

»Lass die Anzeige, sag mir lieber, was mit dem unbekannten Friedhof ist.«

»Iss erst etwas. Du bist zu dünn.«

Sie zeigte auf die Rugelach, die polnischen Croissants, die sie nebst Kaffee im Angebot hatte. Zimt und Kakao, eine krasse Kalorienbombe, vermischt mit dem Duft von Bügelwäsche auch auf der Geruchsebene unschlagbar. Leider nicht wirklich gewinnsteigernd. Und für Ruby tabu, zu viel Zucker brachte sie ins Schleudern.

»Nope. Ich gehe. Die in der Gassenküche warten auf mich.«

Olga hasste es, wenn Ruby diesen Job erwähnte, ihr dritter.

»Bleib, ich komme auf den Punkt.« Olga nahm die Todesanzeige von der Pinnwand, eine edle Angelegenheit auf Papier mit Druck und der Illustration eines Friedhofsportals, das Ruby sehr bekannt vorkam.

Sie schnappte nach Luft. »Die Beerdigung war auf dem Highgate-Friedhof?«

»Mit Pomp und Pauken wurde der alte Kruger im Familiengrab beerdigt. Ich war leider verhindert, du konntest ja den Laden nicht hüten, weil du bei dieser Ausgrabung warst. Immer diese Knochen. Ich weiß nicht, was da falsch gelaufen ist.«

Ihre Mutter hatte Rubys Leidenschaft für Gebeine und Vergrabenes nie verstanden, Historie und Restaurierung fand sie Hobbys für Vergangenheitsnerds, und Archäologie hatte für sie was Morbides. Olga hatte Ruby als Bankerin gesehen. Oder als Anwältin. Oder als Frau von Prinz Harry.

»Ich muss los, von dem anderen Friedhof kannst du mir ja nächstes Mal erzählen.« Ruby öffnete die Tür. Das Klingeln der Eingangsglocke begleitete ihren Abgang.

»Warte!« Olga eilte ihr nach und zog sie am Ärmel wieder zurück. »Mrs Peek, die mit den Pekinesen, hat gestern eine Bluse vorbeigebracht. Ich nähe, sie isst Rugelach, sie berichtet dies, ich antworte das, eins ergibt das andere, und plötzlich, aus heiterem Himmel, erzählt sie mir ...« Olga wechselte auf Polnisch. Ruby verstand es zwar, aber sie hasste es. Von Anfang an hatte sie Englisch gesprochen, das war die Sprache, in der sie träumte, liebte und schimpfte.

»… dass es ein zweites Kruger-Mausoleum gibt, auf dem jüdischen Friedhof an der Fulham Road, keine zweihundert Meter von der Apotheke entfernt. Früher hatten sie vom Hinterzimmer direkte Sicht darauf, jetzt liegt eine Gebäudezeile dazwischen. Und auf diesem Friedhof sollen seit über hundert Jahren die Gebeine des allerersten Kindes der Familie Kruger liegen.«

»Also nicht auf dem Highgate?«

»Da sind sie erst später hin. Nein, das erste Kind wurde 1885 auf dem Fulham-Friedhof beerdigt. Zusammen mit einem Goldschatz.«

»Einem *was*?«

»Hast du was am Ohr, *skarbie*? Ein Goldschatz. Wie in *Indiana Jones*.« Harrison Ford war einer von Mums Lieblingsschauspielern. Ihn von der Bettkante zu schubsen, käme einer Sünde gleich, sagte sie, wenn sie zu viel polnischen Schnaps getrunken hatte.

»Drei Barren Gold, eine ganz seltene Sorte. So groß wie Ziegelsteine.« Olga sah aus wie die Katze, die den Kanarienvogel gefressen hatte. »Das wäre doch was für deinen Podcast. Als sie damals zum ersten Mal das Hörspiel von Tom Sawyer und Huck Finn ausgestrahlt haben, waren die Straßen leer gefegt, und da kommt auch ein Goldschatz vor. Das kannst du deiner Verantwortlichen von der BBC ruhig aufs Butterbrot schmieren.«

∗∗∗

Erst als Ruby in ihren Doc Martins durch den strömenden Regen zur Bushaltestelle gestapft war, hatte sich ihr Herzschlag so weit beruhigt, dass sie nachdenken konnte. Ein Goldschatz? Dem musste sie nachgehen. Es klang viel zu absurd, um es einfach so zu erfinden.

Nach ihrem Dienst in der Suppenküche leistete sie sich im nächsten Coffeeshop einen Small Flat White ohne Koffein und machte eine kurze Recherche.

Krass. Mum hatte recht. Gar nicht so weit von der Wäscherei entfernt, an einem belebten Ort, wo sie häufig vorbeiging, lag tatsächlich hinter einer Mauer ein Friedhof versteckt. Wenn es da ein Mausoleum mit Goldschatz gäbe, wäre es das bestgehütete Geheimnis Londons.

# Drittes Kapitel

H ast du noch eine Minute, Paul?«
Paul war in das Dossier der Witwe vertieft gewesen und hob den Kopf. Jelena stand im Türrahmen, ihr
Gesicht glänzte ein wenig, draußen war es heißer als gestern. Sie hatte ein Memo in der Hand und schien auf dem
Sprung. »Hier ist die Liste mit den Blumenläden. Es war
eine ziemliche Odyssee.«

Er hatte sie beauftragt, den Informationen auf Iains Beleg nachzugehen, und die Sache für sich abgehakt. Aber
sie war natürlich nicht vorbei. Plötzlich war es Paul, als
ob er Jelena in Zeitlupe sähe, wie sie sich Schritt für Schritt
näherte. Ab und zu hatte er Angst, dass es auffiöge, dass
sie oder jemand anders dahinterkäme, wie egal es ihm in
tiefster Seele war, ob die Witwe das Haus bekäme, ob der
Koch weiterhin seine genialen Menüs kochen und ob Iain
dieser Gertrud beweisen konnte, dass er kein Gold geklaut hatte. Sein Blick blieb an Jelenas Beinen hängen, sie
waren überlang in den hohen Schuhen. Durch die Scheibe
sah er zu den beiden Kolleginnen. Wieso tragen alle solche Absätze?, dachte er. Habe ich das vorgeschrieben? Er
konnte sich nicht erinnern.

»Paul? Hörst du mir zu?«

»Sorry, schlecht geschlafen. Ich vertrage die Hitze
nicht.« Er rieb sich die Augen. »Eine Odyssee, hast du
gesagt.«

»Mithilfe einer bejahrten Verkäuferin konnte ich die damals üblichen Preise herausfinden. 350 Franken waren wirklich viel, es muss ein ziemliches Bouquet gewesen sein. Der Name des Blumenladens beginnt mit einem E, I oder B.« Sie hatte den Beleg vergrößert und zeigte Paul den Ausdruck. »Nach dem Ausschlussverfahren und einigen Anrufen sind diese drei Läden übrig geblieben: Einer liegt hinter dem Hauptbahnhof, einer an der Augustinergasse und einer in der Nähe vom Central. Ich habe dir den schnellsten Weg notiert. Wenn du es mit dem Termin bei der Witwe verbindest, kannst du alles zusammen erledigen.«

Paul verspürte absolut keinen Drang, Blumenläden abzuklappern. »Kannst du das nicht übernehmen?«

Sie zeigte in Richtung Besprechungszimmer. »Ich habe mit dem Starkoch zu tun. Oder war das ein Witz, dass du mir das Mandat überträgst?«

Paul schüttelte den Kopf. »Was macht er hier? Wir hatten keinen Termin.«

»Die Presse war nicht nett zu ihm. Nebst den Hymnen gab es auch einen negativen Artikel, und den hat er natürlich als Erstes gelesen.« Sie rief eine Onlineschlagzeile auf ihrem Tablet auf. »*Pyrrhussieg beim Bezirksgericht: Fünf-Sterne-Koch wird bald in der Gefängnisküche kochen.*« Sie schüttelte den Kopf. »Als ich um halb sieben kam, saß er bereits auf der Treppe vor unserer Haustür, er wusste sich nicht anders zu helfen als herzukommen. Hat vor Stress nicht geschlafen.«

Willkommen im Klub, dachte Paul. »Er kann nicht hierbleiben.«

»Wir sind nicht die Bahnhofsmission, ich weiß. Aber

hätte ich ihn stehen lassen sollen? Eine Cousine ist aufgetaucht, die durch den Artikel aufmerksam geworden ist.«

»Genau davor habe ich ihn gewarnt. Dass er schlafende Hunde wecken könnte. Und aus der Steuersache auch eine Erbschaftssache wird.«

»Er ist am Boden zerstört. Weil er nicht auf dich gehört hat, meine ich.«

»Und die Cousine?«

»Erhebt Anspruch auf seine Liegenschaft. Wenn er nebst der drohenden Geldstrafe auch sie auszahlen muss, hat er ein echtes Problem.«

Paul verdrehte die Augen.

»Du darfst wählen.« Jelena lächelte. »Blumen oder Koch?«

Er sah sein Spiegelbild, den verkniffenen Mund. »Blumen. Gib mir die Liste.«

\* \* \*

Der erste Blumenladen war ein Reinfall, der zweite auch.

»Von wann stammt der Beleg? 1997? Das ist ja noch vor der Digitalisierung.«

An der Anschrift des dritten Ladens war mittlerweile eine Galerie einquartiert. Aus dem Schaufenster starrte ihn der *Schrei* von Munch in bester Keith-Jarrett-Manier an. Die Angestellten in der Bar daneben konnten auch gegen einen doppelten Espresso keine Auskunft geben.

»Da war kein Blumenladen.«

»Und warum erscheint er immer noch im Netz?«

»Weiß ich doch nicht. Frag das Netz.«

Auf dem Weg zurück in die Kanzlei fuhr Paul über die

Münsterbrücke und ein kurzes Stück die Limmat entlang. Als eine Kehrmaschine aus dem Nichts um die Ecke schoss und ihm die Vorfahrt schnitt, bremste er abrupt ab. Ein Ruck, ein großes Geschepper. Sofort stieg er aus.

»Wie Superman«, sagte eine Schülerin. Sie stand ans Brückengeländer gelehnt und war eben dabei gewesen, eine Zigarette anzuzünden, die ihr nun aus den Fingern geflogen war.

Der Straßenkehrer war ebenfalls ausgestiegen und kratzte sich am Kopf. »Schöne Bescherung. In der Altstadt ist Fahrverbot.«

»Nicht auf dem Abschnitt. Außerdem haben Sie meine Fahrbahn gekreuzt.«

Ein Hin und Her, der Fahrer wollte die Argumentation nicht akzeptieren. Vor allem, als er Pauls zerbeulte Stoßstange bemerkte.

»Den Schaden können Sie mir nicht anhängen.«

»Ich bin Zeugin, wenn Sie wollen«, sagte die Schülerin zu Paul.

Das machte den Kehrmann wütend. »Rauchen in deinem Alter ist illegal. Wie heißen deine Eltern?«

Sie wurde rot und hob die Zigarette auf. »Nicht meiner Mutter sagen, bitte.«

Paul blickte den Straßenkehrer an. »Auch Minderjährige können als Zeuginnen fungieren, Rauchen ist als solches nicht strafbar. Da sie den Stummel aufgehoben hat, hat sie auch keinen öffentlichen Raum verschmutzt.« Er ging zur Beifahrertür, klappte das Handschuhfach auf und holte ein Unfallprotokoll heraus.

Das erzürnte den Kehrmann noch mehr. »Sie können mich mal, ist ja kein Sachschaden entstanden.« Damit stieg er ein und ratterte knapp an der Schülerin vorbei davon.

»Durchgeknallt, der Typ.« Sie stellte sich neben Paul. »Ich verrate Ihnen etwas. Der Besitzer der Eisdiele dort drüben hat eine Security Cam, mit Weitwinkel. Das können Sie vielleicht für die Beweisführung brauchen. Grüßen Sie ihn von Michelle.«

»Vielen Dank.« Paul holte eine Karte aus dem Jackett. »Falls du mal Hilfe brauchst, melde dich. Wohnst du hier in der Nähe?«

Sie zeigte in Richtung Großmünster. »Mit meinem Dad.«

Ein kleiner Stich. Mein Dad. Würde Milu das auch sagen? Paul zog sein Handy, scrollte auf den Scan des Belegs und zeigte ihn Michelle. »Ich suche einen alten Blumenladen, vermutlich im Stadtzentrum, aber ohne Erfolg. Der Name beginnt mit einem I, einem B oder einem E. Blumen Isler gibt's keinen, Blumen Brand ist in Altstetten …«

Sie unterbrach ihn. »Wenn es ein P wäre, könnte es Blumen Pfister sein. Der ist von hier gesehen schräg oben, an der Steinbockgasse.«

## Viertes Kapitel

Ruby Kosa stellte sich auf die Zehen und versuchte, über die Steinmauer zu sehen. Sie war über zwei Meter hoch, während Ruby einen Meter fünfundfünfzig maß. Mit Doc Martins.

»Kannst du mir helfen?«, fragte sie einen Straßenarbeiter, der gerade dabei war, sein Werkzeug in einem Auto zu verstauen. Sie strahlte ihr Eins-a-Lachen, mit dem sie sich in der Essenausgabe der Suppenküche bei den Leuten für die allzu dünne Brühe entschuldigte.

Der Arbeiter holte die Leiter wieder von der Ladefläche und klappte sie auf. Nachdem Ruby raufgeklettert war und sich hingesetzt hatte, bestätigte der Ausblick Olgas Erzählung. Der Friedhof maß vielleicht hundert auf fünfzig Meter mit etwa zweihundert Grabsteinen, einer neben dem anderen, von schiefergrau bis dunkelschwarz, gerade, schief, nach vorn oder nach hinten geneigt. Von dichter Belegung zu sprechen, wäre eine Untertreibung, es erinnerte Ruby an den Warschauer Friedhof an der Okopowastraße. Sandsteine, Grabplatten, dazwischen Engelsskulpturen, möglichst nach Jerusalem ausgerichtet. Auf den oberen Kanten lagen kleinere Steine, wie das üblich war auf jüdischen Friedhöfen, wo jeder ein Geschenk mitbrachte. Die Toten sollten ja in ihrem Haus auch was vom Leben haben. Eine gute Investition, da Leib und Seele ewig hier rumwuseln würden. Durch den Zoom ihrer Handykamera sah Ruby auch andere Mitbringsel, ein Plastiknotwagen der NHS und direkt unter sich eine Strickmütze mit einem Motiv aus *Game of Thrones*.

»Habt ihr da drin was repariert?«, fragte sie den Arbeiter.

»Nö«, sagte er, wobei er einen Popel aus der Nase fischte. »Ein Loch im Straßenbelag geflickt. Der verdammte Regen.«

»Der hat jetzt ja aufgehört. Sieh dir den Himmel an. Hellblau mit Limonen. *Love it.* Gibt's einen Eingang?«

Der Friedhof war auf zwei Seiten eingerahmt von alten Backsteinbauten.

Er zeigte zur eisernen Tür an einem Ende der Mauer. »Ist aber geschlossen. Kein Zutritt. Steht fett da, falls du lesen kannst.« Er schnalzte mit der Zunge. »Kommst du runter? Ich muss weiter. Löcher flicken.«

»Ich springe.«

Kopfschüttelnd zog er die Leiter ein und verstaute sie auf seinem Lieferwagen. Kaum war er weg, stand Ruby auf und balancierte über den Mauerrand. In einer Ecke erspähte sie ein kleines Gebäude, verborgen hinter dem einzigen Baum, einer Akazie, so verwittert wie die Steine. Sie setzte sich wieder hin, holte ein Notizbuch aus dem Rucksack, ihrem ständigen Begleiter, und fertigte eine Skizze an. Wenn es um etwas ging, waren Handyfotos einfach nur die halbe Miete. Beim Zeichnen versuchte sie herauszufinden, ob dieser heruntergekommene Friedhof für die zweite Folge von *DIESSEITS VOM JENSEITS* etwas sein könnte.

»Guten Morgen, Ruby. Das ist eine Mauer und keine Parkbank.«

An den vier bellenden Pekinesen erkannte Ruby

Mrs Peek, die die Gerüchteküche über das Gold angeschoben hatte. Rubys Sprung von der Mauer war holprig, ihr linker Fuß knickte um, das Geräusch war unschön. Sie biss auf die Zähne und zählte. Immer erst bis zehn zählen, alte polnische Weisheit, sagte Olga dann immer.

»Ich wollte mir den Friedhof anschauen, Mrs Peek«, erklärte sie.

Mrs Peek zog ihre Augenbraue hoch. »Von da oben?«

»Das Tor ist zu.«

»Bei Sokol drüben gibt's ein Fenster mit einer prima Aussicht.«

Mit einem Nicken ging sie davon, die Pekinesen hinter sich herziehend.

Die Buchhandlung Sokol war in einem winzigen rotbemalten Häuschen auf der rechten Seite des Friedhofs untergebracht. Es sah aus wie ein Pförtnerhaus, im Schaufenster standen einige uralte Folianten.

Als Ruby klingelte, öffnete eine junge Angestellte. Sie stellte sich als Sum vor, superelegant im dunkelglatten Scheitellook. »Wie kann ich helfen?«

Die Wahrheit war zu kompliziert. »Ich bin auf der Suche nach einem alten Charles Dickens.«

»Die findest du oben. Nicht anfassen, gib mir Bescheid, wenn du was sehen willst.« Sum verzog sich ins Untergeschoss. »Es gibt einen Katalog für die Bücher unter dreitausend Pfund.«

Das waren dann die Schnäppchen, dachte Ruby. Da sie sich mit alten Büchern auskannte, wusste sie, was die Schinken hier wert waren.

»Aber du willst ja sicher nichts kaufen, du willst dich nur umschauen. Macht ihr ein Referat für die Schule?«

Sum hatte sie unterschätzt, sah in ihr eine Schülerin und keine Wissenschaftlerin. Das passierte Ruby öfter, und es war nicht immer ein Nachteil.

»Ein Referat? Genau, du hast es erfasst.«

Jede Etage bestand aus einem kleinen Zimmer voller Bücherregale. Das Fenster, das Mrs Peek erwähnt hatte, befand sich hinter einem Ohrensessel im ersten Stock. Als Erstes verschob Ruby das Objektiv der Überwachungskamera über dem Türrahmen mit einem Lineal.

»Ich schaue mal den Katalog durch«, rief sie ins Untergeschoss hinab, um sich etwas Zeit zu verschaffen.

Dann quetschte sie sich hinter den Sessel und drehte den Fensterknauf. Er klemmte, ein Phänomen, das ihr in der alten Passauer Abtei häufig begegnet war. Seither hatte sie Schmieröl im Rucksack, die Version für Fahrradketten. Sie hantierte schnell, das Fenster ging auf und Ruby sprang in den Friedhof hinunter. Nicht gut für den Fuß. Mit zusammengebissenen Zähnen humpelte sie seitlich die Häuserzeile entlang, nicht nötig, dass man sie von den umliegenden Gebäuden bemerkte. Vorbeifahrende Autos, Hupen, eine Sirene – alles nur noch weit entfernt, es roch nach staubiger Erde, nach Schmodder und Moder und gierigem Efeu.

Vor dem Mausoleum blieb sie stehen. Ein Wahnsinn! Die geschwungene Kuppel, die Ornamente, der Eingang – das hier war eine minimalistische und äußerst exakte Kopie des berühmten Beer-Mausoleums auf dem Highgate-Friedhof, das der Banker Beer für seine tragisch verstorbene Tochter konzipiert hatte und wo sich auch das Familiengrab der Krugers befand. Eine sehr eigenartige Geschichte.

Der Eingang war zu, aber auch mittelalterliche Schlösser schreckten Ruby nicht mehr ab, Passau war da wirklich wegweisend gewesen. Seither hatte sie alles dabei. Ein Kollege hatte sie mal als »007-Ruby« verspottet. Ihr war das egal, sicher war sicher. Es war ein Gewürge, der Dietrich verbog sich leicht, aber Ruby war drin.

Aufregung bemächtigte sich ihrer, wie immer, wenn sie zum ersten Mal in einem solchen Gebäude stand. Später, wenn sie darin arbeitete, wurden Patina und Staub zum Alltag, jetzt aber flirrte alles vor Verheißung. Durch die schmalen Fenster strömte genug Licht, um sich umzusehen. Malereien bis unter die Kuppel. Ganz oben ein Engel, ein weiterer über dem kleinen Altar, sehr hell, aus glänzendem Marmor. In der Mitte drei Särge aus Stein, eigentliche Sarkophage. Zwei große, ein kleiner, mit einer Lilienskulptur verziert.

»Was tust du da?«

Mrs Peek stand im Türrahmen, ihre Stimme klang scharf. »Wie bist du reingekommen?«

»Dasselbe könnte ich Sie fragen.«

»Ich habe einen Schlüssel und wohne parterre.« Sie zeigte auf ein Backsteingebäude rechts von ihr.

»Und wieso haben Sie es mir eben nicht gesagt? Das mit dem Schlüssel.«

»Du hast mich nicht gefragt. Außerdem hatte ich einen Verdacht. Du sollst ja von Berufs wegen Gräber plündern, sagt Olga.«

Meine Mutter wieder, dachte Ruby. »Ich raube nur geistige Schätze, Mrs Peek. Tote Geschichten, denen ich ins Leben zurückhelfe. In dem Mausoleum soll ein Kind beerdigt sein, hat Mum erzählt, die Tochter der ersten

Familie Kruger. Ich plane eine Sendung darüber. Für die BBC.«

»Ah wirklich? Im Abendprogramm.«

Mrs Peek gehörte bestimmt noch der Generation der linearen Programm-Hörerinnen an. »Sozusagen ja.« Schon wieder musste Ruby schwindeln. Nicht ihr Ding eigentlich. »Wenn es richtig gut ankommt, strahlen sie es aus.«

»Einen Film?«

»Nein, Radio.«

»Schade. Film wäre besser.«

»Smarte Idee, Mrs Peek. Ich gebe das so weiter.«

Dass sich Mrs Peek als Fan des Staatsfernsehens entpuppte, war schließlich doch ein Eisbrecher. Außerdem hatte sie ein iPhone und war schwer beeindruckt, als sie den Podcast mit Rubys Namen tatsächlich fanden. Danach lud sie Ruby auf ein Dartspiel und einen Tee ein.

»Ich kann dir mehr erzählen als Olga. Im Gegensatz zu ihr habe ich den alten Apotheker Kruger richtig gut gekannt. Außerdem ranken sich Gespenstergeschichten um diese Gräber.«

Mit großen Augen lauschte Ruby Mrs Peeks Erzählung. Als diese kurz verschwand, nahm sie Knetmasse aus dem Rucksack, eine Plastikform und machte einen Abdruck vom Mausoleumsschlüssel. Sie hatte einen Plan.

## Fünftes Kapitel

Vorbei an einer schwarz aufgesprayten Harald-Naegeli-Strichfigur ging Paul über das Kopfsteinpflaster bis zum Ende der schmalen Steinbockgasse, wo sich tatsächlich der gesuchte Laden befand. Das auffälligste war ein mit Blumen beladener runder Blechtisch, daneben stand ein Rad mit Anhänger. Der junge Besitzer nannte sich Blumen-Joe, er hatte nach einer Renovierung gerade neu aufgemacht und sprühte nur so vor Tatendrang, der sich in der Art zeigte, wie er ein Arrangement in Folie einschlug.

»Gelbe Pfingstrosen, die sind sehr selten, sie wird es lieben.« Obwohl er merkte, dass Paul nichts kaufen und nur eine Frage stellen wollte, schwand sein Enthusiasmus nicht. »Ein Beleg aus dem Jahr 1997, sagen Sie?«

»Es war vor der Digitalisierung, ich weiß. Gibt es vielleicht alte Auftragsbücher?«

»Tonnenweise. Mein Vater wollte auf Nummer sicher gehen.«

»Sie haben den Laden von ihm übernommen?«

»Bis vor Kurzem war ich bei Google angestellt und hatte keine Ahnung von Blumen.«

Von Google zu Pflanzen, eine interessante Entscheidung. Für den Bruchteil einer Sekunde sah Paul das völlig überwucherte Logo des Medienkonzerns vor sich. »Und die Auftragsbücher haben Sie weggeworfen?«

Blumen-Joe verneinte. »Ich muss erst einen Schredder besorgen. Da sind sensible Daten drunter.« Sein Grinsen bekam etwas Kumpelhaftes. »Wenn Sie wüssten, wie viele Blumen auch ich immer noch auf Rechnung oder gegen bar verkaufe. Damit der Betrag auf ja keinem Kreditkartenbeleg auftaucht.«

Die Parallelwelt Blumenladen, dachte Paul. »Können Sie tatsächlich zwischen Blumen für Ehefrauen und Blumen für die Geliebte unterscheiden?«

»Natürlich. Ist wie beim Schmuck.«

Ein Kunde kam rein, dessen Anzug teuer aussah. Er verlangte nach dem bestellten Bouquet.

Blume-Joe warf Paul einen Blick zu. »Wenn Sie wollen, können Sie selbst nachschauen. Ist alles im Keller. Schwarze Ordner. Nach Jahreszahlen sortiert.«

Er vertraute ihm. Als Paul eine Steintreppe hinunterstieg, wunderte er sich über so viel Naivität. Nie hätte er jemanden unbeaufsichtigt an sensible Daten gelassen. Der Keller war feucht und riesig, die Ordner nahmen mehrere Regale ein. Sie durchzublättern war eine Reise in die Vergangenheit.

Die auf A4-Blätter geklebte Registrierkassenquittungen waren durch handschriftliche Notizen ergänzt. *Einmal Narzissen und Tulpen, Grünzeug, gebunden, um zehn Uhr zweiundzwanzig, für die liebliche Torhüterin Maria Müller – Einmal Spanische Hasenglöckchen, in Kisten, nachmittags, für den Garten der Lüthys – Rosenzauber mit Diskretion, kurz vor Ladenschluss.* Rosenzauber mit Diskretion – er hatte mehr Gewicht auf Poesie als auf die Namen der Kundschaft gelegt, die teilweise kaum leserlich waren. Dafür war Seite für Seite eingeordnet,

Tag für Tag, Stunde um Stunde, eine Chronik der Bestellungen.

Beim 15. Juni 1997 wurde Paul auf Anhieb fündig. Es war der fünfte Eintrag, dreihundertfünfzig Franken, und dazu ein Kringel, der aussah wie eine Schlange. Mehr gab es nicht, keinen Empfänger-Namen, keinen Auftraggeber, keine Angaben über die Blumensorte. Paul blätterte vor und zurück. Dabei fielen ihm drei weitere solche Einträge auf, alle mit Blankosummen von dreihundertfünfzig oder fünfhundert Franken und den Vornamen Elodie, Maria, Aron. Der Kringel am 15. Juni konnte ein S sein, ein S mit einem Punkt. S. Sonst nichts.

»Hallo?«, schrie Blumen-Joe von oben. »Wie lange wollen Sie noch da unten bleiben? Ich muss was ausliefern.«

Paul machte einige Fotos, bevor er wieder hinaufstieg.

»Entschuldigen Sie, ich musste mich erst zurechtfinden. Ihr Vater war unglaublich. Können Sie sich einen Reim drauf machen? Es scheint, als ob er namenlose Produkte im Angebot hatte.«

Blumen-Joe, wieder allein im Laden, schaute sich die Fotos an und schüttelte den Kopf. »Unprofessionell. Genau darum bin ich papierlos unterwegs, bei mir hat jede Datei einen Namen.« Er lachte schief. »Sorry, über tote Väter soll man nicht schimpfen.«

Pauls Blick fiel auf das Arrangement auf dem Ladentisch, die Pfingstrosen schienen so grellgelb, dass die Augen schmerzten. »Hat es der Kunde nicht mitgenommen?«

»Er musste plötzlich verschwinden, seine Frau hat ihn angerufen, und ich habe das Nachsehen. Pfingstrosen mit Margeriten, im Kranz von Efeu. Wollen Sie die vielleicht kaufen?«

»Tut mir leid. Ich habe keine Verwendung für Blumen.«
Nachdem Paul dem Ladenbesitzer dafür ein großzügiges Trinkgeld gegeben hatte, griff Blumen-Joe in eine Schachtel mit winzigen Umschlägen. »Wilde Blumenwiese. Geschenk des Hauses. Sind nur einige wenige Samen. Können Sie pflanzen, wo sie wollen, die kommen immer.«

»Ich habe keinen grünen Daumen, aber vielen Dank.«

Blumen-Joe begleitet Paul zur Tür und drehte das baumelnde Schild um. *Closed. Bin gleich zurück.* Daneben stand eine Handynummer. Paul notierte sie. Für den Fall, dass er noch eine Frage hätte.

∗ ∗ ∗

»Ein Springinsfeld, der Junge«, ertönte eine Stimme in Pauls Rücken. Sie gehörte einem älteren Mann, mit vielen Lachfalten um die wässrigen Augen, Schuppen auf dem Kragen des schwarzen Pullunders und einer umgehängten Werkzeugtasche. Malermeister Georg Moser stand auf der Emailletafel an der Hauswand. »Aber ich bin froh, dass er den Laden nicht einem Russenspekulanten oder einem Gastroheini verkauft hat.«

»Sind das die Verhältnisse hier in der Altstadt?«, fragte Paul, nachdem er sich vorgestellt hatte.

»Häufig. Wobei ich nicht klagen kann«, antwortete Georg Moser. »Bin seit dreißig Jahren hier. Wüsste nicht, wo sonst hin.«

»Seit dreißig Jahren? Dann haben sie Joes Vater gekannt?«

»Den Johann, natürlich.« Georg Moser schloss die Tür hinter sich. »Lange kann ich nicht Auskunft geben, ich muss mich sputen. Auf der Baustelle warten sie schon auf mich. Ein historisches Haus im Chreis Cheib.« Er meinte die Langstrasse. »Da gibt's Deckenbalken, die alle mit Ölfarbe übermalt sind. Neun Schichten müssen wir abtragen, ein ganzes Jahr ist dafür veranschlagt. Zum Glück hat der Auftraggeber genügend Mittel.«

»Im wie vielten Monat sind Sie?«

Das brachte Georg Moser zum Schmunzeln und zum Innehalten. Der Zeitdruck schien doch nicht so hoch zu sein. »Ich stehe kurz vor der Geburt. Und Sie?«

»Ganz am Anfang. Ich bin immer noch auf Unterstützung angewiesen.« Paul erklärte sein Anliegen und zeigte ein Foto des Auftragsbuchs. »Es geht um dreihundertfünfzig Franken, ein ungewöhnlich hoher Betrag für Blumen.«

Georg Moser sah sich die Zahl an. »Ach so. Das sind keine Blumen. Mein Nachbar war auch Holzschnitzer.«

Paul stutzte. »Er hat Kunst verkauft?«

»Kreuze.«

»Kreuze?«

»Genau.«

»Für Kirchen?«

»Grabkreuze. Aus Eiche. Extrem wetterbeständig.«

Grabkreuze. Das war überhaupt nicht das, was Paul erwartet hatte. »Ein ungewöhnliches Hobby.«

Georg Moser schmunzelte. »Er fand, Grabkreuze seien Symbole der Seele. Jedes Mal, hat er gesagt, wenn wir das Kreuz sehen, wenn wir den Namen darauf lesen, entsteht eine Verbindung, zwischen der einen und der anderen Welt, zwischen Leben und Tod. Ein Universum der Erinnerung, das wollte er schaffen.«

»Aber es macht die Person nicht mehr lebendig«, sagte

Paul schroff, um sich gleich darauf zu entschuldigen. »Wieso die beiden verschiedenen Beträge?«

»Fünfhundert für die Erwachsenen, dreihundertfünfzig für die Kinder. Billiger, obwohl sie mehr Arbeit verursacht haben. Sie mussten nach dem Schnitzen noch weiß gestrichen werden.«

»Das scheint unlogisch.«

»Geld war ihm egal. Meist hat er die Rechnung sowieso nur symbolisch ausgestellt, den Betrag aber nie kassiert. Er wollte sich nicht am Verlust der Menschen bereichern und hat manchmal an Familien geliefert, die ihre Kinder nicht offiziell begraben konnten. Bei Frühgeburten. Die Kreuze hat er in Gärten gesetzt, in Wälder, an Seeufer. Bis heute kann man sie finden.« Georg Moser zeigte auf die Strichfigur an der Hauswand. »So wie der Naegeli auf Wände sprayt, hat Johann Kreuze gesetzt.«

Paul hielt den Atem an. Wenn er früher von diesem Johann erfahren hätte! Für die anderen hatte Milu zu existieren aufgehört, als ihr Herz nicht mehr schlug. Nicht mal einen Namen hatte sie verdient. Sie war als Abort bezeichnet worden. Milu Abort, geboren am soundsovielten, ausgetrieben am soundsovielten. Und dabei war alles an ihr dran gewesen, Schultern, die Nase, die Augenbögen. Der kleine Zeh. Die Fingerchen wie Schmetterlinge. Ein feiner Flaum über das ganze Körperchen verteilt. Dass Paul ein Foto gemacht hatte, hatte ihm seine Ex übel genommen. Daraufhin hatte er es gelöscht.

Plötzlich wurde sich Paul des forschenden Blicks von Moser bewusst. Er musste längere Zeit geschwiegen haben.

»Entschuldigung. Sie müssen ja gehen.«

»Einen Moment habe ich schon noch.«

Paul wischte über das Display seines Handys, um das Foto noch mal zu zeigen. »Hier steht ein Datum und der Buchstabe S. Denken Sie, das ist so ein frühgeborenes Kind?«

»Ja klar. 1997?« Georg Moser rechnete im Kopf. »Wenn Sie was rausfinden wollen, sollten Sie sich beeilen. Die Siebenundneunziger-Gräber werden dieses Jahr abgeräumt, dann ist es mit der Grabesruhe vorbei.«

Er erklärte Paul, dass Gräber in Zürich rund ein Vierteljahrhundert bestehen blieben. »Stammt noch aus der Zeit, als die Friedhöfe überfüllt waren. Heute müssen sie ja zunehmend um die Toten buhlen. Es gibt viel Konkurrenz. Waldbestattungen. Luftbestattungen, manche lassen die Urne einfach im Keller verstauben. Da lobe ich mir die guten alten Grabkreuze. Auf einem öffentlichen christlichen Friedhof kriegen zu Beginn alle eins, nur schon wegen der Orientierung. Manchen ist der Stein zu teuer oder sie haben keine Lust drauf, und dann bleibt das Kreuz für immer stehen. Darum hat Johann Eiche gewählt, die hat Bestand. Seine Kreuze sind nicht gratis, dafür stehen sie aber nach fünfundzwanzig Jahren noch.«

Nun fehlte Paul nur noch eine Information. »Wenn Sie herausfinden müssten, Herr Moser, wo dieses bestellte und bezahlte Grabkreuz abgeblieben ist, wo würden Sie dann nachschauen?«

Paul machte sich auf eine lange Liste gefasst.

»Da kommt nur einer infrage, der Friedhof Enzenbühl natürlich. Der alte Johann hat praktisch ausschließlich dahin geliefert.«

# Sechstes Kapitel

Eigentlich hatte Ruby nach einem Tag mit zwei Jobs und einem Onlineseminar die Nase gestrichen voll. Eigentlich wollte sie nur noch die Tür ihres akribisch aufgeräumten Zimmers schließen, sich in ihrem Bett verkriechen und etwas tindern oder netflixen, es gab da eine Doku über eine Ausgrabung in Dartmoor, die sie interessierte. Eigentlich. Andrerseits war da die Geschichte der Familie Kruger. Nach dem Gespräch mit Mrs Peek hatte sie eine Runde in verschiedenen virtuellen Archiven recherchiert, war zwischen Fakten und Gänsehaut hin und her geschwankt und hatte schließlich Miles angerufen, ihren On-und-Off-Partner. Er arbeitete in einem forensischen Labor, in der Spezialabteilung für historische Analysen, und war chronisch unterfordert. Nachdem sie ihm die Eckdaten erzählt und ihn gefragt hatte, wie sie gegebenenfalls diese Kruger-Geschichte für den blöden Podcast nutzen könnte, war für ihn der Fall klar.

»Keine Wissenschaft, mach was Gruseliges, Ruby. Darauf stehen die Leute.« Die Idee eines Livestreams vom Friedhof auf Insta an der Fulham Road war ihr gekommen, noch während Miles sprach. Es wäre perfekt, um damit die Temperatur des Publikums zu messen. Würde sie über Instagram Aufmerksamkeit generieren, wäre der Weg frei für die zweite Podcast-Folge.

Sie musterte sich im Spiegel. Das kupferrote Haar unter einer Mütze, dunkler Jumpsuit, darüber ein schwarzes T-Shirt, Schuhe mit Gummisohlen, Stützbandage für das ramponierte Fußgelenk. Sie sah so unauffällig aus wie seit der ersten Klasse nicht mehr.

»Du musst denen ein Narrativ verklickern«, hatte Miles gesagt. Das Narrativ steckte Ruby in Form eines handschriftlichen Ablaufplans zu den übrigen, bereits vorbereiteten Requisiten in ihren Rucksack, dazu Stirnlampe und ein Ansteckmikrophon, einige Farmer-Riegel und einen Ginger-Shot. Dann das Werkzeug und ein Klappstuhl für alle Fälle. Und schließlich das Cape. Es stammte von der Kleiderstange in Olgas Wäscherei, war mit Stecknadeln auf die richtige Länge gebracht und würde nicht nur die gesamte Ausrüstung verdecken, es gab ihr den Look von Geheimnis. Etwas amateurhaft, aber wollte sie Reichweite oder nicht? Na also. Nun noch eine Pille einschmeißen, außer der Reihe. Aber ohne Fokus würde es nicht gehen.

Sie verließ ihr Zimmer und schlich sich an der Küche vorbei, in der ihre vier Mitbewohner Planted-Chicken mit Reis kochten. Bei dem Zwiebelduft bekam sie tierisch Hunger. Aber ihr Budget war ausgeschöpft für diesen Monat, sie würde auf dem Heimweg in der Suppenküche was holen, die Überbleibsel waren ihr Mehrwert für die schlecht bezahlte Arbeit. Und sie konnte sogar Olga etwas mitbringen.

Der Regen hatte aufgehört, der Bus war voll, keiner sprach, alle hatten Ohrstöpsel drin und schauten in ihre Geräte. Bald zieht ihr nur noch eines rein, dachte Ruby. DIESSEITS VOM JENSEITS – *Totengold im Mausoleum – Ruby Kosa berichtet live aus einem geheimen Friedhof.* Die genaue Location wollte sie nicht bekannt geben, das

Geheimnis wäre Grundlage des Narrativs. Sie hatte ihrem Boss Marten nur einen kurzen Text geschrieben, dass sie den Podcast pünktlich liefern würde. Auf sein Nachfragen hatte sie nicht mehr geantwortet, sie war ganz auf sich konzentriert. Manchmal braucht es Umwege, um die Richtung zu finden, auch das war eines von Olgas Sprichwörtern.

Die Station Notting Hill Gate wurde angesagt, Ruby musste umsteigen. Die Fahrt dauerte lang, das war der Preis, den sie dafür zahlte, nie die Tube zu nehmen. Wenn Ruby den Untergrund vermeiden konnte, tat sie das. Platzangst. Die vielen Cafés waren abends alle geschlossen, nur aus einem Taco-Laden dudelte Musik, in der Bar des einzigen Kinos, eines der letzten unabhängigen, trank ein altes Ehepaar Tee. Dass der nächste Bus Verspätung hatte, nervte tierisch, aber bei einer überstrapazierten Kreditkarte war ein Uber keine Option. Die Warterei vertrieb sich Ruby mit den beiden Farmer-Stängeln und dem Shot. Gefühlt war sie den Ablauf zehnmal durchgegangen, bis der Bus endlich kam. Der Fahrer entschuldigte sich für die Verspätung, immerhin.

Es war dunkel geworden, und sie fuhren den Hyde Park entlang, irgendwo sah sie flackernde Lichter. Das geheime Nachtleben der Parks. *Totenschädel meets Traurigkeit* und weitere Titel für künftige Podcast-Episoden fielen ihr ein, eine Idee jagte die nächste. Die BBC würde eine Doku-Serie daraus machen, mit Bild, sie würde Geld verdienen und könnte sich eine eigene Wohnung leisten. Seit sie ausgezogen war, hatte sie in WGs gelebt.

Ruby kontrollierte ihren persönlichen Instagram-Account. Der Hinweis auf das Liveevent war hundert

Mal angeklickt worden, Tendenz steigend. Gut so. Immer mehr Leute stiegen aus, und sie hatte den oberen Stock des Busses für sich. Sie öffnete den Rucksack, holte das Ansteck-Mic raus und befestigte es, legte das Cape um und machte ein Selfie. Nach drei Versuchen hatte sie auch die vorbeiflitzenden Lichter gut im Bild. Einen Moment zögerte sie. War das Cape übertrieben? Sah sie darin aus wie eine billige Vampirjägerin? Andrerseits fiel Ruby ohnehin aus dem Rahmen. Um als Wissenschaftlerin ernst genommen zu werden, musste sie immer doppelt so schnell und doppelt so smart sein wie die anderen, die weder Doc Martens noch Netzstrümpfe trugen und eine handelsübliche Körpergröße vorweisen konnten.

*Es sieht geil aus*, textete Miles ihr zurück. *Darf ich hinterher bei dir crashen?*

Oha. Sie setzte eine Story ab, repostete auf Twitter und Tumblr, benutzte eine andere Perspektive für Snapdays. Filmte sich, wie sie zum Totensong aus Halloween den Mund bewegte, lud das auf TikTok hoch. Volle Medienpräsenz, und es machte sogar Spaß. So sehr, dass sie fast ihre Haltestelle verpasste und prompt den Ablaufplan liegen ließ. Was sie erst bemerkte, als sie nur noch die Rücklichter des Busses sah.

\* \* \*

An der Ecke Fulham und Old Church Road blieb sie vor der Mauer stehen. Einige wenige Fenster der anliegenden Häuser waren beleuchtet, bei den anderen war es dunkel, so auch bei Mrs Peek. Das war kein Zufall. Ruby hatte ihr eine persönliche Einladung zu einem Dartabend im Pub

Anglesa Arms geschickt, das einige Straßen entfernt lag. Der Besitzer, ein Kunde Olgas, würde dafür sorgen, dass Mrs Peek nicht zu früh heimkäme.

»Du machst doch keinen Blödsinn, *skarbie*?«, hatte Olga gefragt, als sie es für sie arrangiert hatte.

Jetzt klappte Ruby den Stuhl auf und kletterte auf die Mauer. Oben angekommen, zog sie ihn an einem Seil hoch, steckte ihn wieder in den Rucksack, drehte sich um, stützte sich ab, sprang hinunter – eine ziemliche Tortur – und huschte nach rechts zu den Brombeerbüschen. Die andere Seite von London – die Stadt der Beeren, des Efeus und der Dornen, Verstecke für Tiere und solche wie Ruby.

Ihr Timer summte. Noch fünf Minuten bis Anfang. Sie holte das das kleine Brecheisen aus dem Rucksack, die Deckel der Steinsärge waren möglicherweise seit hundert Jahren nicht mehr bewegt worden. Ganz zuletzt kamen die Requisiten: eine Schale mit Kräutern, ein Mörser und eine altmodische Blechflasche, auf der in Schnürchenschrift »Jacob's Magic Juice« geschrieben stand. Sie platzierte alles auf dem Fensterbrett der Buchhandlung und lehnte den Rucksack an den Stamm einer Zeder. Das Handy steckte sie auf den Ständer, Winkel und Länge hatte sie zu Hause voreingestellt. Dann holte sie das zweite Handy heraus, ein altes Nokia von Olga. Die vorbereiteten Dateien – Trailer, Fotocollage und Videos – waren bereit zum Abspielen. Noch eine Minute. Sie machte die Stirnlampe an. Im trübgelben Licht erschienen die Äste wie Finger, die Dornen wie Nägel. Ruby atmete tief durch. Live war live, da gab's keinen zweiten Take.

* * *

»Hey Leute, willkommen zu *DIESSEITS VOM JENSEITS –
Totengold*. Ich stehe auf einem verborgenen Friedhof mitten in Central London. Es ist dunkel, es ist schattig, kurz
vor Mitternacht.« Sie hielt das Nokia in den Bildschirm
und drückte auf Start. *Song of the dead* von den Queens
of Stone Age. Sie spielten krasse Gitarrenriffs, dazu lief
ein schneller Zusammenschnitt von den Grabfotos, das
Ganze endete mit einem schwarzen Bildschirm.

Ruby atmete nun hörbar ins Mikrophon, wegen der
Atmosphäre. Dann schwenkte sie das Handy hoch und
begann zu sprechen, während sie gleichzeitig vorwärts-
schlich, die Hausmauer entlang.

»Wir sind im Dezember 1885. Es ist kalt, es schneit.
Jacob Kruger will nach oben in die Wohnung, wo seine
Frau Anna ihr zweites Kind auf die Welt bringen soll,
sechs Wochen zu früh. Die Hebamme ist bereits da. Während Anna trotz heftiger Wehen ruhig bleibt, ist Jacob so
aufgeregt, dass die Hebamme ihn in den Apothekerladen
schickt.

›Ich rufe Sie, Jacob, wenn es so weit ist.‹

In der Apotheke ist noch lange nicht Feierabend. Die
Leute kommen nach der Arbeit. Dass Jacob so lange offen
hat, wie sie es brauchen, ist ein Segen.

›Eine Flasche von Ihrem magischen Saft, bitte.‹

Die Rezeptur hat ihm sein Vater mitgegeben, damals
vor fünf Jahren, als Jacob und Anna 1880 in den Westen
ausgewandert und in London gelandet sind. Zu Hause in
Galizien hätte es keine Zukunft gegeben für ihn. Und er
wollte eine, für sich und für Anna und für ihre zukünfti-
gen Kinder.«

Ruby hielt wieder das Nokia an die Kamera. Das erste

Bild, sie hatte es auf Pinterest gefunden, zeigte eine Frau, die aussah wie der Tod. »Auf dem Schiff erlitt Anna eine Fehlgeburt, und beinahe wäre sie verblutet. Zum Glück hatte Jacob Medizin dabei, ein Gemisch aus Frauenmantel und anderen Kräutern nach einer alten Rezeptur seines Vaters. Nach der Ankunft wohnten sie in einer billigen Absteige in der Nähe von Westminster. Die Ernüchterung war groß, denn London bestand vor allem aus Matsch, Kutschen und Krankheiten. Das Schlimmste war der Gestank: die Kleider, das Haar, der ganze Körper stank, nach Pferdedung und – sorry, Leute, aber es muss einfach gesagt sein – nach Fäkalien. Jacob nahm sein Diplom von der Krakauer Jagiellonen-Universität und stellte sich in der Apotheke am Piccadilly Circus vor. Wenn er gehofft hatte, dass er leichtes Spiel haben würde, hatte er sich getäuscht.

›Entschuldigung, polnisch versteht hier keiner, da könnte ja jeder behaupten, dass er einige Semester Pharmazie studiert hat.‹

Jacob als Fälscher? Absolut infam, wo er in Krakau sein Diplom mit summa cum laude erhalten hat.«

Ruby zeigte ganz kurz das Bild eines Zertifikats in polnischer Sprache. Es war von ihrer Großmutter und hing im Laden über dem Wäschetrockner. »Zertifizierte Wäscherin« stand drauf. Sie konnte nur hoffen, dass es niemand so genau lesen konnte.

»Und so versank dieser kaum dreißigjährige Jacob Kruger knietief im Pferdemist und fand, dass es das ja wohl nicht sein konnte. Da war er ausgezogen, die Welt zu erobern, um eine Grundlage für eine große Familie zu bauen, und als Erstes verlor seine Frau das Baby, während ihm höchstens ein Job als Maurer angeboten wurde, die Einzigen, die wirklich gefragt waren.«

Ruby entfernte das Nokia aus dem Bild, drehte die Stirnlampe unters Kinn und sah direkt in die Kamera. »Kurze Umfrage. Was hättet ihr an Jacobs Stelle gemacht, Leute? A Als Mauerer gearbeitet, b die Mitgift aufgebraucht oder c Maurer und Mitgift? Oder gar d alles auf eine Karte gesetzt und ein viktorianisches Haus mit Laden im Erdgeschoss gekauft? Na, was meint ihr? A, b, c oder d?«

Ruby wirbelte das Handy einmal durch die Luft und fing es wieder auf.

»Jacob entschied sich für d, ihr liegt voll richtig. Nach der Unterschrift auf dem Kaufvertrag hatte er keinen Penny mehr. Am ersten Abend in dem großen Haus setzte er sich in den Laden im Erdgeschoss und breitete die Rezepturen aus, um eine auszuwählen. Damit wollte er anfangen.«

Ruby richtete die Kamera auf Sokols Laden. Man bemerkte schemenhaft den Sessel und die Bodenvase. Der Tisch dahinter ging mit etwas Phantasie als Ladentheke durch.

Dann hustete sie eine Runde und hielt das Handy so, dass man die Kräuter im Mörser auf dem Fenstersims sehen konnte.

»Als er Annas Keuchen hörte – seit der Fehlgeburt war sie schwach und Londons verdreckte Luft setzte ihren Bronchien zu –, entschied er sich für einen Hustensirup.«

Ruby begann mit der linken Hand die Kräuter zu zermörsern, während die rechte mit dem Ständer wackelte.

»Er mischte alles zu einem Brei, kaufte beim Nachbarsladen Zucker auf Pump und stellte die ersten Flaschen her.« Sie richtete die Kamera auf die Flasche mit dem Etikett Kruger's Magic Juice.

»Krugers magischer Hustensaft kam zur richtigen Zeit und wurde eine Erfolgsgeschichte. Das ist ein Fakt. Alles andere ist pure Imagination. So könnte es gewesen sein.«

Im Sprechen hatte Ruby die halbe Strecke zurückgelegt, das Mausoleum rückte in ihr Blickfeld.

»Zurück zu jenem Abend am 15. Dezember 1885, als Anna zum zweiten Mal vor der Niederkunft steht. Diesmal soll alles klappen. Jacob schickt einen Jungen nach oben in die Wohnung, er soll nachfragen, wie weit sie seien, während er die restlichen Leute bedient. Es sind noch drei, noch zwei, einer, keiner mehr. Gerade als Jacob schließen will, ertönen eilige Schritte, die kindliche Stimme des Jungen ertönt. ›Sie müssen kommen, Sir Apotheker.‹

Da hält vor der Haustür eine Kutsche mit königlichem Wappen. Ein uniformierter Kurier steigt aus und betritt den Laden.

›Bitte, Sir Apotheker, es eilt‹, flüstert der Junge und zupft am Ärmel seines Kittels.

Der Kurier stößt den Jungen zur Seite, sodass er mit der Nase auf dem Steinboden landet.

›Sie werden gebraucht, Apotheker Kruger‹, sagt der Kurier. ›Sie und Ihr Hustensaft. Also, steigen Sie ein.‹

Am Hof sei Prinzessin Louise an den Bronchien erkrankt, und Jacobs Mixtur sei als Medikament empfohlen worden. Jacob kapiert, welche Chance sich da auftut: Würde er diese Louise heilen, wäre das der Grundstein zum echten Aufstieg.

Der Junge schaut ihn an.

Der Kurier schaut ihn an. Na, Leute, was sagt ihr?«

Ruby spürte, wie sich ihre eigene Spannung in der Welt der digitalen Daten vervielfachte.

»Ihr denkt, dass er zu seiner Frau geht, nicht wahr? Falsch. Jacob entscheidet sich dagegen. ›Ich bin gleich zurück‹, sagt er, während er in die Kutsche steigt, das Medaillon mit Annas Bild in der verkrampften Hand. Er betritt den Buckingham Palace, stolpert über den Läufer nach oben. Der Hofknicks gelingt ihm mehr schlecht als recht. Im Schlafzimmer der jungen Prinzessin riecht es schwer und süßlich. Er verabreicht ihr den Saft, einen Kräuterwickel dazu, bis sich der Atem der Prinzessin beruhigt. Die Kutsche bringt ihn zurück, der Big Ben schlägt zur Geisterstunde, als er das Apothekerhaus betritt.

Er eilt nach oben. Die Hebamme empfängt ihn.

›Ein Mädchen. Amalia. Sie war zu klein, um zu leben.‹

Anna hält das leblose Kleine an die Brust gepresst. Sie will es nicht hergeben. Ihr Gesicht ist wie aus Stein.

Jacob umarmt sie beide, weint für sie beide. ›Es tut mir so leid.‹

Die Hebamme verabschiedet sich, bricht zum nächsten Kind auf.

›Sorg dafür, dass sie im Himmelreich wohnt wie eine Königin‹, lauten Annas Worte viele Stunden später. ›Bau ihr ein Haus, Jacob.‹ Sie zeigt zum Fenster und zum angrenzenden Friedhof. ›Ein Haus, das ich immer sehen kann, Tag und Nacht. Ein Haus für die Ewigkeit.‹«

Ruby dreht die Kamera und erfasst das Mausoleum, während sie die Lampe wieder auf die Stirn schiebt. Die Umrisse des Gebäudes zeichnen sich ab. Ruby glaubt, ein kleines Mädchen zu sehen. »Aber sie ist doch tot.«

Hat sie das laut gesagt? Ist da noch jemand?

»Am nächsten Tag geht Jacob zum Vorsteher der Western-Synagoge und bittet darum, ein kleines Mausoleum auf dem Friedhof zu erbauen. Die Anzahlung leiht er sich von einer Kundin. An dem Tag, als alles fertig ist, erhält Jacob die Nachricht, dass die Königstochter Louise genesen ist. Als Lohn erhält er drei große Goldbarren, eine Sonderedition, Gold, das aus Ägypten stammen soll. Es ist sehr, sehr viel wert.

›Begrabe sie mit Amalia‹, sagt Anna. ›Ich will dieses Totengold nicht.‹«

Zu den Schlägen der Kirchglocke fasste Ruby in die Tasche des Capes, um den Schlüssel rauszuholen. Der Abdruck hatte eine gute Vorlage ergeben, der Schlüsseldienst war begeistert gewesen, mal was anderes, so ein antiker Schlüssel. Sie steckte ihn mit der linken Hand ins Schloss, während die rechte die Kamera draufhielt. Als die Uhr den zwölften Schlag tat, drehte sie den Schlüssel einmal ganz herum.

»Ich bin drin, Leute.« Sie ließ den Lichtstrahl über die Wände huschen und verweilte auf dem steinernen Engel. »Ich spüre den Engelsblick und noch etwas. Eine Präsenz. Die meine Seele zum Frieren bringt. *Hier ist ein Unrecht passiert, hier ist ein Unrecht passiert,* flüstert sie mir zu.« Ruby sah ein letztes Mal voll in die Kamera. »Das war's, Leute. Hier breche ich den Livestream ab, ich muss allein weiter. Aber wenn ihr meine Einschätzung rund um das Geheimnis des Totengolds erfahren wollt, hört die Fortsetzung auf meinem Podcast. DIESSEITS VOM JENSEITS – bald bei der BBC.«

Rubys Herz stolperte. Plötzlich glaubte sie über dem kleinsten der Sarkophage einen Lichtschein zu sehen. Optische Täuschung. Zu viel Phantasie, Ruby. Sie beugte sich vor, schob das Brecheisen zwischen die steinernen Seitenwände und die Deckplatte und war erstaunt, wie leicht sie sich bewegen ließ. Mühelos gelang ihr eine Öffnung von etwa zehn Zentimetern. Da war kürzlich einer dran gewesen. Als sie mit der Taschenlampe hineinleuchtete, erfasste der Strahl einen kleinen Schädel, eine Wirbelsäule mit winzigen Rippen, Unterarm und Oberarmknochen. Es war das Skelett eines Säuglings. Amalias Gebeine, so gut erhalten, weil der Steinsarg über lange Zeit luftdicht verschlossen gewesen war. Ruby zog ihre Handschuhe an und wurde ganz ruhig. Sie mochte Knochen. Sie erzählten Geschichten, waren ein Wegweiser in die Vergangenheit, wenn man sie lesen konnte. Dass sie keine Berührungsängste hatte, war Rubys Ticket für alle möglichen Aufträge.

Sie kniete sich hin und fasste ganz vorsichtig hinein. Dann hielt sie inne. Der Lichtstrahl offenbarte neben dem kleinen Skelett ein Stück Stoff und etwas, das aussah wie ein Haarkringel, längeres helles lockiges Haar. Ruby erstarrte. Damit hatte sie nicht gerechnet. Dass ein Neugeborenes so langes Haar hatte, war eher unwahrscheinlich. Wobei es da immer auch Ausnahmen gab. Rubys Gedanken eilten von Erklärung zu Erklärung. Plausibel schien ihr eigentlich nur eine Lösung: Das Büschel Haare gehörte nicht zum Skelett, es stammte von einem anderen Menschen.

## Siebtes Kapitel

E s braut sich was zusammen.« Iain stammelte etwas von einer Livesendung, offenbar hatte eine BBC-Journalistin über die drei Goldbarren berichtet. »Auf TikTok.«

»Dann war's keine Journalistin, sondern eine Influencerin«, korrigierte ihn Paul.

»Meine Tochter hat auch einen Livestream gesehen. Auf Instagram.«

»Besprichst du die Fälle mit der ganzen Familie?«

»Es ist eine Notsituation, Paul.«

»Auf Instagram, hast du gesagt? Diese Livestorys verschwinden wieder, weil sie eben live sind, soweit ich weiß.«

»Du hast es nicht verstanden. Diese Kuh hat das Kruger-Mausoleum als Schatzkammer angepriesen. Und nun will sie auch noch eine Podcast-Folge darüber machen. Ihr Podcast hatte bisher nur wenig Beachtung, aber seit gestern Abend ist die Tendenz steigend. Es könnte sich zu einem Social-Media-Trend entwickeln, sagt meine Tochter.«

»Eine Expertin also, deine Tochter. Wie alt ist sie?«

»Zwölf.« Nur Iains Schnaufen war zu hören. »Na gut, sie ist noch jung, aber ich schwöre dir, davon versteht sie was. Ich halte dich auf dem Laufenden. *Anyways*, was läuft bei dir? Hast du was rausgefunden?«

Paul berichtete von der Erklärung für den Betrag auf der Kaufquittung.

»Ein Grabkreuz hat Kruger erworben?« Iain schwieg

verblüfft. »Keine Blumen? Kein teures ›Fick-mich-Bouquet‹?« Er hatte sich wieder gefasst. »Das ist ein Täuschungsmanöver. Es geht trotzdem um eine heimliche Geliebte. Er hat ein Doppelleben geführt. Glaub mir, Paul, das war es, was in seinen Augen stand, als ich die Briefe verbrannte. Der Mann hat innerlich geheult, es hat ihn fast zerrissen, aber er war ein Kerl und wollte sich nichts anmerken lassen. Könnte mir nicht passieren, ich heule die ganze Zeit. Wenn mein Team im Fußball verliert, wenn eine Greisin bei einer Castingshow *In the Ghetto* singt, wenn meine Kinder in Musik richtig gute Noten heimbringen … Karen sagt, ich bin eine Heulsuse. Dafür bekomme ich keinen Krebs. Geh auf diesen Friedhof und finde das Kreuz. Gertrud sitzt mir im Nacken.«

»Was hat sie gegen dich in der Hand? Steuerhinterziehung? Schmiergeldannahme?«

Das Schlucken Iains war über den Ärmelkanal zu hören. »Bitte, Paul. Bei deinem Vater.«

Paul fühlte, wie er bleich wurde. Er schloss die Augen, ließ den Gedankensplitter zu. *Das Gelb der Pfingstrosen. Dieselbe Farbe wie der Tennisball. Dieselbe Größe wie das Ding im Kopf.*

»Hörst du mich, Paul? Hallo?« Iains Stimme drang wieder in sein Bewusstsein. »Ich wollte dich nicht verletzen, aber dein Vater ist mir einfach sehr präsent. Ich gehe oft bei dem Grab vorbei, jedes Mal, wenn ich zu Hause bin. Wenn du willst, zünde ich beim nächsten Mal eine Kerze an. In deinem Namen.«

»Ich bin schon lange aus der Kirche ausgetreten.«

»Aber ich nicht. Und dein Vater auch nicht, soweit ich mich erinnere.«

Paul legte auf, weil er sich beobachtet fühlte. Jelena stand hinter der Glastür, einen Koffer neben sich, bereit zum Gehen. Er rollte den Stuhl zurück, erhob sich und winkte sie herein.

»Hast du was über Kruger rausgefunden?«, fragte er, als sie die Tür hinter sich zugezogen hatte. Die anderen draußen waren alle über ihre Laptops gebeugt, vertieft in den üblichen E-Mail-Verkehr.

»Ich habe beim Einwohnermeldeamt nachgefragt, in Zürich ist der Name sehr selten. Niemand von den kontaktierten Personen kennt Jacob Kruger. Die einfachste Möglichkeit ist, auf dem Friedhof Enzenbühl nach dem Grabkreuz zu suchen.«

Genau das hatte Paul vermeiden wollen. »Kannst du das übernehmen?«

Jelenas Blick ging zum Gepäck. »Ich fliege in zwei Stunden.«

»Buche auf Montag um.«

»Paul.« Ihr Ton klang nachsichtig. »Es ist nur ein Friedhof. Er ist schön gelegen, etwas erhöht. Mit altem Baumbestand und Aussicht auf die Stadt.«

»Aber mein Auto ist in Reparatur.«

»Es gibt Trams in Zürich, Paul. Schöne blaue, gemütliche Trams.« Sie drehte sich um, dass der Rock ihres Kleides nur so schwang. »Und noch etwas: Kannst du für mich übernehmen und auf dem Heimweg beim Koch im Restaurant vorbeigehen? Eben ist die offizielle Vorladung vom Obergericht gekommen, nach einem vorgezogenen Berufungsverfahren, wie wir befürchtet haben.« Sie zog den Griff aus der Halterung, ihre Absätze klapperten auf dem Parkett. »Bis in einer Woche.« An der Tür stoppte sie erneut. »Steht dir übrigens gut, dein Outfit. Von mir aus müsstest du keine Anzüge mehr tragen.«

Erst jetzt fiel Paul auf, dass er sich nicht umgezogen hatte. Das war ihm noch nie passiert.

\* \* \*

Es gab zwei Friedhöfe. Und beide lagen gegenüber der Tramhaltestelle. Der linke, etwas weiter oben, hieß Rehalp, der rechte, etwas weiter unten Enzenbühl, Pauls Ziel. Das Tor kam ihm groß vor, wie ein Schlund aus Messing. Seit der Beerdigung seines Vaters auf dem Glasnevin in Dublin war Paul auf keinem Friedhof mehr gewesen. Er fühlte sich, als wäre er den Berg hinaufgeradelt, die Gläser seiner Sonnenbrille waren beschlagen, die Füße schwitzten in den engen Lederschuhen, der Rollkragenpullover unter der Jacke war viel zu warm. Er zog beides aus, legte den Pulli über die Schultern, die Jacke behielt er in der Hand. Ein Hupen ließ ihn zusammenfahren. Der Lastwagenfahrer hatte damit gerechnet, dass Paul vorhatte, die Straße zu überqueren, und war sauer.

»Hat der sie noch alle?« Eine junge Frau, die auf einer Bank saß und ein Sandwich verspeiste, tippte sich an die Stirn. Statt seiner hatte eine alte Dame mit Stock die Straße überquert. Ihr folgte eine ganz Schar dunkel gekleideter Menschen, Paul jedoch blieb stehen. Fünf Minuten, zehn Minuten. Aus der nächsten Tram hievte ein Mann einen Kinderwagen mit Kleinkind die Treppe herunter, ein kleiner Junge half ihm nach Kräften. Als sich das Trio neben Paul an den Zebrastreifen stellte, wurden sie sofort von einer Autofahrerin durchgewinkt.

»Wegen dir. Weil du so groß bist. Wie ein Turm.« Der Junge lachte Paul an. »Kommst du mit uns?«

Paul suchte nach einer Antwort.

»Beeil dich, Till.« Der Vater sprach über die Schulter, ohne zurückzublicken, es wirkte routiniert. Paul bemerkte einen zitronengelben Tennisball in der Hand des Kleinen. Schon wieder diese Farbe.

*Das Krankenhausbett. Das quietschende Linoleum. Tee, der die Zähne verfärbte.*

Umgeben von vielen Plastiktüten wusch sich ein Mann am Brunnen gegenüber, auf dem Brunnenrand lag seine Zahnbürste. Paul konnte nicht umhin, ihm Geld zu geben. Der Obdachlose nahm es mit ausdrucksloser Miene an.

»Vergelts Gott.«

Schon wieder Gott. Paul schauderte.

Eine blecherne Stimme ertönte aus einem Lautsprecher: »Kollision am Kreuzplatz. Der Tramverkehr ist unterbrochen. Es ist mit Wartezeiten zu rechnen.«

Wenn Paul nicht wüsste, dass es unmöglich war, hätte er Jelena dahinter vermutet. Zusammen mit Iain. Sie hatten sich verschworen, sie wollten, dass er sich diesen Friedhof ansah und einen Hinweis auf den alten Kruger fand.

»Dann geh ich halt rein«, murmelte er schließlich. Das Tor war harmlos, nichts passierte, alles blieb ruhig.

Er trat auf eine schnurgerade Allee. Es gab ein kauziges Gebäude zur Linken, gefolgt von einer Kapelle, vor der sich die dunkel gekleideten Leute versammelt hatten. Eine Beerdigung, dachte Paul und ging mit gesenktem Kopf an der Gruppe vorbei. Aus den Augenwinkeln bemerkte er viele alte Bäume, die eine natürliche Abgrenzung zur Grabreihe links bildeten. Um sich zu orientieren, ging er zu einem verglasten Schaukasten. Der vergilbte Plan zeigte ein Gebiet von unter einem Quadratkilometer, eingeteilt in verschiedene Sektoren, unter besonderer Erwähnung der prominenten Verstorbenen. Kruger war nicht darunter. Die Normalsterblichen waren nicht mit Namen vermerkt. Wie erwartet gab es auch keine Hinweise auf Gräber, die lediglich Holzkreuze schmückten.

Unentschlossen sah Paul sich um. Weiter vorne auf der Allee bemerkte er die alte Dame, die zielstrebig in einen Seitenweg abbog. Sie wirkte, als ob sie sich hier auskennen würde.

»Entschuldigung.« Paul hatte sie eingeholt.

»Was denn? Rennen Sie mir nach?« Sie strahlte ihn an. Ihr Gesicht war altersbleich, das Haar wie Daunen, die Augen von wässrigem Blau.

»Ich wollte Sie um eine Information bitten, ich habe nicht viel Zeit und ...«

»Ohne Zeit herzukommen, ist ganz schlecht«, unterbrach sie ihn.

Paul starrte sie an.

»Aber fragen dürfen Sie trotzdem.« Ihr Lächeln gab den Blick auf eine Reihe behandlungswürdiger Zähne frei.

»Wissen Sie, wo ich die Gräber mit den Holzkreuzen finde?«, fragte Paul.

»Holzkreuze?« Die Frage schien sie zu amüsieren. »Die sind überall. Manche ganz frisch, manche uralt. Manche wurden freiwillig aufgestellt, manche nur widerwillig. Weil den Angehörigen das Geld ausging und sie sich keinen Grabstein leisten konnten. Ich mag Grabkreuze. Sie sind der Wegweiser zum Himmel. Meins habe ich mir vor

Ewigkeiten ausgesucht. Was hätten Sie denn gerne auf Ihrem Grab?«

Paul war vollkommen perplex.

»Noch nie darüber nachgedacht, nicht wahr? Ich finde, das sollte jeder tun. So lange er noch vor Leben vibriert. Mein Grabplatz liegt auf Feld P. Nicht weit von einem meiner Gschpusis. Das ist österreichisch und heißt so viel wie enger Freund. Der Leo. Ich besuche ihn täglich. Er war mir von allen der liebste. Aber entschuldigen Sie, ich stehle Ihnen Ihre wertvolle Zeit.« Sie deutete mit dem Stock in die Weite. »Um die Holzkreuze zu finden, müssen Sie nur die Gräber abgehen, es sind etwa tausendfünfhundert an der Zahl, Kreuze geschätzt hundert.« Sie nickte ihm zu. »Falls Sie noch Fragen haben, ich bin die Frau Havel. Man kennt mich hier. Servus!« Hinkend ging sie davon.

Ob sie das alles ernst gemeint hatte? Sie war ihm nicht verwirrt vorgekommen, eher hellwach, mitteilungsbedürftig und definitiv alteingesessen auf diesem Friedhof. Nicht zu unterschätzen, sollte er noch mehr Hinweise brauchen.

»Auf Wiedersehen«, rief er ihr nach, was sie mit einem Winken quittierte.

Vom Kapellenturm vernahm er eine Glocke. Er ließ ihn hinter sich. Ab da war die Allee links und rechts von Grabsteinen gesäumt, alle mit adretten Blumen geschmückt, dazu weiterhin die Reihe der knorrigen Bäume. Er entdeckte gerade mal ein einziges Holzkreuz, und das war nicht das richtige. Bei einem ovalen Teich traf er den kleinen Jungen wieder, vertieft in den Anblick eines Reihers am Uferrand. Der Vogel hatte ein Bein angezogen, sein grauer Körper balancierte neben einer Hecke. Ganz in der Nähe rekelte sich eine Katze mit Tigermusterung und halb geschlossenen Augen.

»Ist sie nicht gefährlich für den Vogel?«, fragte Paul.

»Iwo«, sagte der Kleine. »Die kennen sich gut. Ich weiß nicht, wie er heißt, aber sie ist Tiger-Lili.«

Tiger-Lili, die Friedhofskatze. Als der Reiher Pauls Schatten bemerkte, flog er davon.

Der Kleine rannte ihm nach, mitten auf eine Wiese mit hohem Gras.

»Ist mir entwischt«, sagte er bei seiner Rückkehr, während er sich niesend die Halme von der Kleidung zupfte. »Tschuldigung. Ich bin agerlisch auf gemähte Wiesen.«

Paul überlegte. »Du meinst allergisch?«

»Weil sie von Hand mähen.«

»Tun sie das?«

»Mit einer Sense«, meinte er altklug. »Matteo hat es mir gezeigt.«

»Wer ist Matteo?«, fragte Paul.

»Der Chef vom Friedhof. Er kann alles und ist sehr streng.«

Von weit weg ertönte die Stimme des Vaters. »Till!«

»Chill mal, Papa«, rief der Kleine zurück. Und dann zu Paul: »Ich muss gehen. Morgen bin ich nicht hier. Es ist unser Mamatag.«

»Ihr wohnt bei eurem Vater?«

»Voll«, sagte der Kleine. »Mama muss zu viel arbeiten und sie ist zu traurig.«

»TILL!«

Kinder, die bei Vätern wohnten. Das gab es. Paul fuhr mit der Hand in die Hosentasche. Milus Asche war da, wo sie sein sollte. Er setzte seine Suche fort, als der Kleine weg war, und entzifferte die Namen auf Grabsteinen. De Santos, Meier, Dragovic, alle 2004 gestorben. Ab und zu bemerkte er sogar weitere Kreuze. Allerdings keines aus dem Jahr 1997 und keines mit dem Kürzel S. Plötzlich rutschte er auf etwas Schleimigem aus, und beim näheren Hinsehen entpuppte sich die Masse als Eigelb. Daneben lagen drei cremefarbene Schalenhälften säuberlich nebeneinander.

»Das ist eigenartig, nicht?« Die Stimme gehörte einem weißhaarigen Herrn. Er saß auf einer Bank auf einem leicht abfallenden Wiesenhang und war umrahmt von Weinstöcken.

»Meinen Sie die Schalen?«

Der alte Herr zuckte die Schultern. Einen Moment schwiegen sie beide.

»Sind die aus einem Vogelnest?« Paul dachte an Tiger-Lili.

»Seit Tagen liegen sie jeden Morgen hier. Es sind die Schalen von Hühnereiern. Ein Rätsel.«

Sein Blick schweifte über die Baumwipfel vor ihnen, man sah bis zum Uetliberg. Weil das Gespräch zu versiegen drohte, stellte Paul sich vor, was dem Alten ein Lächeln entlockte.

Er nahm Pauls Hand und schüttelte sie, seine Haut war papiertrocken. »Ich besuche meine Frau. Die Margerita. Sogar wenn es Katzen hagelt, besuche ich sie. Der Weinstock hier ist auch ihr Grabstein.«

Unter den Weinstöcken waren also Menschen begraben. Zu den Holzkreuzen konnte Herr Traub keine Auskunft geben, er verwies an Frau Havel, die alles wisse. Nun gut, da hatte Paul sich im Kreis gedreht. Ein Gefühl, das ihm nicht sonderlich behagte.

»Gibt es hier in der Nähe einen weiteren Ausgang?«, fragte Paul.

»Da vorne, am Ende der Allee. Oder weiter unten, einfach der Nase nach Richtung See. Insgesamt gibt es drei.«

Als Paul hinunterging, wurde es still und schattig, rechts waren Grabreihen, links ein schmales Wiesenstück mit einigen Skulpturen, dahinter Bäume. Ein lila Luftballon schwebte zwischen einem Lindenbaum und einer Eiche. Fast verdeckt von deren Ästen, umgeben von Dünengras und zwei brennenden Kerzen in Joghurtgläsern, stand ein weißes Holzkreuz.

Paul blieb stehen und las laut den Namen. »Christina, gestorben 2021.«

Zwei Jahre war es her. Und doch wirkte das Grab noch neu. Von oben hörte er eine Stimme.

»Morgen kommen wir wieder, Till, Chrigeli wartet auf dich, ich verspreche es dir. Sie geht nicht weg, sie bleibt für immer hier.«

Christina also, genannt Chrigeli. Sie musste Tills Schwester sein, entnahm Paul dem weiteren Gespräch. Auch dieser Familie war Leid zugestoßen, Tills Vater war vielleicht so sprachlos wie Paul. Aber immerhin hatten sie ein Kreuz, einen Ort mit einem lila Luftballon und einer Kerze bei Sonnenschein. Pauls Handy summte mit einer Erinnerung für die Sitzung mit dem Staatsanwalt, in Sachen Starkoch. Wenn er sich beeilte, käme er nur ein wenig zu spät; Jelena hatte eine Strategie ausgearbeitet, um die Steuerhinterziehung als Versehen darzustellen. Der Koch habe den Kopf in den Sand gesteckt, wofür er bezahlen, aber nicht ins Gefängnis müsse; ein Finanzberater, der der logistische Kopf hinter dem Ganzen gewesen sei, war verstorben, ihn posthum zur Verantwortung zu ziehen, sei schwierig. Das würde auch der Staatsanwalt einsehen. Recht und Unrecht waren in Pauls Welt eine fließende Sache. Ihm ging es darum, das Bestmögliche für seine Klienten herauszuholen.

In dem Moment stolperte er über eine Schubkarre samt Heckenschere. Ein junger Typ in grüner Arbeitskleidung, nackten tätowierten Oberarmen und einer Schirmmütze stand in der Nähe und sprach in ein Handy.

»Jetzt? ... Ich mach hier Grabpflege, und das wäre euer Job. Wo bist du, Stronzo? ... Aber das war für Montag geplant ... Und warum sagt mir das keiner? Gib mir mal die Chefin.«

Er hörte einen kurzen Moment zu. Danach wurde seine Stimme warm und höflich. »Natürlich ist der Aushub gemacht ... WAS?«

Der Typ war sichtlich schockiert.

»Nicht möglich. Dafür brauchen wir insgesamt zwei Tage. Und wir haben einen Mann zu wenig ... Nein, Chefin, sorry, aber das ist unmöglich. Ich weiß, dass es in der Kapelle ein Problem gibt, aber ...«

Als er das Gespräch beendete, fluchte er auf Italienisch wie ein Berserker. Dazwischen sagte er Worte wie »das Datum falsch gelesen«, »verwechselt«, und »Scheißlicht«, gefolgt von unzähligen Flüchen, einer schlimmer als der andere.

Bis Paul ebenso laut zurückgab.

»*Porca miseria, stai zitto!*«

Es klang scharf und ordinär, kam ihm aus tiefster Seele und ließ ihn erstaunter zurück als den jungen Mann, der tatsächlich die Klappe hielt.

»Krass«, sagte er nach einer gefühlten Ewigkeit. »Kannst du Italienisch?«

»Meine Mutter war Tessinerin.« Pauls Stimme klang heiser, er hatte zu laut geschrien.

»Tessinerin?« Sein Gegenüber tat etwas Unerwartetes, er griff in die Brusttasche und holte ein Formular raus. »Jetzt kapier ich. Du bist Krasinski, nicht wahr? Zürich und Tessin, hier steht's ja.« Mit einer Handbewegung wischte er Paul den Pulli von den Schultern. »Du warst im Kaufmännischen tätig, hast du geschrieben? Musst du hinter dir lassen. Und gescheite Klamotten brauchst du auch. Ein Rollkragenpullover im Frühling, wer trägt denn so was?«

Paul räusperte sich. »Ich glaube, hier muss eine Verwechslung vorliegen …«

»Du bist doch Krasinski, der Praktikant.«

Bevor Paul antworten konnte, redete er auch schon weiter.

»Sorry wegen dem Geschrei, so bin ich einfach, immer direkt.« Er klopfte ihm auf die Schulter. »Dich schickt der Himmel. Ich bin übrigens Matteo Lazzarone.«

Paul nahm die Sonnenbrille ab. »Sind Sie sicher, dass Sie mich meinen?«

Lazzarone starrte ihn an. »Oha. Du bist ja uralt.« Die Beleidigung war ihm kein bisschen peinlich. Ein Blick auf das Formular. »Hier ist kein Jahrgang angegeben, das ist ein Fehler. Sonst hätte ich der Verwalterin gleich gesagt, dass das nichts wird.« Er bückte sich, hob den Pulli auf und überreichte ihn Paul. »Schade, du hast so was Relaxtes, die Pflanzen mögen das, die Steine auch. Du wärst bestimmt ein guter Friedhofsgärtner geworden.«

Friedhofsgärtner? Paul hatte noch nie daran gedacht, dass Friedhöfe Gärtner brauchten. In seinem Innern schnappte etwas, als ob ein Schalter umgelegt würde.

»Wieso willst du mich jetzt plötzlich wieder loswerden? Ich dachte, mich schickt der Himmel.« Er blickte Lazzarone direkt in die dunklen Augen.

»Also bist du Krasinski?«, fragte Lazzarone nach einer gefühlten Ewigkeit.

Irgendwo gibt's den echten Krasinski, dachte Paul. Sei's drum. »Paul.«

»Wie alt bist du?«

»Über fünfzig«, sagte Paul.

»Sag ich's doch: uralt. Und was willst du hier als Praktikant?«

»Quereinsteiger.« Darüber hatte Paul gelesen, ältere Männer wie er, die noch einmal einen Neuanfang wagten.

»Zum Spaß oder ist es dir ernst?«

»Was meinst du mit ernst?«

»Na, willst du wirklich eine Lehre machen? Einen neuen Beruf erlernen?«

»Ähm, ja.«

»Krass. Was hast du denn bisher gemacht?«

»Anwalt.«

»Anwalt? Ich scheiß mich an. Wie in *Better call Saul*?«

Paul kannte die Serie. »Nur dass ich nicht kriminell bin.«

»Kann man Anwalt sein, ohne kriminell zu sein?«

»Gute Frage.«

»Was verdienst du da?«

Paul nannte ihm eine Zahl.

Lazzarone war fassungslos. »Was willst du dann hier?«

Was wollte er hier? Er wusste nur, dass er diesen Lazza-rone sehr gerne überzeugen wollte, ihn zu behalten. »Mit Erde arbeiten.«

»Machen die Maschinen.«

»Blumen ziehen.«   ·

»Werden angeliefert.«

»Es riecht so gut.«

»Der Penner am Brunnen vorne denkt, hier wäre sein Klo.«

»Ich will einfach meine Ruhe.«

»Schwierig, in einem Team von zwanzig Leuten.«

Paul gingen die Argumente aus. »Ich mag Friedhöfe.«

Lazzarones Augen wurden wieder schmal. »Bist du pervers? Ein Nekrophilister?«

»Das heißt Nekrophiler.«

»Einfach mit Toten.«

»Sie sind nicht tot.« Paul fiel Frau Havel ein. »Sie vibrie-ren vor Leben.«

»Vibrierende Tote. Das ist geil. Herzlich willkommen, Paul Krasinski.« Lazzarone boxte ihm in die Seite. »Und nun komm mit. Wir haben einen Notfall. Jede Hand wird gebraucht.« Als er losmarschierte, folgte ihm Paul. »Ich bin übrigens dein Chef, Teamleitung Grabpflege.« Sie schüttelten sie sich die Hände. »Duzen und die Nach-namen, wegen der Verwechslungen.«

»Wie alt bist du?«, fragte Paul.

»Siebenundzwanzig.«

»Bist du nicht zu jung für einen Chef?«

Lazzarone musste lachen. »Unentschieden. Gut zu-rückgeben, Krasinski.«

Er legte einen Zahn zu, unter seiner Mütze kam eine

Fülle von schwarzen Zöpfchen zum Vorschein, die dunkle Haut glänzte. Im Laufen zog er sein Handy raus. Bellte Befehle hinein. »Ich bring den Goupil und den ganzen Scheiß. Wir müssen einrichten. Tempoteufel. Nach der Kapelle werden die alle auflaufen. Wir haben noch eine halbe Stunde.«

Sie waren bei einem offenen Holztor angekommen. Dahinter befanden sich ein Komposthaufen und eine Hütte. Ein kleiner Elektrolieferwagen mit der Aufschrift Goupil stand bereit, beladen mit zwei geflochtenen Körben und einigen Schaufeln, daneben lehnte ein Metallrahmen.

Lazzarone fasste die Träger auf der einen Seite an. »Das ist die Grababsenkungsanlage. Wir nennen sie ›Maulwurf‹. Sie muss da rauf.« Zusammen hoben sie das Gestell auf die Ladefläche. Dabei fiel Lazzarone ein Foto aus der Tasche des Overalls. Paul hob es auf. Eine junge Frau.

»Deine Freundin?«, fragte Paul.

Lazzarone wurde verlegen. »Nein … sie … ich weiß es nicht …«

»Will sie nicht?«

»Es war nur ein Date.«

»Abwarten. Sie wird sich melden, du wirst sehen.«

Anstatt zu antworten, setzte sich Lazzarone ans Steuer des Elektromobils. »Umziehen da vorne in der Hütte, im Grünen Heinrich. Die Overalls liegen im Regal, bei dir wird's wohl XL sein. Aber das Wichtigste sind die Schuhe. Schau in meinem Spind nach, der erste von Links. Da habe ich immer ein Paar Ersatz-Wanderschuhe.«

Paul ohne seine Lederslipper?

»Und dann komm zum Grabfeld F.«

# Achtes Kapitel

Ein Klingeln riss Ruby aus dem Tiefschlaf. Als sie nach dem Handy griff, um den Lärm abzuschalten, kam die Matratze ins Rutschen und sie knallte auf den Boden. Der schmerzende Knöchel erinnerte sie an den Friedhof. Ihr Hirn war noch nicht fähig, die Bilder abzurufen. Vor allem nicht, weil das Klingeln unglaublich störend war. Es war nicht der Wecker, bemerkte sie, es war die Tür.

»Kann einer von euch hingehen?« Das eigene Schreien war wie Metall im Kopf. »Hallo?«

Aber die Mitbewohner waren längst weg, es war später Mittag, hinter den blickdichten Vorhängen strahlender Sonnenschein. Es regnete nicht mehr. Von null auf hundert war es heiß geworden. Ruby humpelte die Treppe hinunter, es musste ein Paketdienst sein. Im Spiegel bemerkte sie, dass sie ein T-Shirt von Miles trug, bei dem er zwei Löcher in die Augen von Sid Vicious von den Sex Pistols geschnitten hatte. War er gestern mit ihr nach Hause gekommen? Sie hatte diesbezüglich keine Erinnerung, ein absoluter Blackout. Erneutes Klingeln.

»Stress dich, Alter«, murmelte sie und griff zum nächstliegenden Kleidungsstück. Dass es das Cape war, bemerkte sie erst an der Tür.

Draußen stand ein Mann, der wie Boris Johnson aussah. Nur noch rundlicher und mit rötlichem Haar und zu enger Anzugjacke. Die Augen waren blutunterlaufen.

»Ruby Kosa.«

Er sprach ihren Namen so aus, als ob er sie kennen würde.

»Mein Name ist Iain O'Reilly.« Er fuchtelte mit seinem Handy vor ihrem Gesicht herum. »Sind Sie in der Nacht auf das Grundstück eines jüdischen Friedhofs eingedrungen und haben sich selbst dabei gefilmt?«

Sie konnte sich nicht vorstellen, dass er sich den Livestream angeschaut hatte, er war definitiv nicht das Zielpublikum. Aber es bedeutete, dass die Friedhofslocation durchgesickert war. Sie hätte es wissen müssen. Social Media war gnadenlos, da ließ sich nichts verbergen.

»Ich dringe nirgendwo ein.«

»Sie streiten also nicht ab, dass Sie an der Fulham Road waren?«, fragte er.

Anstatt zu antworten, stellte sie ihm eine Gegenfrage. »Warst du vielleicht hinterher im Pub?«

»Hä?« Sein Blick flackerte. »In welchem Pub? Meinen Klienten wurden zugetragen, dass Sie auf Social Media etwas über ihre Familie gebracht haben. Ohne ihre Erlaubnis, das ist illegal. Dafür kann die Familie Sie anzeigen.«

»Illegal? Die Infos kann man sich in jeder Bibliothek besorgen. Öffentlich.« Rubys Augen scannten sein zerknittertes Hemd mit dem Achselschweiß. Die zitternde Hand mit dem Flaum auf dem Rücken. Den Ring, der ins Fleisch schnitt. Sie dachte dies, dachte das, entschied sich für die naheliegendste Vermutung. »Weiß deine Frau, dass du junge Frauen aus dem Schlaf reißt und sie in ihren Privatwohnungen blöd anmachst?« Sie öffnete das lächerliche Cape.

Er wurde bleich und taumelte zurück. »Ich habe nicht … das ist ein Mandat …«

»Du belästigst mich gerade. Verschwinde.« Als sie die Tür schließen wollte, warf er ein Schreiben über die Schwelle.

»Lesen Sie das. Und ziehen Sie den Livestream zurück. Außerdem veröffentlichen Sie nie mehr was zu dem Thema.«

Damit rannte er davon, während ihm das Hemd aus der Hose hing.

Ruby schloss die Tür und hob den Umschlag vom Boden auf. Die Adresse war aufgeklebt. Ruby Kosa. Jemand musste sie verraten haben, Ruby wohnte nur zur Untermiete hier, ihr Zimmer gehörte eigentlich einem Typen, der selbst zur Untermiete gemeldet war. Unmöglich, da ihre Adresse rauszukriegen. Mrs Peek? Jemand von Olgas Laundrette? Miles?

Irritiert legte sie den Brief auf die Flurkommode. Dabei klapperte es in der Tasche des Capes, es war der Mausoleumsschlüssel und ein Plastikbeutel. Beim Betasten fiel ihr ein, was sie da reingesteckt hatte. Oh mein Gott. Das Klo erreichte sie im letzten Moment.

Nachdem sie alles rausgereihert hatte, holte sie ein Alka-Seltzer aus dem Schrank und ging in die Küche. Niemand da, im Ausguss stapelte sich Geschirr, um an ein sauberes Glas zu kommen, musste sie spülen. Sie erledigte auch gleich den Abwasch der anderen, Ruby ertrug keinen Schmutz.

Mit dem schäumenden Glas setzte sie sich an den Tisch, den Beutel legte sie vorsichtig daneben. Lange besah sie sich den Inhalt. Das eine war ein dünner Knochen, das andere ein Haarkringel, eingeschlagen in ein Seidentuch. Nach und nach kehrten die Bilder zurück. Wie Momentaufnahmen im Flackerlicht eines Stroboskops. Sie holte das Handy raus. Das letzte Foto musste es sein, das im Mausoleum, sie hatte das Innere des Sargs abfotografiert, verwackelt und überbelichtet. Das seitlich liegende kleine Skelett war dennoch deutlich zu erkennen. Ruby sah vor sich, wie sie den Knochen mit Pinzette und Rechen aus dem Gefüge der anderen extrahiert hatte, vorsichtig, um ja nichts zu beschädigen. Er war filigran, wie ein Zypressenzweig, vielleicht zwei Zentimeter lang. Mittelhand, schätzte Ruby, von einem Kleinkind, vielleicht sogar von einem groß gewachsenen Neugeborenen. Außerdem war er vollständig skelettiert, was bedeutete, dass das Kind mindestens zwölf Jahre tot war, aufgrund von Farbe und Oberflächenstruktur auch um einiges länger. Es könnte sich dabei also um Amalia Kruger, gestorben 1896, handeln.

Nur, wem gehörte dann die Locke? Warum lag sie da drin? Gab es ebenfalls ein Skelett dazu? Eine Lockenleiche? Es ließe sich erst herausfinden, wenn man den Sarkophag vollständig öffnete und untersuchte. Ruby bekam eine Gänsehaut. Vielleicht wollte sie O'Reilly deshalb vom Mausoleum fernhalten? Sie zog frische Handschuhe an und packte Knochen und Locke in je einen sauberen Plastikbeutel, die sie immer vorrätig hatte, für alle Fälle. Danach ließ sie sich ein Glas Wasser aus dem Hahn. Noch eines. Beim dritten Mal löste sie eine weitere Alka-Seltzer auf. Im Kühlschrank fand sie einen Gingershot und einen Rest Cola, im Eisfach zwei Eiswürfel und ein Coolpack. Das band sie um den verletzten Knöchel, die Würfel lutschte sie. Schließlich warf sie ihr Medikament ein und erstellte eine Playlist. Fokus, Ruby.

Zu den Klängen eines ruhigen Klavierstücks konzentrierte sie sich, bis ihre Erinnerung voll einkickte. Der Livestream hatte eine gute Reichweite erzielt. Nachdem sie den Knochen und die Locke sichergestellt hatte, war sie ins Pub gegangen, das längst geschlossen worden war. Der Pubbesitzer war beim Putzen gewesen und hatte Ruby zugezwinkert.

»Und? Hat es sich gelohnt, dass ich Mrs Peek abgelenkt habe?«

Er dachte, dass Ruby ihren Sohn hatte flachlegen wollen. Sie hatte den Irrtum nicht richtiggestellt, im Gegenteil. Sie hatte mit dem Typen getrunken, um Dampf abzulassen, weil das Medikament nachließ. Das war ein Fehler gewesen, Alkohol war nie gut. Noch vom Pub aus hatte Ruby den Livestream bei sich als Video heruntergeladen und anschließend auf ihren verschiedenen Kanälen geteilt. Wie war sie nur auf diese Bullshitidee gekommen? Nie wieder Alkohol.

Ruby holte ihr Handy raus und sah nach. Es hatte ihr Aufrufe und neue Abonnenten gebracht. Knapp vierhundert bei Insta, mehr als sechshundert bei TikTok. Tausend neue. Das war viel. Vielleicht doch nicht so schlecht, sollten die sich danach alle den Podcast anhören. Auch da gab es News: fast fünfzig neue Abonnenten. Dennoch löschte Ruby das Video. Zu viel Öffentlichkeit entzog ihr die Kontrolle.

Eiskalte Dusche, frischer Rock, frische Strümpfe. Frische Bluse. Nun war sie bereit für den Brief. Sie hob ihn auf und drehte ihn um.

Die Absenderin war Gertrud Kruger, Ruby war ihr als Kind einmal begegnet, sie erinnerte sich schemenhaft. In dem ziemlich langen Brief stand handschriftlich, dass es Ruby ab sofort verboten war, über das Familien-Mausoleum zu berichten, egal in welcher medialen Form. Als Grund wurde in einem zweiten, offiziellen Schreiben Persönlichkeitsschutz genannt, untermauert durch die Auflistung mehrerer Paragrafen und darauf basierenden Strafbeständen, alles versehen mit einem beeindruckenden Stempel. Es erweckte den Eindruck, dass der König persönlich Ruby in den Tower werfen würde, wenn sie nicht spurte. Das wirklich Aufsehenerregende war aber der letzte Abschnitt. Sollte sie die bisherige Berichterstattung in Form der bestehenden Postings bei Instagram und TikTok zurückziehen, bot man ihr als Entschädigung zweitausend Pfund an.

Zweitausend Pfund Schweigegeld. Damit könnte sie die Waschmaschinenreparatur bezahlen und sich einige Wochen auf die Masterarbeit konzentrieren. Die Versuchung war groß. Aber Ruby war nicht käuflich, lieber aß sie nur noch Porridge, duschte kalt und tippte nachts. Sie warf den Wisch auf den Tisch. Kruger versuchte es mit Zuckerbrot und Peitsche, dahinter verbarg sich etwas. Anstatt auf das Angebot einzugehen, würde sie mehr über die Familie herausfinden. Es war wichtig, seine Gegner zu kennen, also recherchierte sie erst mal im Internet.

Gertrud Kruger war knapp fünfzig und hatte die Apotheke nach dem Tod des Vaters übernommen, da sie als einzige der Geschwister über eine entsprechende Ausbildung verfügte. Die Apotheke war in der Folge bei Google von einem Fünf- auf ein Zwei-Stern-Rating abgesackt.

Auf den Fotos sah Gertrud üppig aus, im Countrylook, welliges Haar und etwas zu viel Schminke für Rubys Geschmack. Ihre jüngere Schwester hieß Alice, Typ dürrer Weihnachtsengel. Sie war Geschäftsführerin in einem Café in Surrey Keyes, nicht weit von Rubys WG entfernt. Ruby kannte es, die Muffins waren überteuert, dafür war die Aussicht auf einen Seitenarm der Themse großartig. Und dann gab es noch Raphael, das Sandwichkind, ein Musicaldarsteller, zurzeit im Ensemble von *Grease*.

Okay, okay, okay. Was nun? Ruby hielt sich gerne an den konkreten Dingen fest. Eine Analyse von Knochen und Haar könnte sie weiterbringen.

Sie bestellte einen Kurier – ein Kunde Olgas, der dafür sein Bike-Renndress gereinigt haben wollte – und schrieb Miles' Laboradresse auf das Paket. Dazu eine Notiz.

*Bei dem Baby handelt sich wahrscheinlich um Amalia Kruger, die totgeborene kleine Tochter des Apothekers, aus dem vorletzten Jahrhundert, für die das Mausoleum gebaut wurde. Ein super erhaltenes Skelett übrigens. Ich lege dir Briefumschlag bei. Möglicherweise findest du mittels einer Speichelprobe die nötige DNA auf der Verschlusslasche, außerdem habe ich ein Haar sichergestellt, ist aufgeklebt. Wem die Locke gehört, weiß ich nicht. Kannst du das checken?*

Danach packte sie ihren Rucksack. Sie brauchte mehr Informationen über die Familie Kruger, am besten über die Lebenden und die Toten. In Momenten wie diesen war Ruby dankbar für das Netzwerk ihrer Mutter. Einige Anrufe, und Ruby hatte eine Verabredung mit einem Rabbiner auf dem Highgate-Friedhof.

## Neuntes Kapitel

Paul erreichte Grabfeld F. Es lag eingebettet zwischen Grabreihen und Bäumen und glich einer Großbaustelle: herumstehendes Werkzeug, ein Bagger mit laufendem Motor, eine Ansammlung von Friedhofsangestellten in grünen Overalls. Zwei waren dabei, letzte Bretter von einem hölzernen Wagen zu hieven, zwei andere legten sie neben einem bestehenden Grab zu einer kleinen Plattform aus. Lazzarone hielt mit quietschenden Reifen und sprang aus dem Führerstand.

Ein Pfiff ertönte. »Herkommen!«

Als er Paul als Praktikant Krasinski vorstellte, wurde Paul ein Moment lang mulmig. Was, wenn sich der richtige Krasinski unter ihnen befände? Aber bis auf ein freundliches Murmeln der neuen Kollegen passierte nichts.

»Willkommen im Enzenbühlteam. Lasst euch nicht von seinem Aufzug täuschen, er arbeitet heute in seinen Straßenklamotten, die Overalls in xl sind aus. Ramona, er soll dir helfen.«

Ramona war Lehrlingsfrau im ersten Jahr, das einzige weibliche Mitglied im Team, wie sich herausstellte. Sie wirkte robust, mit schräger Brille und fröhlichem Lachen und flüsterte Paul den Grund für die Aufregung ins Ohr.

»Das Datum einer Beerdigung wurde falsch mitgeteilt. Nun müssen wir in einer Stunde ein Grab vorbereiten.

Dafür veranschlagen wir normalerweise drei Tage Arbeit, zu zweit.«

»Drei Tage, um ein Grab auszuheben?«

»Mit allen Vorbereitungen. Und die Erde ist lehmig, das macht das Graben mühsam.«

»Dann wird es schwierig.«

»Nicht für Matteo Lazzarone. Der schafft alles.« Verliebtheit schwang in ihrer Stimme und auch in ihrem Blick mit, als sie nun zu Lazzarone sah, der in der Zwischenzeit jeden einzeln instruiert hatte.

Der Trupp setzte sich in Bewegung, der Bagger ebenso, erste Lehmbrocken purzelten auf die Plattform. Ramona half mit der Schaufel nach und erklärte Paul, wer die anderen waren.

»Das ist Tim«, schloss sie. »Der kann richtig krass Bagger fahren.«

Sie meinte den Typen am Steuer, der bereits im dritten Lehrjahr war, mit der meisten Erfahrung nach Lazzarone. Er hatte für Paul nur ein abschätziges Nicken übrig, bevor er die Baggerschaufel immer tiefer in den Boden wühlte, während zwei andere mit Spitzhacken nachhalfen und Ramona aufpasste, dass nichts von dem abgeworfenen Aushub von der Holzplattform fiel. Das passierte alles ruhig, aber schnell, ein eingespieltes Team.

»Los, Krasinski, nicht rumstaunen, mithelfen.«

Paul hängte seine Jacke an einen tief hängenden Ast, den Pulli ebenso. Seine Arme waren bleich, es war lang her, seit sie die Sonne gesehen hatten. Er bückte sich und schnürte die ausgeliehenen Wanderschuhe enger.

»Gib Gas, Alter«, bellte Tim. »Wir sind kein Ferienlager.«

Gelächter.

Lazzarones Handy klingelte. »Seid still. Es ist die Chefin.«

Das Lachen verstummte, alle standen stocksteif.

Ramona erklärte leise, dass es sich dabei um Antigone Licht handelte, die Friedhofsverwalterin. Vor ihr schien auch Lazzarone Respekt zu haben.

»Die verlassen oben die Kapelle«, sagte er, nachdem er aufgelegt hatte. »Wir haben vielleicht noch zwanzig Minuten. Gebt alles, Kollegen. Krasinski, Grab säubern.«

Ramona wies Paul an, eine Schaufel aus dem Wagen zu holen.

»Mit rechts, Krasinski«, befahl Lazzarone bei seiner Rückkehr.

»Er ist Linkshänder«, sagte Ramona. »Sieht man doch.«

Paul begann, den losen Dreck wegzuschaufeln. Die ersten Bewegungen fielen unsicher aus, danach ging es besser, er fand einen Rhythmus. Nicht einen Moment lang fragte er sich, was er hier eigentlich tat. Es kam ihm vor, als ob er schon seit Wochen auf dem Friedhof arbeitete. Es fühlte sich richtig an. Als sich das Schaufelblatt in einer Wurzel verfing, riss er mit aller Kraft daran, bis er das Ding herausziehen konnte wie eine überlange Spaghetti.

»Bravo«, sagte Lazzarone. »Unkrauttest bestanden.«

Erst jetzt bemerkte Paul, dass die anderen kurz innegehalten und ihm alle zugeschaut hatten.

Sie klatschten. Es rührte ihn.

»Unkraut ist der größte Feind einer sauberen Bepflanzung. Noch fünfzehn Minuten, Leute.«

Tim fuhr den Bagger aus dem Sichtfeld, die letzten Dreckreste landeten auf Haufen.

»Die Grabverkleidung, Krasinski.«

Paul hob die Metallträger von der Ladefläche und reichte sie Ramona, die sie ins mittlerweile ausgehobene Grab stellte, während Tim bereits wieder da war, um sie mit einem Hammer in den Boden zu rammen und so die seitlichen Wände abzustützen.

»Die Rasenteppiche. Sie sind im Korb.«

Der überdimensionale Korb enthielt also kein Picknick, sondern grün glänzende Tücher, die Paul nun auffaltete.

Tim streckte die Hand danach aus und begann, das Grab damit auszukleiden. Ein grünes Bett, dachte Paul. Zu guter Letzt platzierten sie zu viert den »Maulwurf«, wie Matteo die Absenkungsanlage genannt hatte. Erst jetzt bemerkte Paul die gespannten Gummiriemen und den Auslösungsmechanismus.

»Krasinski! Du träumst schon wieder. Leg die Plane über den Dreckhaufen. Wir holen den Balken.«

Paul befestigte die Plastikplane und war gerade dabei, den Weg zu wischen, als der Goupil erneut ankam.

Diesmal stand auf der Ladefläche ein Sarg. Aus hellem Holz, zierlich und elegant. Da drin lag ein Mensch. Auf Lazzarones Befehl hoben ihn die vier Lehrlinge herunter. Die Art, wie sie arbeiteten, synchron und hoch konzentriert, hatte etwas durch und durch Praktisches, als ob sie ein Klavier umzögen.

»Krasinski!«

Paul sollte den Sarg zusammen mit Ramona am hinteren Teil in Empfang nehmen. Das Holz fühlte sich warm an, er war erstaunlich leicht.

»Balken in Position.« Sie rückten den Sarg auf den Gummiriemen zurecht.

Lazzarone kam mit einem Kreuz in der Hand und stieß es vor dem Grab in die Erde. Paul las den Namen. Ein gewisser Bruno, neunzig Jahre alt.

Nun kam ein schwarz gekleideter, amtlich wirkender Mann gemessenen Schrittes den Weg hinunter.

»Der Bestatter«, erklärte Ramona. »Wir haben Glück, es ist der nette.«

In der Ferne hörte man das Läuten einer Glocke.

»Das ist unsere Kapelle. Nun machen sie sich auf den Weg.«

Noch ein letztes Mal wischen, alles war bereit.

»Gut gemacht, Krasinski«, sagte Lazzarone. »Du schiebst Wache während der Beisetzung, das dauert vielleicht eine halbe Stunde. Wenn sie sich dem Ende nähert, rufst du mich an.«

»Wie erkenne ich das Ende?«

Alle sahen ihn an.

»Das«, sagte Lazzarone, »merkst du dann schon.«

»In Ordnung.« Paul tippte seine Handynummer ein.

»Sobald die Trauergemeinde wieder weg ist, kommen wir zum Aufräumen.« Er sprang in den Goupil. »Pass auf, dass sie dich nicht sehen, sonst wird die Chefin fuchsteufelswild. Muss alles seine Ordnung haben, hier auf dem Friedhof Enzenbühl.«

\* \* \*

Paul verzog sich hinter eine große Tanne und wischte sich den Schmutz von der Hose. Durch die Äste sah er, wie die Trauergemeinde sich näherte. Es war eine Handvoll Leute, ganz am Schluss hinkte Frau Havel. Und der alte Herr

Traub, den er beim Weinstock seiner Frau gesehen hatte. Sie stellten sich im Halbkreis um das schiefe Grabkreuz auf. Jemand deponierte einen Blumenstock.

»Sind Sie ein verspäteter Gast? Was verstecken Sie sich da im Busch?«

Paul drehte sich langsam um. Hinter ihm stand eine Priesterin. »Kommen Sie in den Kreis. Die Jacke müssen Sie nicht anziehen, es ist viel zu heiß.« Unter der Soutane stach der Saum einer Jeans hervor. »Wir sind dankbar für jeden.« Sie gab Paul einen kleinen Stoß und platzierte ihn zwischen Frau Havel und Herrn Traub, während der Bestatter alles mit ernstem Blick überwachte.

»Liebe Familie und Freunde«, sagte sie nun in prallem St.-Galler-Dialekt und begann mit ihrer kleinen Predigt. Während sie vom Tod als Tor zur Welt und von der Erinnerung als Brücke sprach, blaffte Frau Havel den Herrn Traub leise an.

»Was machst du hier?«

Herr Traub zuckte die Achseln.

»Da war mein Freund, nicht deiner. Du hast hier nichts zu suchen.«

Herr Traub blieb stumm.

»Der Heiri? Der Ces, der Leo … die gehören mir, verstehst du? Der Leo war einer der besten, die ich je hatte.«

»Du lügst dir doch was vor, Dorli«, sagte er leise.

Der Bestatter sah zu Frau Havel, seine Geste war milde, aber unmissverständlich. Mund halten. Der Streit zwischen den beiden alten Menschen schien so eingeübt wie die Abläufe der Friedhofsgärtner eben.

»Vater unser im Himmel.« Die Stimme der Pfarrerin be-

97

tete laut und klar vor, die Leute folgten, am lautesten Frau Havel. Mit einem Wedel zerstäubte sie Weihwasser.

Als Herr Traub sich bekreuzigte, entwischte Frau Havel ein Laut. »Wie lange ist deine Frau tot, Traub? Zwanzig Jahre? Ich komme seit vierzig Jahren hierher. Älter als ich sind nur die Grabsteine.«

Der Sarg versank in der Erde. Pauls Handy summte. Er war aufgeflogen, seine Praktikantenzeit war bereits wieder vorbei.

*Krasinski, was ist? Sind die endlich fertig? Wir müssen abräumen.*

\* \* \*

Zehn Minuten später waren alle bis auf Frau Havel gegangen. Ganz allein stand sie am Grab und putzte sich mit einem Taschentuch die Nase. Das wäre die Gelegenheit, sie zu dem gesuchten Grabkreuz zu befragen. In den letzten Stunden war ihm Iains Auftrag geistig abhandengekommen. Während Paul überlegte, wie er Frau Havel am besten in ein Gespräch verwickeln könnte, kam eine SMS von Lazzarone.

*Wir dürfen nicht weiterarbeiten, solange noch jemand von der Trauergemeinde am Grab steht. Lenk die Havel ab, locke sie außer Sichtweite. Wir sind hinter dir in Bereitschaft.*

Erst jetzt bemerkte Paul, dass der Goupil etwa hundert Meter von ihm entfernt im Schatten stand, die ganze Mannschaft darum herum in Warteposition.

*Sag ihr, das Taxi wartet beim Eingang. Wie üblich.*

*Aber ist das nicht pietätlos?*, schrieb Paul zurück. *Sie*

*braucht doch Raum für die Trauer.* Er wünschte, jemand hätte ihm das damals zugestanden.

*Die Havel braucht verdammt viel Raum. Gefühlt geht die zweimal die Woche zu einer Beerdigung. Wir fragen uns alle, wen von den Leuten sie wirklich gekannt hat.*

Paul trat zu Frau Havel. »Entschuldigung, aber das Taxi wartet.«

»Das Taxi?« Es riss sie aus ihrer Wehmut. »So deppert, ich habe die Zeit vergessen.«

Auf ihren Stock gestützt ging sie in Richtung Ausgang.

»Ich habe eben gehört, dass Sie viele Angehörige hier haben«, sagte Paul, der ihr folgte.

»Vierzig Bekannte, vier Liebhaber, einen Mann und einen Sohn.«

Das war unerwartet. »Ein Sohn?«

»1990 gestorben. Mit fünfunddreißig. Egal wie alt, Kinder beerdigen, das ist ein Fehler im göttlichen Getriebe. Aber es tröstet mich«, fuhr Frau Havel fort, »dass auch das Göttliche fehlerhaft ist. Es macht es menschlich.«

Paul glaubte nicht an das Göttliche. Er glaubte an Dinge. An die Tasse im Ausguss seines Wirtschaftsraums, die zuverlässig dastand, wenn er heimkam, und ihn daran erinnerte, dass er allein lebte. »Ich finde es einfach nur verdammt unfair.«

Er spürte ihren Blick. »Das Leben ist nicht gerecht.«

Nun waren sie beim Ausgang angelangt, wo tatsächlich ein Taxi wartete.

Der Fahrer, so alt wie Frau Havel, war ausgestiegen und hielt ihr die Tür auf. »Bitte sehr, gnä' Frau. Auf geht's, nach Wien.«

»Nach Wien?«, fragte Paul und wunderte sich, wie die

alte Dame ein so strammes Programm bewältigen konnte. »Darf ich Sie vorher noch etwas fragen?«

»Mit dem Nachtzug«, sie hievte sich auf die Rückbank. »Obwohl Fliegen bequemer wäre. Aber die Umwelt, Sie wissen.«

Er beugte sich zu ihr hinunter. »Ich suche ein bestimmtes Grabkreuz. Und ich habe vernommen, dass Sie eine wahre Friedhofsexpertin sind.«

Sie lächelte stolz. »Da bin ich in der Tat Sachverständige. Steigen Sie ein, mein Lieber, mein Zug wartet nicht.«

Paul setzte sich neben sie auf die beigen Polster und dachte an seinen Chef Lazzarone. Er würde sich eine gute Ausrede einfallen lassen, für Krasinski, diesen Hallodri-Praktikanten, der bereits bei seinem zweiten Einsatz blaumachte.

Der Fahrer gab Gas und reihte sich in den Verkehr ein.

»Dann lassen Sie mal hören«, sagte Frau Havel. »Warum suchen Sie dieses Kreuz?«

Paul erzählte ihr so viel wie nötig. »Es handelt sich vermutlich um ein Kind«, sagte er abschließend.

»Bei den Siebenundneunzigern, haben Sie gesagt?« Frau Havel legte den Kopf schief und begann, vor sich hin zu murmeln. »Der Müller, der Moritz, der Mammendorfer. Der Anton, der Alois, die Alonsa …« Als sie seine Miene sah, zwinkerte sie ihm zu. »Ich gehe geistig die Grabreihen ab. Der Siebenundneunziger war ein praller Jahrgang. Eines der ersten Gräber hatte ein Holzkreuz, mit drei schräg stehenden Querstreben. Das war ungewöhnlich. Normalerweise hat ein Kreuz nur eine Querstrebe.« Mit ihren knochigen Fingern zeichnete Frau Havel die Umrisse in die Luft. »Die Jahreszahl stand drauf und ein Name.«

Paul musterte sie von der Seite. »Etwas mit S?«

»Ich erinnere mich nicht. Ich war wie in Watte, zu der Zeit, wegen meines Sohnes. Ich habe mich sogar mit der Mutter ausgetauscht, nur ihr Name …«

»Ja?«

»… der ist mir auch entfallen.«

»Aber an die Querstreben erinnern Sie sich.«

»Weil die eben so besonders waren, einmalig sozusagen.«

»Ich werde das Kreuz suchen und den Namen ablesen.«

»Das geht nicht mehr. Das Kreuz wurde schon vor Jahren durch einen Stein ersetzt, er ist ziemlich verwittert und trägt keine Inschrift. Das ist wirklich ein Pech. Servus, Herr Krasinski.«

Paul hatte nicht bemerkt, dass der Chauffeur angehalten hatte, ausgestiegen war und nun Frau Havel die Tür öffnete.

»Bitte sehr, gnä' Frau. Das Café Felix.« Und zu Paul. »Ich bin gleich wieder da. Sie können nachher zahlen.«

An seinem Arm überquerte sie die Straße wie eine Königin.

»Hier ist nicht der Bahnhof«, sagte Paul, als der Chauffeur nach seiner Rückkehr Pauls Kreditkarte durch den Schlitz zog.

»Der war auch nie das Ziel. Das Café Felix erinnert sie an Wien. Sie ist 1932 da geboren.«

»Sie reist gar nicht ab?«

»Schon lange nicht mehr. In Wien wartet niemand auf sie. Alle sind tot.«

»Das tut mir leid«, sagte Paul. »Grüßen Sie sie von mir.«

Schon wollte er losgehen, als der Chauffeur Paul einen Zettel in die Hand drückte. »Das hat sie mir für Sie mitgegeben. Sie sollen da mal vorbeischauen. Ist ein Steinmetz. Sie sagt, er hat vielleicht den fraglichen Grabstein geliefert, auf Grabfeld M.«

»Wieso hat sie mir das nicht direkt gesagt?«, fragte Paul.

»Wie Frau Havel bereits erwähnt hat: Ihr Gedächtnis funktioniert nicht immer. Es ist ihr erst eingefallen, als sie über die Straße gegangen ist. Das Kopfsteinpflaster hat sie an den Grabstein erinnert.«

## Zehntes Kapitel

Ruby war spät dran, und im Bus war die Klima-
anlage ausgefallen. Wir Londoner können Hitze
nicht, dachte sie. Ihr Deo versagte, die Wasserflasche war
schon wieder leer, die Strümpfe überflüssig. Unter dem
engen Rock klebten ihre Oberschenkel zusammen.

Nachdem sie ausgestiegen war, eilte sie die Swans Lane
hoch, die kleine Straße, die eine Zeit lang ihr Arbeitsweg
gewesen war. Der Herr Rabbiner hatte sie auf den Highgate-Friedhof bestellt, wo die offizielle Grabstätte der
Krugers lag. Zum Glück kannte sie sich hier aus und verlor keine Zeit mit Suchen.

Oben lag auf der einen Seite der Westteil des Friedhofs,
der dem Publikum früher nur durch Führungen zugäng-
lich gewesen war, mit denen sich Ruby ihr Bachelorstu-
dium verdient hatte. Sie hatte den Job geliebt, ein cooles
Setting, verschlungene Pfade, baufällige Grabmäler, der
Circle of Libanon mit der berühmten Zeder, ein Jahrhun-
derte alter Baum, der leider gefällt werden musste. Das
Beer-Mausoleum war der Höhepunkt der West-Tour gewesen. Heute war Ruby vor allem im Ostteil unterwegs, sie
machte Grabunterhalt und nur noch selten eine Führung.
Am allerliebsten waren Ruby die vielen Engelsskulpturen.
Es gab unzählige, süße, kindliche, beschützende, manchmal auch mystische und geheimnisvolle. Einmal hatte sie
sich nachts einschließen lassen. Darüber sprach sie nie.

»Hi.« Sie grüßte die Frau am Einlass im Osthäuschen.

»Acht Pfund«, forderte sie und hielt Ruby ein Ticket hin.

»Nein, ich bin eine Mitarbeiterin.« Ruby hatte den Ausweis zu Hause vergessen, und in Highgate hatten sie noch keine App. Rückständig, aber Teil des Charmes. »Schauen Sie in der Datenbank nach.«

Die Einlassfrau wollte nicht. Sie war gestresst, weil sich hinter Ruby eine Schlange bildete.

»Sie müssen Eintritt bezahlen.«

»Hallo? Ich habe geholfen, den Weg hier zu verbreitern, beim Bau des Kiosks war ich dabei, ich mache einmal im Monat Grabpflege. Ich zahle nicht.«

Die Frau blieb hart.

Gerade als Ruby die letzten Münzen zusammenklaubte, bahnte sich ein massiger Herr nach vorn. »Ich übernehme das.«

Trotz der Affenhitze trug er einen schwarzen Regenmantel und einen Hut. Über dem wuchtigen, gut gepflegten Bart blitzten runde Brillengläser.

Das war Solomon Hart, der Rabbiner. Ihr Date.

»Zweimal Erwachsene. Der Rest ist für Sie.«

Solomon stand einer jüdischen Community im Highgate-Quartier vor, die kaum zehn Minuten entfernt ihr Zentrum hatte. Er wohnte auch da. Um seine Hemden zu Olga zu bringen, nahm er einen Weg von mehr als einer Stunde auf sich. Ihre Mutter besuchte dafür ab und zu einen Gottesdienst, obwohl sie den Glauben sonst kaum lebte. Nicht so der orthodoxe Rabbi. Als Ruby seine Hand schütteln wollte, wich er elegant aus. Keine Berührung mit Frauen, kein direkter Blickkontakt, so wie es seine religiösen Regeln vorschrieben.

»Ich habe im Westteil auf Sie gewartet«, sagte er. »Ich dachte, Sie kommen nicht mehr.«

»Sorry.« Die Gründe für die Verspätung interessierten ihn nicht.

»Gehen wir zum Familiengrab der Krugers. Jacob war ein guter Freund. Unsere Familien haben die Gräber nebeneinander.«

Karl Marx, George Michael, Malcolm McLaren … die lagen alle weiter oben. Solomon Hart aber wählte den Weg in Richtung des überwachsenen Teils, im Schatten des Prominenten und der Historie. Wo das Gebüsch dicht war und der Efeu sich an allem festkrallte. Die Geräusche veränderten sich, Stimmen verstummten, nur noch ab und zu ein Vogelzwitschern, dann nichts mehr.

Sie erreichten eine Lichtung mit etwa zwanzig Grabsteinen, einige intakt, andere umgefallen.

»Hier ist es.« Die Grabplatte war aus Sandstein, der Rand voller Mitbringsel, Blumen, Kerzen in Gläsern, alles frisch, die Beerdigung konnte noch nicht allzu lange her sein.

Die hebräischen Zeichen der Inschrift konnte Ruby nicht entziffern, der Name Kruger jedoch war deutlich lesbar.

»In dem kleinen Grab da sollen alle drinstecken?« Sie staunte. »Krass, nach dem Schichtprinzip vermutlich.« Ruby wusste, dass Feuerbestattungen bei den Juden nicht erlaubt waren, und das Grab war wirklich winzig.

»Nein, nein. Schauen Sie sich genau um«, sagte Solomon. »Nicht nur dieser hier, alle Steine auf dieser Lichtung sind von den Krugers.«

»Oha.« Ruby bekam große Augen. »Ein Freilichtmausoleum?«

Solomon Hart fand den Ausdruck originell und erzählte, dass der Apotheker der zweiten Generation Mitte des zwanzigsten Jahrhunderts das ganze Stück Land gekauft hatte. »Er hatte Asthma. Ein Mausoleum war für ihn nicht vorstellbar, es verursachte ihm Platzangst. Das hier war ein Kompromiss. Mein Vater sah das genauso, darum gehört uns die Lichtung daneben, getrennt nur durch diese Brombeerhecke, stachelig, aber süß.«

Dicht stehende Buchen, Eichen und Haselsträucher rahmten beide Plätze ein. Es war ein wunderbares Stück Friedhofsland und so genial versteckt, dass es Ruby in all den Jahren nie aufgefallen war.

»Wieso wollten Sie mich hier treffen?«

»Man steht nicht unter Beobachtung – wie zum Beispiel auf dem Fulham-Friedhof. Wie Sie ja wissen.«

Ruby wurde rot. Die Hitze zog von den Schläfen bis in den Ausschnitt ihres Tops. »Sie haben meinen Livestream gesehen?« Damit hatte sie nicht gerechnet.

»Natürlich. Wie viele aus meiner Gemeinde übrigens.« Auch er war also in der digitalen Welt angekommen. »Mich haben heute einige besorgte Anrufe ereilt.«

»Ich wollte niemanden beleidigen.«

»Solange Sie die Fakten nicht verdrehen, freue ich mich über Berichterstattung. Der Fulham soll ein Ort sein, der jeden willkommen heißt. Und jede.«

Ruby holte das Handy raus. »Darf ich das Gespräch aufnehmen?«

Er schüttelte den Kopf. Er wollte seine Stimme nicht digital gespeichert wissen. Punkt. »Machen Sie Notizen. Setzen wir uns.«

Er wählte einen verwitterten Holzstuhl mit der Aufschrift Granpa, sie nahm die Bank daneben und holte ihr Notizheft raus.

Bevor sie zu ihrer ersten Frage ansetzen konnte, stellte er ihr eine. »Was interessiert Sie an dem Fulham-Friedhof?«

»Ich bin seit Jahren an der Mauer vorbeigegangen, ohne mich zu fragen, was dahintersteckt. Und dabei bin ich Archäologin.«

»Noch ohne Masterabschluss«, sagte er.

Da hat sich einer erkundigt, dachte Ruby. »Kurz davor. Und mit Leidenschaft. Dann hat mir meine Mutter …«

»Olga Kosa, eine sehr fähige Person.«

»Mum hat mir davon erzählt. Und ich fand …«

»Was, Ruby Kosa? Was dachten Sie, als Sie zum ersten Mal über die Mauer geschaut haben?« Salomon Hart hob den Kopf. Schnupperte ein wenig mit seinen mächtigen Nüstern.

»Dass der Friedhof aussieht wie ein Stück Warschau in London.«

»Ein Stück Warschau in London.« Salomon Hart nickte. »Sie kennen die Okopowastraße?«

Er hatte auf Polnisch gewechselt. Ruby schluckte. Nicht heikel sein jetzt, ist deine Muttersprache. »Da liegen unsere Verwandten.«

Er quittierte ihre Antwort mit einem Kopfnicken. »Meine auch. Das verbindet uns. Also fragen Sie, Ruby Kosa.«

Die Energie hatte sich verändert, zu ihren Gunsten. »Wann entstand der Fulham? Ich habe recherchiert, aber wenig rausgefunden. Damals galt der Boden da als Gartenland, es war ein Vorort und kein Stadtgebiet.«

»Das Land wurde 1815 gekauft. Von der Western Synagoge, die 1761 gegründet wurde. Eine der ältesten Ashkenazy-Synagogen übrigens, die erste in Westminster.«

»Für wie viel?«

»Vierhundert Pfund für ein großes, mit Zedern und Maulbeerbäumen bepflanztes Land, auf dem der Friedhof entstand.«

»Der siebzig Jahre später schon wieder geschlossen wurde.«

»1885. Bis 1910 durfte noch in reservierten Gräbern beerdigt werden.«

»Obwohl es nur Platz für etwa zweihundertfünfzig Gräber gibt, liegen da einige prominente Menschen. Einer davon ist Soloman Hart. Erstes jüdisches Mitglied der Royal Academy. Maler und Graveur. Und Ihr …«, Ruby machte eine Pause, »Großonkel, wenn ich das richtig sehe?«

»Richtig. Ich bin sehr stolz auf ihn. Sein berühmtestes Bild, *Othello und Iago*, hängt im Victoria and Albert Museum.«

Nach einer kunsthistorischen Abhandlung über das Gemälde wurde Ruby ungeduldig, genug geplaudert, sie wollte auf den Punkt kommen. »Direkt neben dem Fulham ist das Haus von Sokol Books, gegründet 1949. Die Inhaber sind Spezialisten für mittelalterliche Bücher und Manuskripte und sehr eng mit dem Fulham verbunden. Ich habe da angerufen und nachgefragt, ob sie etwas über einen Goldschatz im Kruger-Mausoleum wüssten, aber niemand konnte mir Auskunft geben. Und Sie? Wissen Sie etwas?«

Der Rabbi sah zu Krugers Grabstein. »Ach, solche Geschichten tauchen immer wieder auf. Manche sagen, dieses Gold läge im Mausoleum, andere wiederum meinen, es sei in einem der Gräber.«

»Sie haben Herrn Kruger gut gekannt, haben Sie gesagt. Hat er das Gold je erwähnt?«

»Er hat es immer als Lüge abgetan.«

»Aber nun ist er tot. Und die Stimmen mehren sich.«

»Wie gesagt: Gerüchte.« Er blickte durch die runden Brillengläser knapp an ihr vorbei. »Es steht Ihnen selbstverständlich frei, diese ausführlicher auf ihren Wahrheitsgehalt zu prüfen.«

War das eine Aufforderung gewesen? »Das Mausoleum ist schnell untersucht. Aber zweihundertfünfzig Gräber … man könnte jahrelang graben.«

»In der Tat. Oder man erweitert den Radius und sucht außerhalb.«

»Was meinen Sie damit?« Ruby war ultrafokussiert. »Dass das Gold existiert, aber nicht auf dem Friedhof?«

»Das haben Sie gesagt.«

»Ist es hier?« Ruby sah sich schon nachts alle Highgate-Gräber umpflügen. »Im offiziellen Familiengrab?«

»Darauf kann ich mit einem Nein antworten.«

»Wo dann?«

»Fragen Sie die direkten Erben.«

»Die haben es auf mich abgesehen. Vor allem Gertrud.«

»Ich meine eher die Raffgierigen, *the grabby ones*. Die wissen am meisten, dünkt mich. Man muss immer alle Seiten kennen, eine alte polnische Weisheit. Und nun muss ich gehen. Grüßen Sie Olga von mir.« Der Rabbiner stand auf. »Ich freue mich übrigens auf die nächste Folge. Ich habe Ihren Podcast abonniert.«

Erstaunlich wendig ging er den Weg wieder hinauf. Ein geschickter Spieler, dachte sie und folgte ihm.

»Moment noch, Rabbi Hart. Die kleine Tochter Amalia Kruger wurde im Mausoleum begraben.«

»Es war eine Tragödie.«

»Beim Sarkophag steht ein Marmorengel. Es sieht aus, als stünde er noch nicht so lange darin. Was hat es damit für eine Bewandtnis?«

»Ein melancholischer Engel, während Amalia als Lilie gezeigt wird, mit schwebender Seele. Aber genug. Sie wissen alles, was Sie wissen müssen.«

Schluss, Ende, aus, Gespräch beendet. Der Rabbi schwieg, als wäre der Schabbat über ihn hereingebrochen.

*\* \* \**

Auf dem Weg zurück zur Bushaltestelle rief Ruby ihre Mutter an.

»Redet der Rabbi immer um den heißen Brei herum?«

»Tut er das?« Olga kicherte. »Sei froh, dass er überhaupt mit dir gesprochen hat. Bei ihm kommt erst die Gemeinde. Dann die Familie. Und dann die Gerechtigkeit. Und abgesehen davon, er kennt die Lösung selbst nicht. Und würde das nie zugeben. Worum geht es denn überhaupt?«

»Erzähl ich dir später.« Ruby wimmelte Olga ab, rief Miles an und fragte nach dem Stand der Knochenuntersuchung.

»Hast du sie noch alle? Du weißt, wie lange eine Knochenanalyse braucht. Das Haar geht schneller.«

»Kannst du ausschließen, dass Knochen und Haar zu derselben Person gehören?«

»Kein Kommentar. Musst du nicht zur Tafel?«

Die Suppenküche. Mit schlechtem Gewissen rief sie an. Nur weil die Arbeit schlecht bezahlt war, hieß das nicht, dass sie nicht pünktlich sein sollte.

Ruby stieg aus und ging die letzten Meter zu Fuß, die Stöpsel in den Ohren. Am Freitagnachmittag gab es im Zentrum noch mehr Menschen als sonst. Sie vermied den Blick in die Schaufenster. Nichts von alledem konnte sie sich leisten. Sachen waren eh überbewertet. Raffgierig, hatte der Rabbi gesagt, und gleichzeitig Gertrud in Schutz genommen. Der raffgierige Raphael? Hatte der Rabbi sie dezent darauf hingewiesen, als Nächstes mit dem Sohn von Kruger zu sprechen?

## Elftes Kapitel

Das Atelier des Steinmetzes, dessen Anschrift Paul am Vortag von Frau Havel erhalten hatte, lag versteckt inmitten eines großen Areals. Auf der einen Seite grenzte es direkt an die viel befahrene Forchstrasse; das Hauptgebäude war früher ein Restaurant mit Biergarten gewesen, nun stand es leer. Paul hatte einmal auf der Terrasse gegessen. Er glaubte, den Duft eines Käsefondues zu riechen, er hörte das Lachen seiner Ex, sah ihren Kugelbauch vor sich. Bei der Erinnerung klammerte sich seine Hand um den Aschebeutel.

Eine Scheibe spiegelte seine Erscheinung wider: er im Anzug, den er trug, weil er in der Mittagspause die Witwe zu einer Mediation mit den Stieftöchtern begleiten würde, und an den Füßen die Wanderschuhe, mit denen er am Morgen als Praktikant Krasinski zur Arbeit erschienen war. Er hatte mehrere Stunden Grabpflege hinter sich. Bis auf den schmerzenden Rücken fühlte er sich erstaunlich gut. An den neuen Namen hatte er sich gewöhnt, den Gedanken an den echten Krasinski hatte er beiseitegeschoben. Erst eine Nachricht von Iain hatte ihn an seinen Auftrag erinnert. Anstatt mit den neuen Kollegen vor dem Grünen Heinrich zu picknicken, stand er nun hier.

Auf der Suche nach dem Atelier ging er in den Garten. Zwei Gipsköpfe fielen ihm auf, einmal Charly Chaplin, einmal Julius Cäsar. Es gab einen uralten Mercedes Benz, die Sitze ramponiert, die Heckklappe geöffnet, alles mit fleckigen Tüchern ausgelegt, bereit für die nächste Lieferung. Holzkreuze bemerkte er keine, dafür einige Skulpturen, die vermutlich für Grabstätten bestimmt waren. Vielleicht resultierte aus Frau Havels hingekritzeltem Namen tatsächlich ein Hinweis auf das Geheimnis, das Jacob Kruger umgab. Das Wesen von Familien interessierte Paul von jeher, darum hatte er sich auf Erbschaften spezialisiert. Und darum würde er weiter in das Friedhofsleben eintauchen und statt vertrauten Lederslippern die klobigen Wanderschuhe tragen, die nun beim Betreten des Ateliers, eine bessere Holzhütte, quietschten.

»Herr Manz?«

Keine Antwort. Und doch hatte Paul das Gefühl, der Steinmetz hätte nur mal schnell seinen Hammer aus der Hand gelegt und könne nicht weit sein.

Der große Raum war vollgestellt. Kabelrollen, Leitern in allen Größen, manche aufgeklappt, manche angelehnt. Eine kleine Hebevorrichtung, ein Steinschneider, eine Werkbank aus Metall. Kübel mit Gips. Ein Wandregal mit ordentlich aufgereihten winzigen Steinblöcken.

»Marmor, Granit, Sandstein«, ertönte eine Stimme in seinem Rücken.

Als Paul sich umdrehte, stand eine junge Frau vor ihm. Oder vielleicht nicht mehr ganz so jung. Sie trug eine Fliegersonnenbrille mit runden Gläsern. Ihr Haar stand wild, kurz und eisgrau mit wenigen dunklen Strähnen vom Kopf ab, zurückgehalten von einem breiten Stirnband, ihre Haut von einer Schicht Steinpuder bedeckt. In dem hellen Overall wirkte sie zierlich.

»Sind Sie Herr Manz?«, fragte Paul.

Sie grinste ein wenig. »Er ist leider verstorben.«

»Das tut mir leid.«

»Kein Thema. Kann passieren. Was wollten Sie von ihm? Einen Grabstein kaufen?«

»Nein.« Paul erklärte sein Anliegen. Dass Grabsteinmetz Manz vor rund fünfundzwanzig Jahren einen Stein geliefert habe, auf Grabfeld M im Enzenbühl, als Ersatz für ein Kreuz mit drei schrägen Querstreben.

»M?« Sie überlegte kurz. »Das sind die Jahrgänge 1996 und 1997. Es handelt sich um ein Grabfeld, das dieser Tage abgeräumt wird.«

Das hatte bereits Georg Moser so erzählt.

»Wie muss ich mir das vorstellen? Graben Sie die Toten aus?«

Sie schüttelte den Kopf. »Von denen ist meist nicht mehr viel übrig. Aber Grabschmuck und Steine werden abgetragen, die Erde wird gepflügt.«

»Das klingt nicht gerade sehr besinnlich.«

»Sie meinen von wegen Friedhof? Auch hier gibt es einen Alltag, und Grabstätten aufzulösen gehört dazu. Aber sie haben schon recht, man sollte es sich vielleicht nicht ansehen, wenn man zart besaitet ist.«

Paul überlegte. »Kann man es verhindern? Gibt es Angehörige, die sich dagegen wehren?«

»Es ist die Regel, steht in allen Vereinbarungen, jeder und jede weiß es. Alles, was man behalten möchte, muss man davor abholen. Früher mussten wir nach einer Abräumung auf dem entsprechenden Feld schnell wieder bestatten. Heute ist genügend Zeit, um eine Wiese wachsen zu lassen. Die Nachfrage nach Erdbestattungen lässt nämlich nach. Manche wollen die Asche zwischen Baumwurzeln beerdigen, viele aber verwahren die Urnen bei sich zu Hause, weil sie nicht wissen, was sie damit tun sollen.«

»Das heißt, es gibt genug Platz?«

»Mehr als genug. Wenn Sie ein wenig Werbung machen könnten …« Ihr Humor war trocken. »Was für einen Stein suchen Sie denn?«

»Ich kenne nur den Auftraggeber, ein gewisser Jacob Kruger.«

Sie überlegte. »Sagt mir nichts. Dabei bin ich stolz darauf, jeden Stein persönlich zu kennen. Dieser dürfte älter sein als ich.«

»Der Stein?«

»Ich meinte das Geburtsdatum der verstorbenen Person.« Ihre Blicke trafen sich. »Ich bin jenseits der fünfzig, falls Sie das fragen wollten.«

»So wie ich.« Paul lächelte. Es fühlte sich ungewohnt an. Als ob er um die Mundwinkel keine Muskeln mehr hätte.

»Ich kann nachschauen. Vielleicht hatte Herr Manz diesen Jacob Kruger im System?«

»Er war digital?«

»Mehr schlecht als recht. Die Transformation hat er nicht mehr wirklich geschafft.«

Sie ging in den zweiten Raum, halb Werkstatt, halb Büro, und schaltete einen altmodischen Rechner an. Als er hochgefahren war, scrollte sie sich durch die Daten.

»Ich frage mich …« Ihre Finger hüpften über die Tasten. »Es ist ein riesiges Chaos an Belegen und Quittungen, das mich seit Wochen beschäftigt, ehrlich gesagt. Spreu vom Weizen trennen. Kontakte herausfiltern, die nützlich sein könnten.« Sie hielt inne. »Entschuldigung, was rede ich da, sind alles Betriebsgeheimnisse.« Ein prüfender Blick. »Sie haben etwas Vertrauenerweckendes.«

So viel Offenheit überforderte Paul.

Sie war bereits wieder in die Daten vertieft. »Na also. Da haben wir es. Eine Grabskulptur wurde im Juni 1997 zu Grabplatz 5554 geliefert, der auf Grabfeld M liegt. Die Bestellung wurde in der Tat auf den Namen Jacob Kruger aufgegeben.«

Paul verspürte eine gewisse Aufregung. »Darf ich mal sehen?«

Sie drehte den Bildschirm in seine Richtung. Als er sich nach vorne beugte, fiel ihm ihr Duft auf. Wie Kastanien im Herbst. Danach der Preis des Steins. »45 000 Franken? Nicht gerade billig.«

»Definitiv.« Sie blickte ihn an. Ihre Augen waren von dunkelstem Grün. »Kalkstein. Es steht nichts über die Form. Keine Gravur ist erwähnt. Ich nehme an, die beiden haben das mündlich verabredet.«

»Ist es ungewöhnlich, dass die Angaben fehlen?«, fragte Paul.

Sie zuckte die Schultern. »Nicht, wenn Material und Inschrift beim Abschluss des Kaufvertrags nicht klar waren. Oder wenn der Steinmetz es vergessen hat.«

»Dann gehe ich mal und schaue mir diesen Stein an.«

»Leider muss ich Sie enttäuschen.« Sie erhob sich. »Auf Grabplatz 5554 steht ein verwitterter Grabstein ohne Inschrift. Er ist ganz sicher keine 45 000 Franken wert, das Beet ist so verwahrlost und überwuchert, dass wir immer wieder Reklamationen erhalten haben.«

Paul war irritiert. »Wo ist denn die teure Skulptur hingekommen?«

Sie fuhr sich über das Stirnband. »Das kann ich Ihnen leider nicht sagen. Vielleicht wurde der Auftrag gar nie ausgeführt. Eine andere Möglichkeit wäre unsere Freilichtausstellung. Dort stehen besondere Grabmäler, meist eben Skulpturen, die wir umplatzieren, wenn die übliche Grabzeit abgelaufen ist. Sie liegen mir besonders am Herzen, als Verwalterin bin ich gleichzeitig die Kuratorin dieser Ausstellung. Wenn wir heute so eine Umplatzierung vornehmen, dokumentiere ich alles lückenlos. Leider gibt es nur spärliche Aufzeichnungen von früher, bei etwa zwanzig Stück sind überhaupt keine Unterlagen vorhanden.«

»Zwanzig namenlose Skulpturen? Das ist eine ganze Menge. Können Sie vielleicht noch mal nachsehen?«

Sie nickte. »Ich kann Ihnen aber nichts versprechen.«

Bevor er ging, musste er noch etwas klären. »Was passiert eigentlich mit den Holzkreuzen?«

»Sie werden mitgenommen oder entsorgt, oft landen sie auf dem Kompost. Manche werden jedoch nie ersetzt und bleiben stehen. Ich glaube, das ist auf dem Nachbarsgrab von 5554 der Fall.« Sie hatte sich noch mal hingesetzt. »Lassen Sie mich mal sehen. Genau. Grabplatz 5553 gehört einer bosnischen Familie, Familie Begic. Sie hatten die ganzen Jahre ›nur‹ ein Holzkreuz, weil sie sich keinen Stein leisten konnten. Es ist aber ein besonderes Kreuz. Es hatte mal drei Streben. Sehr ungewöhnlich.«

Paul horchte auf. Krugers Kreuz hatte drei Streben gehabt, war aber laut Frau Havel nicht mehr da. »Drei Streben? Sind Sie sicher?«

»Ich glaube. Zwei der Streben gingen irgendwann verloren, das hat mir mein Vorgänger erzählt.«

Diese Information war sehr nützlich. Sie könnte bedeuten, dass das Grabkreuz mit den drei Streben auf dem Nachbarsgrab gelandet war.

»Und der Platz gehört einer bosnischen Familie?«

Sie nickte. »Vielleicht wissen sie etwas. Sie sollten mit ihnen sprechen. Meist kommen sie am Wochenende her.«

In dem Moment klingelte ihr Handy. »Friedhofsverwaltung Licht.«

Was hatte sie da gesagt?

»Wieso? ... Lazzarone, Sie müssen ihre Leute im Griff haben.«

Sie legte auf.

»Sind Sie von der Verwaltung?«, fragte Paul, als sie wieder aufgelegt hatte. »Keine Nachfolgerin von Herrn Manz?«

»Antigone Licht.«

»Die Chefin«, entwischte es Paul.

Ihr Blick war amüsiert. »Es scheint, als ob Sie schon von mir gehört haben.«

Paul dachte an Matteos Beschreibung. Streng, stur, schlechte Scherze.

»Nur Gutes. Was machen Sie hier in dem Atelier?«

»Wie ich sagte: Ich ordne den Nachlass von Herrn Manz. Er war ...« Ihre Augen glänzten. »Er war nicht nur als Steinmetz, sondern auch als Restaurator tätig. Sein Wissen fehlt uns. Konkret bin ich hier, weil es ein Problem mit unserer denkmalgeschützten Kapelle gibt. Ich wollte nach den alten Plänen suchen.« Sie stockte. »Und Sie? Sind Sie ein Kunde?«

»Nein. Ich bin Ihr Praktikant.«

»Mein *was*?« Nun hatte er sie verblüfft. »Machen Sie Witze? Sie sind Krasinski?«

Sollte er das Risiko eingehen? Sie war die Chefin, sie hatte Krasinski eingestellt, sie musste ihn eigentlich kennen.

»Quereinsteiger. Im besten Alter.« Sein Herzschlag beschleunigte sich ein wenig.

»Also haben wir telefoniert. Ihre Stimme klingt in natura anders.« Sie musterte ihn. »Im Bewerbungsformular haben Sie kein Geburtsdatum angegeben.«

»Das habe ich wohl vergessen. Oder absichtlich ausgelassen.«

Sie lächelte. »Und wieso suchen Sie nach dem Grabstein?«

»Frau Havel hat mich darum gebeten.« Das war nicht mal gelogen.

»Ach, die kennen Sie schon? Dann haben Sie sich ja bereits bestens eingelebt. Haben Sie eigentlich einen Vornamen? Auf dem Formular fehlt der nämlich auch.«

»Paul.«

»Willkommen, Paul Krasinski.« Antigone Licht wischte sich die Hände ab, um ihm kräftig die Hand zu schütteln. »Das Schriftliche scheint nicht Ihre Stärke zu sein. Was haben Sie denn davor gemacht?«

Lazzarone kannte die Wahrheit bereits zum Teil. Für eine Richtigstellung war das die letzte Gelegenheit. »Dies und das.« Dass er Anwalt war, würde er ab jetzt für sich behalten, Lazzarone würde er bitten, es diskret zu behandeln. »Auf jeden Fall selbstständig.«

»Und nun wollen Sie hier auf dem Friedhof den wahren Sinn des Lebens finden? Ein Trend. Wir haben pro Woche eine Anfrage von älteren Quereinsteigern. Tendenz steigend, also geben Sie sich Mühe.« Sie entließ ihn mit einer

Geste. »Ergänzen Sie das Formular, vergessen Sie nicht zu unterschreiben.«

»Verstanden, Chefin.«

»Und ziehen Sie sich um. Dieser Anzug ist nicht gerade die passende Arbeitskleidung.«

Als ihr Handy klingelte, schickte sie Paul hinaus. Im Atelierraum blieb er vor dem Regal stehen und berührte einen der kleinen Steine. Das Material war porös und durchlässig. War das Sandstein? Schon immer hatte ihn interessiert, wie sich der anfühlen würde. Er kratzte ein wenig, gleichzeitig strahlte das Material Wärme aus.

Antigone Licht trat hinter ihm ein und blieb stehen.

»Sind Sie immer noch hier? Ich muss gehen. Ein Restaurator kommt gleich vorbei, um sich die Kapelle anzuschauen. Der Kontakt kam über den europäischen Verband der Restaurateure zustande. Es gibt leider nicht mehr viele, die den Beruf ausüben, und je spezifischer die Bedürfnisse sind, desto weniger Fachleute gibt es. Der hier stammt aus London.«

Paul wunderte sich. Iain saß in London, die Krugers ebenso. Könnte das zusammenhängen? »Was ist denn in der Kapelle konkret passiert, dass Sie einen Restaurator brauchen?«

»Ein Riss hat sich vergrößert und zieht sich quer über eine Wand bis zum Altarbild. Der Mann wurde mir empfohlen, die Referenzen sind in Ordnung.«

»Wieso die Eile?«

»Nächste Woche ist eine große Feier geplant. Wir könnten das Ganze natürlich auf den Friedhof Sihlfeld verlegen, die haben da mehr Kapazitäten als wir, aber es ist eine Herzensangelegenheit.«

»Er wird schon schiefgehen«, sagte er.

Sie nickte. »Kommen Sie auch? Es würde mich freuen.«

* * *

Paul fühlte sich beflügelt. Er würde das Treffen mit der Witwe schnell hinter sich bringen und dann wieder herkommen, vielleicht sogar rechtzeitig für die Nachmittagsschicht. Auf dem Weg zur Tram kontrollierte er die Nachrichten auf dem Handy. Es war unglaublich, wie viel sich da in zwei Tagen angehäuft hatte. Eine Fülle von Memos und Mails, Letztere auch von Iain, der in dieser Sekunde wieder anrief.

»Stell dir vor … die jüngste Kruger-Tochter, Alice, hat beim Aufräumen einen Schlüssel entdeckt – angeklebt unter einer Schublade – und an mich übergeben. Gut für mich, dass sie mit ihrer Schwester nicht klarkommt. Er könnte von einem Tagebuch sein oder von einem Briefkasten, aber meine kleine Zehe sagt mir: Er gehört zu einem Safe.«

Paul hielt nichts von sprechenden Zehen. »Hat der Schlüssel einen Mehrfachbart?«

»Du meinst …? Moment. Ja.«

»Dann könnte es ein Bankschließfach sein. Gibt es eine Nummer?«

»Es ist auf jeden Fall nicht London. Ich kenne ungefähr jedes Schließfachschlüsselformat hier.«

»Schick mir den Schlüssel.« Paul kannte den einen oder anderen Trick, wie man Bankschließfächer relativ schnell aufspüren konnte.

»Und wie soll ich das tun? Die Postangestellten streiken gerade.«

»Kurier.«

»Das kostet.«

»Ich übernehme es. Ich habe eine gute Nachricht. Kruger hat in Zürich nicht nur ein Kreuz gekauft, sondern auch einen Grabstein. Für 45 000 Franken.«

»So viel Geld für einen Stein? Was hatte Jacob nur mit den Gräbern? War er besessen oder was?«

»Ich bin dabei, es herauszufinden. Es braucht ein wenig mehr Zeit, als ich dachte.«

»Beeil dich, Paul. Gertrud ist stinksauer wegen der sensationslustigen Berichterstattung und will die Podcasterin aus dem Weg räumen.«

»Wenn die das mit jeder täte, die irgendwo etwas auf Social Media postet …«

»Es ist ihr Ernst. Sie will sie verpfeifen, ihre Schwester kennt da jemanden. Sie hat sogar angefangen, Beweismittel gegen diese Kosa zu sammeln. Offenbar ist sie im Nachbarhaus von einer Videoüberwachung gefilmt worden. Das Material will Gertrud der Polizei übergeben.«

»Das dürfte ihr nicht viel weiterhelfen. Ohne Hinweise auf ein konkretes Verbrechen wird die Polizei nicht darauf eingehen.«

»Wart's ab. Es gibt nichts, was Gertrud nicht schaffen würde.«

Hörte Paul da Bewunderung heraus? Es schien, als ob Iain die Frau, über die er so schlecht sprach, auch ein wenig mochte. Die Verhältnisse wurden langsam kompliziert, eigentlich genau seine Kragenweite.

## Zwölftes Kapitel

Nach ihrem Einsatz in der Gassenküche saß Ruby Kosa im Café Nero, direkt gegenüber vom Künstlerausgang des Dominion-Theaters, um Raphael Kruger nach der Nachmittagsvorstellung abzufangen. Noch war alles ruhig, kein Mensch in der Gasse, die nur wenige Meter von Charing Cross entfernt lag. Ruby hatte Leitungswasser vor sich stehen, zu mehr reichte es nicht. Ihr Handy klingelte. Es war die Redakteurin der BBC. Marten von PPH habe sie an Ruby verwiesen. Sie war nicht amüsiert über die Berichterstattung vom Friedhof.

»Sind Sie die Produzentin von DIESSEITS VOM JENSEITS? Hören Sie, Reality-TV und Social-Media-Mist über zerfallene Gemäuer und verrottete Gebeine war nicht in dem Konzept vorgesehen. Ich brauche die zweite Podcast-Folge in einer Stunde, es ist Ihre einzige und letzte Chance. Wenn Sie die nicht packen, sind Sie erledigt.«

»Alles aufgenommen und bereit.«

»Mit Jingle? Es braucht einen professionellen Jingle. Das steht so im Vertrag.«

*Damn.* Woher sollte Ruby auf die Schnelle einen Jingle kriegen?

Ein neuer Anruf. Schlimmer konnte es nicht werden.

Es war Olga. »Eine Katastrophe, Ruby. Eine zweite Waschmaschine hat den Geist aufgegeben.«

»Ich komme später vorbei, Mum.«

»Musst du nicht.«

Warum rief sie sie dann an?

Wenn sie schon am Handy war, kontrollierte Ruby ihre Accounts. Dass sie auf TikTok und Instagram immer mehr Follower bekam, war gerade ziemlich kontraproduktiv. Denn die Community schrie nach einem weiteren Livestream.

*Von dem Vampirfriedhof. Mit Geisterball*, schrieb einer.

Vampire, Geister? Das brachte Ruby auf eine Idee. Wieso nicht in die Offensive gehen und noch einen draufsetzen? Dank der Informationen von Solomon Hart war Ruby bestens für eine neue Schauergeschichte gerüstet. Vielleicht würde das Hinweise auf den Verbleib des Goldes geben. Auf jeden Fall würde es Aufmerksamkeit für Podcast-Folge zwei geben, die sie gleich hochladen würde. PÜNKTLICH. Zur Not ohne Jingle. Denn die Folge war richtig gut geworden. Weiterführende Informationen über die Kruger-Familie waren Ruby locker über die Lippen gekommen, sie hatte sie mit einer generellen Abhandlung der Londoner Friedhofssituation der letzten dreihundert Jahre verbunden, um am Schluss im Fulham-Friedhof zu landen und eine Anekdote zu erfinden, warum eine *Herr-der-Ringe*-Mütze auf einem Grabstein liege.

Ruby warf einen Blick auf die Straße. Die Musical-Vorstellung war noch nicht zu Ende. Sollte sie das Unmögliche versuchen und diesen Jingle kreieren? Dafür zog sie sich in die Toilette zurück. Es gab nur eine, für alle Geschlechter, und entsprechend sah sie aus. Egal. Ruby holte ihr Equipment raus und platzierte es auf dem Waschbeckenrand.

Von den Spannungssongs, die Ruby zum Gratisdownloaden auf einer Plattform fand, gefiel ihr das Miss-Marple-Thema am besten. Sie lud es herunter, mischte die Musik unter die Aufnahme und sprach am Ende einen Hinweis ins Ansteck-Mic. »Amalia Krugers Sehnsucht – eine Vampirgeschichte. Heute, kurz vor Mitternacht. Live.«

Fertig war das Ganze. Was hatte diese Karikatur von Anwalt gestottert: schlechtes Timing? Er würde sich wundern.

Zwei Minuten vor Ablauf der Frist lud Ruby den Podcast hoch und verließ die Toilette. Die Schlange davor zog sich bis zur Theke, böse Blicke trafen sie. Na wenn schon. Sie schulterte ihren Rucksack und ging mit geradem Rücken an den Wartenden vorbei hinaus. Genau im richtigen Moment, denn die Vorstellung war endlich zu Ende. Auf der gegenüberliegenden Straßenseite hatte sich eine Gruppe Mädels vor dem mit Graffiti verkleisterten Bühnenausgang des Hinterhauses aufgestellt, sie tranken Prosecco aus Piccoloflaschen und kreischten vorfreudig. Die Tänzerin, die als Erstes in der Tür erschien, hielten sie nach kurzer Begutachtung für unwichtig. Demütigend für die junge Frau, die bereits einen Stift zum Unterschreiben der Autogramme in den Fingern gehalten hatte. Andere Tänzerin, gleiches Szenario, die Girlgroup war echt fies drauf. Das änderte sich schlagartig, als der Darsteller des aggressiven Kumpanen von Hauptfigur Danny seinen Auftritt hatte. Glattes Haar, breites Kinn, schlaksig in den Bewegungen – Ruby hatte ihn von den Fotos erkannt. Die Mädels kreischten, der Typ ließ sich feiern, er war angesagter als die Hauptrolle, die unerkannt an ihnen vorbeilief. Auch vom Darsteller des Starmoderators Vince Fontaine wollten sie nichts wissen. Das also war Raphael Kruger, das Objekt ihrer Wissbegierde, laut Solomon Hart Informationsquelle für den Verbleib des Goldes.

Ruby quetschte sich durch die Mädchen, stahl einer in einem unbeobachteten Moment ein Programm aus einer Tasche und klappte es auf.

»Gibst du mir ein Autogramm?«, fragte sie. »Du bist doch Raphael Kruger? Es war eine tolle Performance.«

Er strahlte auf. Der mittlere Sohn, das Dazwischen-Kind, wie Olga ihn nennen würde, quasselte wie ein Wasserfall. Über seinen Flow in der dritten Szene, das Problem mit dem kaputten Bühnenauto, den geilen Schlussapplaus.

Typisch Schauspieler, dachte Ruby. Ein einziges Mal hatte sie einen gedatet. Er war wenigstens süß gewesen. Dieses Exemplar hier sah ziemlich scheiße aus, die Falten mit Schminkcreme gefüllt, geplatzte Äderchen, Beine wie eine Vogelscheuche, eitler als ein Pfau im London Zoo. Sie hakte sich trotzdem bei ihm ein und drückte im Vorbeigehen einer der Fan-Frauen das Programm in die Hände. »Da, mit Unterschrift.«

Es brauchte fünf Pints an einem Zweiertisch in der hintersten Ecke des Swan, einem Pub in Soho, bis Raphael die Eitelkeit ablegte und Zutrauen fasste. Zwei weitere, bis er redselig wurde. Mittlerweile waren Stunden vergangen. In dem Saufgelage halbwegs nüchtern zu bleiben, verlangte Ruby einiges ab, mehrfach schüttete sie ihr volles Glas in sein leeres. Als er ihr in den Ausschnitt rülpste, entschied sie sich, dass der Moment gekommen war.

»Hast du eigentlich eine Familie?«

Seine Augen wurden glasig, und er wich aufs Wetterthema aus. Sie nahm es als Etappensieg – wo einer ausweicht, muss was sein, sagte Olga immer. Und entschied, ihre Gangart zu ändern.

Nach einer Knutscherei, die sie über sich ergehen ließ wie einen Zahnarztbesuch, erzählte Raph – so nannte sie ihn mittlerweile – vom Tod des Vaters, vom Erbe und vom Mausoleum.

»Gertrud, meine windige Schwester, Greedy Gertrud …« Der Name war cool, fand Ruby.

»Oder die Kneifzange?«

»Also, so schlimm, das würde ich nicht … Hm, was hast du gesagt, Kneifzange?« Er begann selig zu grinsen. Endlich eine, die ihn verstand, stand ihm quer übers Gesicht geschrieben.

»Was ist jetzt mit Gertrud?«

»Sie ist überzeugt, dass irgendwo in dem Mausoleum Gold ist. Sie hat es gleich nach Dads Tod untersucht, heimlich, mit Werkzeug ist sie nachts da rein, und dachte, Alice – das ist meine andere Schwester – und ich merken es nicht.«

Darum war die Sargplatte lose gewesen, Gertrud hatte gestöbert. »Hat sie was gefunden?«

»Nein. Zumindest nicht das, was sie sich erhofft hat. Dabei hätte ich es ihr gleich sagen können. Für wie doof hält sie Dad? Er war ein Geschäftsmann, niemals hätte er Goldbarren in einem Mausoleum versteckt.« Er holte sein Handy raus und zeigte ihr ein Bild. »Hab ich aus Dads Unterlagen entwendet, ohne dass Kneifzange Gertrud es gemerkt hat. Ist eine Kopie, das Original ist verschollen.«

Es war ein Zertifikat. Royal Louise 85, Größe 25 / 10 / 8 stand da drauf.

»Kannst du das vergrößern?« Ruby zückte diskret ihr eigenes Gerät und machte ein Foto.

»Iain, Dads Anwalt, sucht danach wie verrückt.« Raph sabberte betrunken auf den Bildschirm. Der Anwalt, das musste der Boris-Johnson-Verschnitt sein.

»Der Wisch sagt nichts darüber aus, wo die Barren sind.«

»Dafür hat Zangen-Gertrud ein Skelett gefunden. In einem Sarkodingsbums, dem Kinderschrein.« Die Worte brachte er kaum mehr über seine betrunkenen Lippen. »Gertrud ist Apothekerin. Eine miese zwar, aber sie weiß was über Verwesungsprozesse. Seither tickt sie völlig am Rad. Sie hat auch Alice informiert. Nun sitzen meine Schwestern da und rätseln. Was, wenn Dad Mist gebaut hat? Oder Ma? Wenn sie da eine Leiche beerdigt haben.«

Was für eine nette Familie, wenn die Kinder den Eltern eine solche Tat zutrauten.

»Ihr müsstet das melden«, entwischte es ihr. Sie machte eine Grimasse. *Smart move*, Ruby. Wie zerstöre ich harte Arbeit in zwei Sekunden?

»Melden? Du meinst, der Polizei?« Plötzlich sah er feindselig aus. »Manche Geheimnisse sollten nicht gelüftet werden.« Er versuchte, sich hochzustemmen, aber sie hielt ihn fest.

»Und was ist mit dem Gold?«

Er schüttelte sie ab. »Was interessiert dich das?«

»Ich fände es schon geil, wenn du mir so eine Goldkette um den Hals legst.«

Seine Augen glitzerten. »Darf ich dich damit würgen?«

»Nur zu.«

Das brachte ihr tausend Vertrauenspunkte. Teuer erkauft.

»Ich verrate dir was, seit drei Tagen ist komplette Funkstille. Die haben irgendetwas am Laufen, meine Schwestern. Aber diesmal bin ich denen um Meilen voraus, die werden sich wundern. Ich habe nämlich jemanden engagiert, einen Helfer, einen, der alles spielen kann, auch Restauratoren. Restaurationskomödien in Grabsachen sind seine Spezialität, Erpressungen seine andere. Ich habe ihn auf eine Reise geschickt.«

»Wohin?«

»Das ist unser süßes Geheimnis. Da gibt's eine historische Kapelle zu restaurieren und vor allem fast vierzig Kilo Gold zu finden. Sobald er die hat, gibt er Bescheid. Er kriegt einen Barren, ich die beiden anderen, und meine Schwestern können mich kreuzweise, für den Rest meines Lebens.«

Das klang ja mal nach einem Plan. Ruby würde sich an Raph dranhängen und ihm den Zielort des angeblichen Restaurators entlocken. Sie tat ihr Möglichstes. Bis er kotzen musste. Zwei Pints zu viel, dachte sie, als er mit dem Kopf auf die Marmorplatte knallte. Es klang unschön. Sie riss ihn hoch und bettete ihn in die Ecke der Sitzbank, die vom Pub würden ihm nach Kneipenschluss schon ein Taxi bestellen. Mit einem Handgriff beförderte sie sein Portemonnaie zutage. Sie nahm sich exakt so viel, wie seine Getränke gekostet hatten. Dazu ein kleines Trinkgeld. Als sie seine Geldbörse zurücklegte, bekam sie sein Handy zu fassen. In dem Moment ploppte eine

Nachricht auf. Sie war von einer Gertrud. Gutes Timing, wie Weihnachten.

*Du hast gewusst, was in der Schweiz abging. Wehe, du versuchst einen Sololauf, du Erbschleicher!*

## Dreizehntes Kapitel

Ich brauche Informationen, Herr Lazzarone. Und halte mir diese Verwalterin vom Leib.«

Die Worte hatten etwas Theatralisches, der Klang der Stimme war bedrohlich. Paul hatte nicht damit gerechnet, nach Feierabend noch jemanden von der Friedhofscrew anzutreffen, und nun wurde er unfreiwilliger Zeuge eines Gesprächs zwischen Matteo Lazzarone und einem Mann. Ein massiger Typ, mit schütterem Haar, zu braun glänzend, um nicht gefärbt zu sein, fleckige Arbeitskleidung, einen Koffer neben sich, als ob er eben angekommen wäre. Paul stellte sich in den Schatten der Sumpfweide, um das Gespräch besser zu verfolgen, das unter der kleinen Brücke stattfand.

Lazzarone zündete eine Zigarette an der alten an. »Sorry, Mann, sie ist meine Chefin. Ist ein Wunder, dass ich dich überhaupt da reinschleusen konnte.«

Also war das der Restaurator, von dem Antigone Licht erzählt hatte.

»Die ist eine ganz Scharfe. Die Unterlagen hat sie auswendig gelernt, am Schluss wollte sie sogar meinen Pass sehen.«

Der Restaurator spielte sich auf, dachte Paul, und Lazzarone kuschte vor ihm. Was sich auch im Rest der Unterhaltung zeigte, als der Restaurator mehrfach mit dem Zeigefinger auf Lazzarones Brust tippte, bis der flüchtete, während der Restaurator an Pauls Versteck vorbei in Richtung unterer Ausgang schlenderte und dabei in sehr britischem Englisch in ein Handy redete. Eben hatte er doch akzentfreies Deutsch gesprochen? Was wurde hier gespielt?

Nach einer Weile richtete Paul sich auf und ging über den schmalen Pfad bis zum Teich, wo sich Tiger-Lily in der Abendsonne rekelte und Lazzarone im Schatten an den Bogen gelehnt stand und schon wieder rauchte. Paul entschied sich, ihn nicht auf die Begegnung mit dem Restaurator anzusprechen. Er wollte erst mehr herausfinden. Die Verzweiflung in Lazzarones Miene wandelte sich, als er Paul bemerkte.

»*Porca miseria!* Hast du mich erschreckt!« Die Aggression entlud sich in weiteren Flüchen, die Paul wortlos hinnahm. Er würde auch Dampf ablassen müssen, wenn er so behandelt worden wäre.

»Bist du fertig?«, fragte er schließlich.

Lazzarone trat die Zigarette so heftig aus, dass die Katze mit einem Sprung ins Gebüsch flüchtete.

»Was heißt hier fertig? Du bist viel zu spät«, sagte er. »Es ist Freitagabend um sieben. Du hättest nach dem Mittagessen zurückkommen sollen.«

»Der Termin hat länger gedauert.«

Die Sitzung mit der Witwe hatte sich gezogen. Jelena hatte gefehlt.

»Bist du eigentlich noch ganz dicht? Du bist neu und hast einen Fulltime-Job. Da hat man keine Termine nebenher.«

»Ich kann dafür länger.«

»Wir haben keine flexiblen Arbeitszeiten. Der Tod ist

der Einzige von uns, der sich nicht an *nine to five* halten muss.«

Lazzarone warf ihm einen Blick zu. Als ob er auf etwas warten würde.

»Entschuldigung«, sagte Paul schließlich.

Lazzarone begann ansatzlos zu grinsen. »Ich dachte schon, du würdest es nie sagen, das kleine Zauberwort.«

Paul wusste in der Tat nicht, wann er sich das letzte Mal bei jemandem entschuldigt hatte.

»Mitkommen.«

Er folgte Lazzarone zu einer ganzen Reihe von mannshohen Metallwagen, beladen mit Blumen.

»Wir haben am Nachmittag die Bepflanzung angepasst, Astern raus, Begonien rein.«

Das also waren Begonien. Dunkelrot mit Dunkelgrün. Sehr brav. »Die gleichen sich alle. Als ob sie Schuluniform trügen.«

»Ist Vorschrift hier, Mann.«

»Nicht besonders schön.«

»Dafür zäh und robust. Wir wären auch fertig geworden. Wenn du …« Noch einmal flackerte Wut in Lazzarones Augen auf.

»Beruhig dich.« Paul klopfte ihm auf die Schulter. »Dann mach ich mich mal an die Arbeit.«

»Es sind noch etwa zweihundert Gräber übrig. Hast du schon mal gepflanzt? Na also. Wir machen es am Montag.«

»Ich werde pünktlich sein.«

»Du kommst gar nicht.«

Also war er draußen. Paul verspürte einen Stich. »Sieh mal, Matteo …«

»Am Montagmorgen hast du nämlich frei.«

Paul stockte. »Wieso das denn?«

»Dafür schiebst du jetzt eine Nachtschicht ein.«

»Nachtschicht? Was meinst du damit?«

»Du putzt eine total verschmutzte Marmorplastik – ich schätze, es dauert acht Stunden, vielleicht auch zehn. Ist für Christi Himmelfahrt. Ich nenne es Höllenfahrt. Weil wir deswegen jedes Jahr so viel Stress haben.«

Tiger-Lily kam wieder angeschlichen. In der Ferne sah Paul Till und seinen Vater. Diesmal war der kleine Bruder auch zu Fuß unterwegs, staksend auf zwei Beinen rannte er mit Till um die Wette. Der Vater hob eine Hand und winkte einer Frau zu. Sie kam vom anderen Ende und ging zu den Buben. Den Vater ignorierte sie genauso wie den Restaurator, der einen Werkzeugkoffer den Weg hochschleppte.

»Idiot«, murmelte Lazzarone.

»Wer ist das?«, fragte Paul leichthin.

»Ein Restaurator namens Lukesch. Er muss die Kapelle zusammenflicken. Da gibt es einen Riss in der Wand, Frau Havel hat ihn entdeckt.«

»Frau Havel sieht alles.«

»Sie nervt, die Alte.« Als Lazzarone eine neue Zigarette aus der Overallhose holte, zitterten seine Finger. Dann wies er in Richtung der prominenten Gräber.

»Deine Skulptur ist nicht zu übersehen, es ist die erste rechts, die größte und wertvollste hier. Die Familie kommt morgen und kontrolliert alles.«

»Wie gelange ich denn hinaus, sollte ich vor Morgengrauen fertig sein?«

»Die Tore stehen immer offen.«

»Wirklich? Gibt's keine nächtlichen Vandalen?«, fragte Paul.

»Nicht im Enzenbühl. Hier sind sogar die Gespenster höflich.«

\* \* \*

»Na, Tiger-Lily«, sagte Paul zur Friedhofskatze, die sich zu seinen Füßen im Staub rekelte. »Dann wollen wir mal.«

Bei dem historischen Grabmal handelte es sich um die Skulpturen von zwei Frauen, die eine überlebensgroß und gegen den Himmel gerichtet, die andere devot nach vorne gebeugt, ein klarer Statusunterschied. Beide trugen Kleider mit vielen Falten, filigran aus dem Marmor gehauen, aber mit einer mehr oder weniger dicken schwarzgrünen Schicht überzogen. Paul holte das Werkzeug aus der aufklappbaren Blechkiste. Jeder von ihnen besaß so eine. Seine hatte einem Lehrling gehört, der im zweiten Jahr abgebrochen hatte.

*Schau ein YouTube-Tutorial*, textete Lazzarone, als er nachfragte, wie er vorgehen sollte. *Und schön vorsichtig sein. Stehen unter Denkmalschutz, die Damen.*

Paul merkte, dass er Lazzarone immer mehr mochte. Er entschied, ihn für sich nur noch Matteo zu nennen.

Nachdem er sich das Video angesehen hatte, begann er, das Moos in kreisenden Bewegungen abzubürsten. Danach griff er zu einer feineren Bürste, schließlich zu einem Pinsel. Bis eine Marmorhand ganz hell schimmerte. Es war perfekt geworden.

Sein Handy summte. Jelena hatte ihre Sitzung mit dem

Koch online von den USA aus durchgeführt. Sie klang, als säße sie in der Bar um die Ecke.

»Zuerst wollte er nicht mit mir sprechen, dann hat er gestanden, dass er den Starkult ausgenutzt, die Küchencrew ausgebeutet und die ganze Zeit von der Steuerhinterziehung gewusst hat. Nun preist er die neue Ehrlichkeit und will damit zur Staatsanwaltschaft. Was sollen wir tun?«

Paul hatte keine Ahnung. Und es interessierte ihn gerade gar nicht.

»Paul, bist du noch da? Die Verbindung ist irgendwie schlecht. Ich finde, wir sollten ein Geständnis vermeiden. Es ist zu spät für einen Ablass durch Beichte. Wir müssen die Strategie weiterverfolgen.«

Noch vor einigen Tagen wäre es seine Rede gewesen.

Ohne sich zu verabschieden, legte Paul auf und putzte weiter. Die Bürste kreiste regelmäßig, die Katze rekelte sich immer noch. Der Lindenduft war berauschend. Die Sonne stand tief. Der Himmel war weit.

\*\*\*

Zwei Stunden später war die eine der beiden Damen sauber, noch mal zwei Stunden später auch die andere. Zum Abschluss rieb Paul der großen über den Arm. Der Stein war warm und samten. Paul schluckte. Die Berührung erinnerte ihn an die letzte Nacht mit seiner Ex. An die stummen Begegnungen mit Jelena im Büro. An die wenigen Zufallsbekanntschaften.

Er wickelte eine Plastikfolie um beide Skulpturen, genau wie YouTube es vorgeschrieben hatte.

*Gut gemacht, Mann,* schrieb Matteo, nachdem ihm Paul ein Foto geschickt hatte. *Das lässt du so stehen, ich komme dann morgen in aller Herrgottsfrüh und nehme die Folie runter.*

Bevor sich Paul ans Aufräumen machte, wollte er bei Grabfeld M vorbeigehen. Auf dem Weg dahin passierte er das Grab von Tills Schwester. Die Sonnenblumen waren seit dem letzten Mal gewachsen, das Dünengras wogte leise in der nächtlichen Brise. Einige Kerzen waren in kleinen Gläsern aufgestellt, dazu Zeichnungen, einige sehr krakelig, manche gekonnt. Durch das Glas einer Laterne bemerkte er plötzlich eine Gestalt zwischen den beiden Lindenbäumen. Es war die Frau, die eben die Buben begrüßt hatte.

»Guten Abend. Sind Sie Christinas Mutter?«

Sie gab keine Antwort.

»Entschuldigung, ich wollte Sie nicht stören.« Er trat vom Grab zurück. »Schönen Abend. Grüßen Sie Till. Vom alten Gärtner.«

»Danke.«

Paul stutzte. »Wofür?«

»Dass Sie mich Christinas Mutter nennen. Meist bin ich die Mama meiner Söhne. Oder die Mutter von dem ertrunkenen Kind.«

Paul schwieg. Das hatte er nicht gewusst.

»Hat Ihnen das Tills Vater nicht unter die Nase gerieben? Dass Christina ertrunken ist. Während wir zusammen einen Bootsausflug gemacht haben. Trotz Schwimmflügel.«

Paul suchte nach Worten. »Bislang habe ich nur mit Till gesprochen. Ihr Mann ist schweigsam.«

»Mein Ex-Mann. Er kommt nicht gerne her. Würden die Jungs ihn nicht dazu anhalten, käme er nie.«

Sie bückte sich nach einer heruntergebrannten Kerze. Nachdem sie sie aus dem Glas geklaubt hatte, platzierte sie eine neue und zündete sie mit einem Streichholz an.

»Abends lese ich ihr immer etwas vor. Nach dem Essen. So wie wir das gemacht hätten. Es riecht nach Linden. Christina hat Linden gemocht. Mein Lindenmädchen, so nenne ich sie.«

In ihrer Stimme klang Sehnsucht. Überwältigende Sehnsucht.

»Es ist zwei Jahre her. Aber ich kann sie noch riechen, als wäre sie heute Morgen in die Schule gegangen.«

Wie Milu wohl gerochen hätte? Nach Meer, nach Milch, nach dem Weihnachtskuchen mit kandierten Früchten. »Sie können sich daran erinnern?«, fragte er. »Nach der langen Zeit?«

»Einen Duft kann man nicht vergessen.«

»Dann ist der Platz hier unter der Linde perfekt«, sagte Paul.

Er sah die Kerzen, das Gras, die Wimpel, die Räder … all die Dinge, die sich um das weiße Kreuz gruppierten.

»Es ist meine Rettung. Ich wohne direkt da drüben.« Sie zeigte zu den Häusern hinter der Hecke, von denen man nur die Dächer sah. »Manchmal komme ich dreimal am Tag oder noch öfter. Ich brauche es.«

Paul nickte ihr zu. »Ich bewundere Sie. Wie Sie Ihre Trauer zeigen können.«

»Sonst wäre ich gestorben. Mein Ex-Mann ist gestorben. Er merkt es nur nicht.«

»Aber für die Trauer von Vätern ist auch nicht viel Platz.«

Das hörte sie nicht gern. »Der Platz ist da. Sie müssen ihn sich nur nehmen.«

Paul fühlte eine Bewegung. Tief in seinem Innern.

Er verabschiedete sich schnell und ging zurück zu den beiden Marmordamen, um die Folie zu lösen und sie noch mal zu polieren. Die Arbeit seiner Hände beruhigte ihn.

## Vierzehntes Kapitel

Ruby saß im Bus. Es war kurz nach elf, Kneipenschluss für viele Pubs. Langsam wurde sie wieder nüchtern. Die Krugers im Erbschaftskrieg, das verschwundene Totengold, eine Verbindung in die Schweiz ... und als Dreh- und Angelpunkt das Mausoleum an der Fulham Road. Wenn das keine Grundlage für eine erfolgreiche Weiterarbeit war.

Als sie Miles anrief, warf er sie aus der Leitung und schrieb gleich danach eine Nachricht.

*Kann nicht sprechen. Bin im Meeting.*

*Um die Uhrzeit?*

Darauf gab er keine Antwort. *Ich bin dran. C-14-Methode.*

Die Radiokarbonmethode war ein physikalischer Vorgang zur Bestimmung des Knochenalters, es hatte mit kosmischen Strahlungen und der Aufnahme eines Kohlenstoff-Isotops im menschlichen Körper zu tun. Die Resultate bezüglich Unterscheidung von neuen und alten Knochen waren verblüffend.

*Ich brauche eine Tendenz*, schrieb sie.

*Der Knochen ist alt. Über hundert Jahre. Gut erhalten, keine Sauerstoff-Exposition. Ein Kind, Mädchen oder Junge.*

*Und die Haarlocke?*

*Die H ist jünger.*

So wie sie gedacht hatte. Die Frage war, ob es auch einen Leichnam zu der Locke gab. Und ob das möglicherweise mit dem Gold zu tun hatte.

*Wenn die Analyse abgeschlossen ist, musst du dich bei der Polizei melden,* schrieb Miles.

*Wird erledigt.* Sie hatte nicht vor, das zu tun, zumindest noch nicht. Nicht bevor sie herausgefunden hatte, was mit dieser Locke war.

*Ich prüfe das nach, Ruby. Wir sind ein staatliches Labor, es muss alles korrekt laufen.* Zum Schluss hatte er noch einen Rat. *Geh nicht wieder zu diesem Friedhof. Und kein Social Media mehr. Verstanden?*

Typisch Miles. Sah aus wie Sid Vicious und benahm sich wie Shaun, das Schaf. Wobei er natürlich recht hatte. Vor allem, als sie den Text der Redakteurin las.

Zweihundertfünfundfünfzig neue Abonnentinnen.

Hatte sie das wirklich gewollt? Ruby wurde schlecht. Geht weg, folgt mir nicht mehr, eure Aufmerksamkeit ist widerlich. Tausend Optionen blinkten in ihrem Kopf, von sämtliche Social-Media-Konten löschen bis zu einer Weltreise. Im Zweifelsfall war sie jedoch dafür, in die Offensive zu gehen. Sie würde das Publikum abschrecken müssen, vom Mausoleum weglocken, um ihre Nachforschungen in Ruhe zu beenden. Bei Whitehall stieg sie aus dem Bus und ging zügig in Richtung Themse. Im Gehen lud sie sich eine App runter, mit der man Tonaufnahmen vintagemäßig aufpeppen konnte. Als ob sie von einer LP stammten, mit dem typischen Knistern, ziemlich genial. Sie platzierte sich in einer ruhigen Ecke und machte ein Recording der Schläge von Big Ben. Danach ging sie in Richtung Kensington. Nach Rücksprache mit einem

Pubbesitzer, der gerade dabei war, die letzten Gäste rauszuwerfen, betrat sie den menschenleeren Biergarten. Sie steckte das Mic an, startete die Live-Event-Funktion auf Instagram, spielte den Miss-Marple-Jingle und mischte Big Ben dazu. Beim letzten Glockenschlag begann sie zu sprechen:

»*DIESSEITS VOM JENSEITS* – Amalias Sehnsucht. Live vom Friedhof. Ich klettere über die Mauer, die Gebäude rundherum liegen im Dunkeln. Kein Wind. Mit einem Sprung lande ich auf der anderen Seite.«

Ratsch. Ruby blendete das Geräusch eines Streichholzes ein.

»Wo kommt die Kerze her? Ist es eine kleine Hand, die sie trägt? Eine Spiegelung im Glas? Ich schleiche die Gräber entlang. Hier wurde seit über hundert Jahren niemand mehr beerdigt. In meinem Rücken spüre ich einen Hauch. Als ich mich wieder drehe, steht die Mausoleumstür offen. Ein Wimmern. Ein Lichtschein. Nicht da rein. Nicht da rein. Trotzdem gehe ich weiter. Schritt für Schritt.« Ruby räusperte sich. »Ist das der junge Apotheker? Er schaut in die Ferne, sein Haar ist wirr, sein Gesicht hart. Neben ihm steht seine Frau, in den Armen trägt sie ein Bündel. Es ist Amalia, die Totgeburt. Er will sie ihr wegnehmen, mit Gewalt. Er gewinnt, er gewinnt immer, stößt seine Frau zu Boden. Mit dem Bündel geht er ins Mausoleum. Ein leises Geräusch, als ob Seide raschelt. Ein glimmendes Licht. Dann ein Schieben, Stein auf Stein, bis alles verschlossen ist. Schließlich kommt er wieder heraus, das Totengold in seinen Händen. Es ist schwer. Aber es fällt ihm leicht. Er schleppt es zum Friedhofsausgang. Bei der

Mauer zögert er. Ein langes Seufzen, das alle Traurigkeit der Welt enthält. Dann ist er weg. Die Frau steht auf. Ihr Nachthemd bläht sich auf, ihre Wangen sind hohl. Aus dem Mausoleum dringt ein Schluchzen. Sie …«

Mitten im Satz brach Ruby die Übertragung ab. Ihr Atem ging schwer, ihr Herz stolperte. So ein Bullshit. Sie hatte sich reinziehen lassen. Null Fokus gehabt. Melancholie und Grusel statt Abschreckung. *Damn*, was war in sie gefahren? Das würde die Leute nicht vertreiben, das würde sie noch mehr anziehen.

»*Skarbie*, Wäscherei und Wohnung sind fristlos gekündigt«, hörte sie Olgas Klagen im Geist. »Ich muss zu dir ziehen.« Ihre Mutter bei ihr in der WG? Das Grauen hieß Olga.

\* \* \*

Ruby erwischte den Bus im letzten Moment. Sie warf ihr Medikament ein und fuhr zwei Stationen. Sollten sich beim Mausoleum Leute einfinden, würde sie sie wegschicken.

»Kein Gold, kein Geist, alles nur Fake. Verzieht euch.«

Bei Holy Trinity Bromton stieg sie aus und eilte die Fulham Road hinunter. Als sie am Friedhof ankam, war sie schweißgebadet. Es herrschte absolute Stille. Sie wartete ab. Irgendwo schlug eine Uhr Mitternacht. Die erste Viertelstunde passierte nichts. Auf Ihren Social-Media-Kanälen war auch nicht viel los. Trotzdem waren ihre Sinne auf wachsam geschaltet. Noch war die Geisterstunde nicht vorbei. Zwei Gestalten kamen um die Ecke. Beide in ein Cape gehüllt, leise in ein Gespräch vertieft.

Bei der Mauer blieben sie stehen, der eine sah sich um, der andere verschränkte die Hände, der erste kletterte hoch, zog den zweiten mit rauf. Sie sprangen gemeinsam. Ruby hörte ein Kichern.

»Wie im Livestream. Absolut smash.«

Zwei, die sich aufgemacht hatten. Zwei. Okay, okay, okay. Die konnten keinen großen Schaden anrichten. Und wenn doch? Wer würde ihr helfen? Marten, ihr Chef? Dass sie nichts mehr von ihm gehört hatte, fiel ihr erst jetzt auf. Er war zwar ein guter Geschäftsmann, aber mehr von der seriösen Sorte, die Social-Media-Welt der unter Dreißigjährigen interessierte ihn nur als Geschäftsmodell. Möglich, dass sie Glück hatte und er gar nichts von dem Lärm mitbekommen hatte.

Ein lauter Schrei riss Ruby aus ihren Gedanken. Er kam vom Friedhof her. »Hilfe.«

In Mrs Peeks Küche ging das Licht an. Noch ein Schrei, noch mehr Stimmen. Waren da welche im Mausoleum? Von der rechten Seite her kam plötzlich eine ganze Meute, alle in dunklen Mänteln oder Capes, einer klappte eine Leiter auf, die anderen kletterten hoch. Die Typen würden die Grabsteine beschädigen, Ruby sah es vor sich. Wenn sie etwas hasste, waren es Friedhofsvandalen.

»Moment«, rief sie. »Verschwindet von hier.«

»Verschwinde selbst. Der Schatz ist unser.«

Die Leiter war weg.

»Hey, es gibt keinen Schatz. Das ist ja der Punkt.« Ihre Stimme dröhnte über den Friedhof. Ein Moment der Stille. Bis ein Lachen einsetzte, noch eines, eine ganze Runde lachte sich die Angst weg. Bestimmt zwanzig Stimmen. Ein Fenster knallte.

Sie hörte Mrs Peeks Stimme. »Was macht ihr da?«

Ein hohes Kreischen. »Ein Vampir. Achtung.«

Noch mehr Kreischen, trampelnde Schritte, ein Schrei. Ruby versuchte die Taschenlampe in die Richtung zu lenken, aber die Stimmen kamen nun aus verschiedenen Ecken.

»Wir holen uns das Totengold.«

»Grabschänder!«, rief Mrs Peek.

Jemand anders fluchte auf Polnisch und Englisch. Ruby verstand das Wort Polizei.

»Nicht die Polizei«, schrie jemand.

Sie bemerkte weitere Leute, wieder mit einer Leiter. Hatte sie in ihren Podcasts erwähnt, dass man sie brauchte, um auf den Friedhof zu gelangen? Schon waren auch die drüben, die Leiter ließen sie zurück.

»Wo ist der Goldschatz? Her damit.«

Die mussten alle einen Ohrenschaden haben. Sie hatte doch deutlich artikuliert, dass hier KEIN Goldschatz mehr war. Irgendwoher blitzte ein Licht. Schatten, Konturen. Von links kamen weitere Gestalten auf sie zu. Alle in Capes gehüllt, alle mit Taschenlampen.

»Das Gold ist verschwunden«, schrie Ruby.

»Fake News.«

Ein Krachen. Ein Stein, der zu Boden donnerte. Ein Schrei.

Hammerschläge, als ob jemand eine Tür demolierte.

Ruby hielt es nicht mehr aus. Über die Leiter kletterte sie auf die Mauer, um sich einen Überblick zu verschaffen. Der Friedhof war voller Lichtpunkte. Menschen, alle in Capes. Alle mit Kerzen, ein Meer von Kerzen. Sie kamen hinter den Grabsteinen hervor, schienen zu tanzen, bis sich die Musical-Atmo innert dem Bruchteil einer Sekunde in einen Angriffsmodus verwandelte. Leute gingen aufeinander los, Grabsteine kippten um, einige stürmten auf das Mausoleum zu, einer hämmerte auf das Schloss ein. Dazu immer wieder Schreie, bis noch mehr Lichter in den umliegenden Häusern angingen. Die Sirene des Polizeifahrzeugs erstaunte Ruby nicht, einen Moment lang war sie sogar froh darum, denn sie stand erstarrt, unfähig zu einer Reaktion. Es waren einfach zu viele, ein wild gewordener Mob. Eine Stimme verlangte nach der Podcasterin.

»Werfen wir sie dem Vampir vor. Ihr Blut wird ihn versöhnen.«

Es gab kein Überlegen mehr, sie musste fliehen. Leider war die Leiter verschwunden. Ruby sprang von der Mauer, der Knöchel gab nach. Stöhnend rappelte sie sich auf.

In dem Moment hielt ein Auto in Gelb, Weiß und Blau neben ihr, und vier Cops sprangen heraus. Drei von ihnen eilten auf die Mauer zu, der vierte ließ Handschellen zuschnappen. Ruby Kosa war verhaftet.

## Fünfzehntes Kapitel

Kurz vor Mitternacht war Paul dann mit allem fertig. Beide Skulpturen leuchteten im Mondlicht, die Plastikhülle funkelte. Er hängte die Werkzeugkiste um und machte sich auf in Richtung Grüner Heinrich. Es fühlte sich eigenartig an, ganz allein hier zu sein. In der Mitte des Wegs, gut sichtbar im Mondlicht, lagen wieder zerbrochene Eierschalen fein säuberlich nebeneinander. Ein verrücktes Geheimnis, diese Schalen, deren Herkunft niemand kannte. Der Obdachlose fiel ihm ein, der laut Matteo auf der Toilette wohnte. Aber wieso sollte er Eier ausschlürfen und sie hier zurücklassen?

Nachdem Paul das Werkzeug deponiert und sich umgezogen hatte, beschloss er, doch noch Grabfeld M aufzusuchen. Etwa nach fünfhundert Metern tauchte es rechts auf. So viel hatte Paul schon davon gehört, von dem Kreuz und dem schäbigen Stein, nun stand er davor. Im Licht der Handytaschenlampe las Paul eine an einen Pfosten geheftete Notiz, die ihm davor nicht aufgefallen war.

*Aufhebung von Grabfeld M. Erdbestattungsgräber 1980 bis 5540. Erwachsene Personen, bestattet von Januar 1996 bis September 1997.* Darunter einige Erklärungen. Dass man alles mitnehmen müsse, was man behalten wolle. *Eine Verlängerung der Ruhefrist ist nicht möglich*, stand am Schluss.

Etwa hundert Gräber, ergraut und bröckelig – statt

frisch gepflanzter Begonien lediglich vertrocknete Astern. Die Ruhefrist wird nicht verlängert, dachte Paul, das klingt nicht nett. Was machten die dann alle, diese Toten, die keine Ruhefrist mehr hatten?

Seine Hand fasste in die Hosentasche. Er suchte vergeblich, drehte den Stoff um, fingerte ein Loch ins Futter. Er hatte den Beutel zu Hause gelassen. Einen ganzen Tag lang war er ohne Milus Asche unterwegs gewesen. Dass er es nicht gemerkt hatte, verstörte ihn. Solange er an sie dachte, war sie noch hier. Würde er sie vergessen, allmählich, immer mehr, bis sie eines Tages ganz verschwände?

Paul ging durch die Reihen bis zu Grabplatz 5554. Der Grabstein sah so aus, wie Frau Havel ihn beschrieben hatte: Ohne Inschrift, verwittert und unscheinbar. Sicher keine 45 000 Franken wert, dachte Paul. Das Kreuz auf dem Nachbarplatz 5553 war von verblasstem Braun und hatte wie erwartet eine Strebe. Die Gravur war erstaunlich gut erhalten, als ob über die vielen Jahre laufend mit Farbe nachgebessert worden wäre. *Lara Begic* stand da. geboren 1996, gestorben 1997. Vorsichtig fuhr Paul mit einem Finger die Strebe entlang. Er fühlte das raue Holz, kleine Farbbrocken, die sich lösten. Auf dem Mittelbalken ertastete er eine kleine Kerbe. Und gleich darauf noch eine.

Konnte es sein? War es das fragliche Kreuz, das ursprünglich drei Streben gehabt hatte und von Jacob Kruger für den Grabplatz 5554 in Auftrag gegeben worden war? Ob es als Kinderkreuz konzipiert gewesen war, würde sich vermutlich nachweisen lassen. Mangels einer Bürste versuchte Paul, die Patina mit dem Fingernagel zu entfernen. Als darunter schmutziges Weiß zum Vorschein kam, spürte er eine gewisse Genugtuung. Die Rabatte des Grabs sowie die Beerenstauden waren dicht bepflanzt. Er suchte nach den beiden fehlenden Querstreben, entdeckte Taschentücher und eine Keksdose. Sogar eine Weinflasche, mit einem verblassten Etikett, auf der *Farewell* stand. Farewell. Leb wohl. Das Wort katapultierte ihn direkt in seine Kindheit.

*Das alte Grammophon. Der Duft nach Buttertoast. Die Trompete.*

Paul rieb sich die Augen.

»Zu trocken«, hatte seine Augenärztin gefunden. »Kaum Tränenflüssigkeit.«

Darum fiel ihm Weinen so schwer, es gab nichts zu weinen, in einem ganz physischen Sinn. Er suchte weiter, er wollte endlich einen konkreten Hinweis. Was, wenn jemand die beiden Querbalken durch die Luft geworfen hatte? Beim Versuch, sich eine Flugbahn vorzustellen, stellte er sich neben das Holzkreuz. Die Wanderschuhe sanken ein wenig in der Erde ein. Er sah das fliegende Stück Holz vor sich, sah, wie der makellose Bogen von einem Weidenzweig gestört wurde, wie es trudelte, sich um sich selbst drehte und auf dem Nebengrab landete. Tief versteckt in den Stauden, förmlich eingesunken in der Erde, fand er tatsächlich eine Querstrebe. Und gleich daneben eine zweite. Nach dem Einsatz der Fingernägel war die Inschrift leserlich.

*Stella. Februar 1997.*

Im Auftragsbuch von Blumen-Joes Vater hatte nur ein S gestanden. Hier aber stand Stella. Es konnte ein Zufall sein, aber die Chance, dass er das richtige Kreuz gefunden hatte, war groß. Der Nachname fehlte. Es wäre auch zu

schön gewesen. Dafür stand da noch ein Wort. Sternenkind.

Auch Milu war ein Sternenkind. »Richtige« Sternenkinder waren unter 500 Gramm schwer oder starben vor der
22. Schwangerschaftswoche, das wusste Paul nur zu gut.
Eigentlich gab es für solche Kinder keine Gräber. Auch
das wusste er.

Sein Telefon zitterte. Oder war es seine Hand? Eine
Nachricht von Iain.

*Das Kruger-Mausoleum auf dem Fulham-Friedhof
wurde geplündert. Es gab eine große Polizeiaktion. Nun
sind alle Augen auf die Krugers gerichtet. Das ist das
Schlimmste, was hätte passieren können.*

## Sechzehntes Kapitel

W ohin bringen Sie mich?«

Ruby war mit Handschellen an eine Polizistin gekettet, die stur geradeaus sah. Die Stille im Polizeiwagen zehrte an ihren Nerven.

»Sorry, aber das ist ein Irrtum«, sagte sie. »Außer Rand und Band geraten, die Sache. Wie ein explodierter Flashmob. Oder eine Insta-Party. Ist kürzlich auch einer Freundin von mir so passiert. Hat aus Versehen die Location veröffentlicht, und schon drängen sich neunhundert Leute in eine Dreizimmerwohnung. Tut mir wirklich leid, passiert nicht mehr. Lassen Sie mich jetzt gehen?«

Ein Ohr des Polizisten am Steuer zuckte ein wenig. Wäre die Strenge neben ihr nicht gewesen, hätte er was gesagt.

Ich muss weiterreden, dachte Ruby.

»Ich bezahle auch für die demolierte Tür. Dass die das Schloss einfach aufgeknackt haben, war echt beschissen. Die dachten, es gäbe da Gold, und dabei war meine Message klar: kein Goldschatz vor Ort.«

Sie erkannte das Victoria and Albert Museum auf der rechten Seite. Ein Stück Hydepark. Einen Waitrose-Supermarkt, wo sie sich ab und zu eine Packung Alp-Müsli leistete.

»Hier können Sie mich rauslassen. Da kann ich gleich den Bus nach Hause nehmen.«

Aber der Polizeiwagen bog links ab. Nach etwa einem Kilometer hielt das Auto an. »Kensington Police Station« stand auf dem Backsteingebäude, und Ruby überkam eine Gänsehaut der unangenehmen Sorte.

»Wollen Sie mich ernsthaft verhaften? Weswegen? Sie müssen mir einen Grund nennen.«

Die Polizistin gab endlich Laut. »Eine rein informelle Befragung«, sagte sie und trieb Ruby voran.

Sie aber blieb stehen. »Das heißt, ich kann danach wieder gehen?«

»Wenn Sie nichts verbrochen haben …« Mehr konnte sie der Strengen nicht entlocken.

Vor dem nüchternen Eingang übergab sie Ruby einer weiteren Polizistin. Die ganze Beziehungsaufbauarbeit war umsonst gewesen.

»Detective Inspector Nesbø«, stellte sich die Neue mit einem versnobt klingenden Akzent vor, die schwarz glänzende Mähne hochgesteckt, die Brauen so dicht, dass sie fast zusammenwuchsen, einen halben Meter größer als Ruby.

»Nesbø?«, fragte Ruby. »Wie Jo Nesbø?« Das war ein bekannter Skandie-Noir-Autor.

»Eingewandert aus Norwegen. Ich bin Ihre Betreuerin heute Abend.«

Hatte sie tatsächlich Betreuerin gesagt? Als ob sie in einem Spa wären. Ruby unterdrückte einen Lachanfall. Der verging ihr, als sie von einer zweiten Person abgetastet wurde, überall, auch auf der Innenseite ihrer Schenkel, und danach ihren Schmuck sowie das Handy abgeben musste.

»Aber ich brauche das.«

Eine schwarze Augenbraue hob sich. »Vorschrift.«

Dann kam ihr Rucksack dran. Jedes einzelne Werkzeug wurde untersucht. Die Bürsten, die kleine Säge. Beim Anblick des Hammers hob DI Nesbø die andere Braue.

»Kein Einbruchswerkzeug«, beantwortete Ruby die unausgesprochene Frage. »Als Historikerin und Archäologin mit Restaurieraufträgen trage ich das mit mir rum wie andere Leute Kugelschreiber.«

Nesbø betrachtete die Medikamentenpackungen, die sie als Letztes herausgeholt hatte. Einmal etwas gegen Herzstolpern, einmal Ritalin.

»Und das schlucken Sie wie andere Bonbons?«

»Ich habe ein …« Was ging das diese Leute an? »Die sind überlebenswichtig.«

»Das können Sie nachher mit dem Arzt besprechen.«

»Was heißt nachher? Und ich will eine Ärztin.«

Anstatt eine Antwort zu bekommen, musste sie sich an eine Wand stellen, Foto von vorn, von der Seite. Danach Fingerabdrücke. Wattestäbchen in den Mund, Abstrich auf den Innenseiten der Wangen.

»Ist das erlaubt?« Sie wurde wütend. »Ich habe niemanden angefasst. Ich bin auch nicht vergewaltigt worden. Warum macht ihr das?«

DI Nesbø rief eine Kollegin herbei. Zur Verstärkung, falls Ruby ausfällig wurde, so las sie das aus ihrer Körpersprache. Die Sicherheitsnadeln am Saum des Capes, das die Polizistin zuallerletzt aus dem Rucksack holte, bewirkte eine neue Augenbrauen-Aktion. Es sieht nicht gut aus für dich, hieß das, Ruby war Expertin in Körpersprache. Sie musste den Gürtel und die Schnürsenkel abgeben, alles zusammen kam in eine Schachtel.

»Ich bring mich sicher nicht um. Die Medikamente brauche ich zum Leben, nicht zum Sterben«, sagte Ruby. Guter Spruch, dachte sie, muss ich mir für den nächsten Podcast merken. So leicht gab sie nicht auf. Das Potenzial von DIESSEITS VOM JENSEITS war noch nicht ausgeschöpft.

Sie wurde in einen Raum gebracht, immerhin keine Zelle. Nüchtern, grau gestrichen, in der Mitte ein Tisch, zwei Stühle, die sich gegenüberstanden, beide festgeschraubt. In der rechten oberen Ecke war eine Kamera. Wie im Film. Auch dass man sie warten ließ. Stundenlang, sekundenlang, sie verlor jegliches Zeitgefühl. Einmal nickte sie fast ein, der Kopf kippte nach vorn, die Augen wurden leer. Sie sprang auf. Hin und her gehen, bestimmt tausendmal, mühsam ohne Schnürsenkel. Endlich kam jemand, um ihr etwas zu trinken anzubieten. Sie wollte Tee. Was sonst?

Schließlich ging die Tür auf. Ein etwas älterer Typ, gefolgt von DI Nesbø, die höher war im Rang als er, was ihm nicht passte, zumindest sagte das seine Körpersprache. Er stellte einen Pappbecher mit Tee vor ihr ab. Nesbø befahl Ruby, sich zu setzen.

»Wie Ihnen bereits gesagt wurde, ist das nur eine informelle Befragung.«

»Als Zeugin?«

Dass sie keine Antwort bekam, beunruhigte Ruby krass.

»Das heißt, ich kann die Aussage verweigern und wieder gehen?«

»Wenn Sie nichts verbrochen haben, Miss Kosa.«

Eine Frau, die eine andere Frau Miss nannte? Nesbø wollte sie provozieren. »Ich sage nichts ohne Anwältin.«

Ein Blickwechsel. Der ältere Polizist kaute seinen Kaugummi.

»Je eher wir die Befragung durchführen können, desto schneller sind Sie wieder draußen.«

»Dann gehe ich und komme morgen wieder. Jetzt habe ich leider einen Job.«

DI Nesbø kniff fragend die Augenbrauen zusammen.

»In der Suppenküche, ich gebe Essen an Bedürftige aus. Die Wirtschaftskrise ist Ihnen sicher ein Begriff.«

»Um die Uhrzeit?«

Shit. Nicht nachgedacht, Ruby.

»Wir können jemanden für Sie anrufen, wenn Sie das ausdrücklich wünschen.«

Miles? Der fand Telefonieren überbewertet und würde nicht rangehen. Ihre Mitbewohner? Freitagabend war Party-Night.

»Meine Mutter.«

Sie gab Nesbø die Nummer und betete, dass Olga den Anruf annehmen würde. Sie saßen einige Minuten schweigend da, sie und der kaugummikauende Polizist, bis Nesbø zurückkam.

»Ihre Mutter war nicht amüsiert«, sagte sie trocken.

Sie hatte bestimmt rumgejammert, anstatt Hilfe zu organisieren, dachte Ruby. Wäre ja das Normalste von der Welt für ihre Mum, Herrin über Waschmaschinen, Gebäck und ihre Kundschaft, ihre Tochter aus dem Gefängnis zu holen.

»Kommt sie?« Ruby spürte eine Art Schluchzen im Hals. Ein Gebäck mit Blaubeerfüllung zum Tee wäre nice.

»Ich soll Ihnen ausrichten: *Aller Anfang ist schwer.*«

Mum und ihre Weisheiten. Die waren grad so überhaupt gar nicht passend.

»Sie will erst mit Cousine Alice sprechen.«

Alice? Welche Alice? Sie hatte keine Cousine namens Alice. Es musste etwas anderes bedeuten. Nebst den Sprichwörtern verwendete Olga gern verschlüsselte Botschaften. Wie sollte Ruby nur dahinterkommen? Vor allem, nachdem ihre Gedanken immer wieder wegdrifteten. Sie brauchte ihr Medikament. Aber sie würde dieser Nesbø nicht den Gefallen tun und sie darum bitten. Ruby machte eine Atemübung und fixierte einen feuchten Fleck auf der Wand gegenüber.

Der Polizist legte einen Block und einen Bleistift vor Ruby. »Falls Sie Notizen machen wollen.«

Nesbø drückte auf die Taste eines altmodischen Aufnahmegeräts. Sie lehnte sich zurück, verschränkte die Arme. So entschlossen sah sie aus, dass Ruby ihren Widerstand aufgab, hier war Kooperation angesagt. Jede Menge Fragen prasselten auf Ruby ein, Name, Alter, Beruf, Anstellung. Dinge, die sie bereits erwähnt hatte. Trotzdem betete sie alles anstandslos herunter und hoffte, dass man keine weiteren Erkundigungen über sie einziehen würde. Den Schock, dass die Polizei den »Freunden des Highgate-Friedhofs« oder der Suppenküche einen Besuch abstattete, wollte sie den Kollegen dort gerne ersparen.

»Noch einmal, um sicher zu sein: Sie sind Historikerin?«

»Master an der Universität Edinburgh. Mit einem Bachelor in Archäologie samt Felderfahrung in York. Gerade zurück aus Passau, wo ich als Restauratorin gearbeitet habe.«

»Das ist nachprüfbar?« Nesbøs Blick auf ihren kurzen Rock war abschätzig.

»Jederzeit.« Ihre Ausbildung trug nicht zur Verbesserung des Gesprächsklimas bei. Das kannte Ruby. Die Leute wurden sauer, wenn sie merkten, dass sie sie unterschätzt hatten.

Auf die nächste Frage war sie vorbereitet.

»Was haben Sie auf dem jüdischen Friedhof gemacht?«

Ihre Erklärung, die beim Besuch im Buchladen Sokol begann, wurde sogleich unterbrochen.

»Sie haben den Friedhof über ein Fenster betreten. Wir haben die Überwachungskamera vor Ort überprüft.«

Wie waren die nur darauf gekommen? Jemand musste sie als grabschänderische Aufwieglerin mit Gefahrenpotenzial für das Gemeinwohl angezeigt haben.

»Aber ich habe sie weggedreht.«

»Damit«, Nesbø grinste selbstgefällig, »haben Sie es zugegeben. Illegales Betreten eines geschlossenen Friedhofs.«

Schon wieder ein Fehler. Was plapperte sie auch, ohne zu überlegen, drauflos? Das kam davon, dass sie sich nicht konzentrierte. Was gäbe sie jetzt für ihr Medikament. Mum hatte sie oft gewarnt.

»Im Zweifelsfall musst du es ohne schaffen, *skarbie*. Sonst bist du abhängig.«

Ruby fing wieder an zu sprechen, machte eine Verbindung zum Podcast, erläuterte ihre Marketingstrategie.

»Sie haben also die Ausrichtung gewechselt. Von Informationen zu Sensationen.«

»Die ʙʙᴄ wollte es so. Nachdem es erfolgreich war.«

»Die Redaktion distanziert sich von Ihrem Projekt.«

Warum bin ich nicht überrascht?, fragte sich Ruby. Dennoch war es verrückt, dass die bei der ʙʙᴄ nachge fragt hatten. Für wen war sie so gefährlich, dass man sie ruhigstellen wollte?

»Verantwortlich ist Public Past History.« Marten würde sie schützen.

»Da hat uns jemand gesagt, dass Sie den Podcast federführend produziert haben.«

Es musste der Praktikant gewesen. Marten würde nie so etwas tun.

»Haben Sie denn eine Firma?«

Sie nickte vage. »Rubys Secret.«

»Eingetragen?«

»Das Amt ist überlastet, ich warte auf die Bestätigung. Post-Brexit, Sie wissen. Es kann Jahre dauern.«

Ruby hatte lediglich das Antragsformular runtergeladen, weiter war sie nicht gekommen. Sie kannte das Prozedere vom Pizzaladen ihres Vertrauens, der auf Produkteverkauf erweitern wollte. Er wartete verzweifelt auf eine Zulassung, und solange arbeitete er illegal. Er musste seine Familie ja irgendwie ernähren.

Nesbø machte sich eine Notiz. »Und wie finanzieren Sie das Projekt, nachdem die BBC ausgestiegen ist? Ich warne Sie, wir fragen nach.«

»Sponsoring.« Miles, der einzig mögliche Sponsor, würde die Aussage hoffentlich bestätigen. Er hatte einiges gespart. »Wenn die Klickzahlen stimmen. Das tun sie gerade.«

Ein vielsagender Blick.

»Sie haben also um der Sensation willen Leute gefährdet?«

Ruby schwieg.

Der ältere Polizist stupste Nesbø an. »Sie wusste ja nicht, wie es sich entwickeln würde.«

»Sie hätte es ahnen können. Als Podcast-Profi. Oder, Miss Kosa?«

»Ich habe mit maximal zwanzig Leuten gerechnet. Mit denen hätte ich einen nächtlichen Friedhofsspaziergang gemacht und einige Informationen geteilt, ganz harmlos.« Als Ruby Luft holte, unterbrach sie Nesbø schon wieder, eine nervige Angewohnheit.

»Wir haben einige weitere Hinweise gesammelt. Die sprechen dafür, dass Sie eine ganz andere Absicht haben, als Sie es hier darstellen.« Sie zog eine durchsichtige Mappe heraus. »Beweisstück Nummer eins. Ein detaillierter handschriftlicher Plan.« Der Ablauf-Plan, den Ruby im Bus vergessen hatte. Jemand ist mir gefolgt, dachte sie. Wer? Wer könnte das gewesen sein? Jemand von den Krugers. Durch ihre Aktionen bekam der Friedhof Aufmerksamkeit, was denen offenbar nicht passte. Sie versuchte sich die Busfahrt noch mal vorzustellen, wie sie oben gesessen und den Plan vervollständigt hatte. Könnte die Frau hinter ihr Gertrud gewesen sein? Der Typ vorne am Fenster Raph?

»Miss?«

Die Stimme der Polizistin holte sie in die Gegenwart zurück.

»Haben Sie diesen Plan geschrieben?« Nesbø zeigte auf den Plan.

»Daran können Sie sehen, wie seriös ich vorbereitet war«, sagte Ruby.

Nesbø ging nicht darauf ein. »Sie sind mehrfach unerlaubt und gewaltsam auf das Grundstück eines nicht für die Öffentlichkeit zugänglichen Friedhofs eingedrungen und haben es filmisch festgehalten.«

»Das habe ich alles im Studio gedreht. Die heutige Technik kann vieles.«

»Sie waren vor Ort.« Nesbø holte einen schwarzen Stoff aus der Mappe.

»Beweisstück Nummer zwei.« Das heruntergerissene Saumstück des lächerlichen Capes. Selbst schuld, dachte Ruby, es war dumm gewesen, so was zu tragen, wenn man nicht auffallen wollte.

»Mit Lehmspuren, die eindeutig dem jüdischen Friedhof zuzuordnen sind.«

»Ich war zur Recherche da. Wenn ich was falsch gemacht habe, war mir das nicht bewusst. Aus Versehen habe ich die Mausoleumstür nicht richtig geschlossen, ich bin später noch mal hin und habe das korrigiert. Danach wollte ich …«

Nesbø unterbrach. »Nun zum Gold. Haben Sie Beweise für die Existenz?«

Ach so. Darum ging es. Ruby fixierte wieder den feuchten Fleck. Daraus wuchs eine Spalte, die sich vergrößerte.

»Frau Kosa?«

»Sie sollten das renovieren lassen.«

Einen Moment lang kam Nesbø aus dem Tritt. »Was?«

»Die Wand. Dahinter sammelt sich Feuchtigkeit. Irgendwann kommt die Decke runter.«

Nesbø und ihr Kollege sahen sich an.

»Das ist in der Tat so«, sagte der Kollege. »Nebenan ist ein Stück Gips rausgefallen.«

Nesbøs Blick war unbeschreiblich. Der Kollege zuckte zusammen.

»Noch mal meine Frage: Haben Sie Beweise?«

»Für die Existenz des Golds? Keine Beweise. Nur eine Hypothese.«

»Nachdem Sie die Geschichte im Livestream erzählt haben, mussten Sie damit rechnen, dass die Leute es für bare Münze nehmen.« Nesbø holte ihr Handy raus. »Beweisstück Nummer drei, in Form einer Videodatei. Wir lassen der Einfachheit halber nur den Ton laufen.«

Rubys Stimme erfüllte den Raum. Sie hörte sich selbst zu, wie sie die Geschichte von Jacob und Queen Victoria erzählte, dem magischen Hustensaft und dem Lohn aus Gold.

Nesbø stoppte. »Gold. Drei Barren. Royal Louise 85, Größe 25 / 10 / 8. 10 / 352, 74. Was bedeuten die Zahlen?«

»Keine Ahnung. Ein Beweis, dass ich nichts damit zu tun habe.«

Nesbø lächelte. »Im Podcast erwähnen Sie die Goldbarren und den Ort, an dem sie liegen. Soll ich Ihnen das auch vorspielen?«

»Ich weiß, was ich gesagt habe.«

Nesbø wiederholte es trotzdem. »Nicht im offiziellen Familiengrab auf dem Highgate-Friedhof. Sondern in dem vergessenen Mausoleum auf dem jüdischen Friedhof an der Fulham Road. In einem der drei Särge.«

»Ich habe das sowohl im Livestream als auch im Podcast als Möglichkeit dargestellt. Es gibt keine einzige Stelle, wo ich es als Fakt bezeichne. Es ist ein Gerücht.«

»Wer hat es Ihnen erzählt?«

Ruby zog einen Notizblock ran und begann eine Strichzeichnung.

Wahrheit oder Lüge? »Olga hat es mal im Laden gehört.«

»Ihre Mutter, richtig? Von wem?«

»Da wird den ganzen Tag so viel gesprochen. Beim Warten. Es gibt Kaffee und Gebäck.«

Nesbø konsultierte ihre Notizen. »Ich dachte, es ist eine Wäscherei.«

Ruby presste die Lippen zusammen. Fast hätte sie Mum verraten. »Manchmal, für die Stammkunden, ein Snack, alles gratis.«

Nesbøs Augenbrauen zogen sich schon wieder zusammen. »Also können Sie den Ursprung des Gerüchts nicht erklären.«

»Bei meiner Recherche habe ich mit einer Anwohnerin gesprochen.«

»Name?«

»Berufsgeheimnis. Ich muss meine Quellen schützen. Sonst erzählt mir nie mehr jemand etwas. Mein Podcast beruht ja auf Informationen, die weder bei Wikipedia noch sonst wo zu finden sind, ich erfahre sie im Gespräch.«

Der Kollege holte einen neuen Kaugummi raus. »Sie haben viele Fans gewonnen. Beeindruckend.«

Er versucht, mich einzuseifen.

»Ihr Livestream wurde unzählige Male geteilt und weitergegeben. Insbesondere auch unter Vampirjägern. Haben Sie nicht damit gerechnet?«

Ruby schüttelte den Kopf. »Ich bin Wissenschaftlerin. Mit dem Podcast will ich lediglich Informationen spannend verpacken.«

»Auf dem Friedhof wurde gekämpft. Mit Objekten aus der Vampirverehrung.«

»Knoblauch und Grabkreuze aus Plastik.«

»Also kennen Sie sich aus.«

»Das weiß jeder, der Vampirfilme schaut«, wandte der Kollege ein.

Das plötzliche Interesse der Vampirjäger war in der Tat schräg. Miles war manchmal mit Leuten aus der Szene auf Achse. Konnte sie ihm trauen? Sie kannte ihn noch nicht so lange.

»Miss Kosa?«

Fokus, dachte Ruby.

»Noch einmal. Warum sind Sie heute Nacht dorthin gegangen?«

Die blonde Locke fiel ihr ein. Miles, der sie dringend gebeten hatte, damit zur Polizei zu gehen. »Ich habe ...«

Nesbø rückte vor, der Kollege hörte auf mit Kauen, sah plötzlich aus wie ein Wiesel. »Was?«

»Es gibt da möglicherweise eine zweite ...« Leiche, hatte sie sagen wollen. Und zerstrittene Geschwister. Eine Verbindung in die Schweiz. Einen falschen Restaurator. Ruby verstummte. Warnungen fielen ihr ein, von einem von Olgas Kunden, dass eine polizeiliche Befragung niemals so harmlos sei, wie sie von den Behörden dargestellt wurde. »Ich will endlich eine Anwältin.«

Nesbø und der Nette wechselten wieder einen Blick. Sie warteten ab. Auch wenn Ruby fast der Schädel platzte, sie hielt das Schweigen aus. Bis der Kollege, nun nicht mehr nett, das Wort ergriff.

»Wir bringen Sie in eine Zelle. Sie haben Glück, hier ist eine frei. Untersuchungshaft. Bis zu achtundvierzig Stunden dürfen wir Sie ohne richterlichen Beschluss festhalten.«

*Zweiter Teil*

## Siebzehntes Kapitel

Paul hatte das Wochenende durchgearbeitet. Er hatte seine Fälle in der Kanzlei auf den aktuellen Stand gebracht, das weitere Vorgehen angeordnet, jede mögliche Verwicklung vorausgesehen und für alles vorgesorgt. Er schrieb ein Rundmail an das gesamte Team, in der er darüber informierte, dass Jelena die Kanzleileitung für die nächsten drei Monate oblag. Als er sie um Mitternacht in den USA angerufen und um diesen Gefallen gebeten hatte, war ihre Zusage ohne Zögern und ohne Nachfragen erfolgt. Noch während des Telefonats hatte sie ihren Rückflug organisiert.

»Wenn du mich hinterher zum Abendessen einlädst. Und mir erzählst, was du drei Monate lange gemacht hast.«

Sie war zu gut, um wahr zu sein. Sein Handy und das Ladegerät ließ er im Büro, damit kappte er jede Verbindung. Die privaten Kontakte hatte er bereits auf das neue Prepaid-Handy übertragen. Die Nummer von seiner Ex-Frau kannte er auswendig, es blieben noch fünf Telefonnummern. Die Liste sah armselig aus. Er ergänzte sie um Matteo Lazzarones Nummer. Und schickte ihm eine Nachricht. Für seinen Chef musste er erreichbar sein.

An der Tür seiner Kanzlei blieb er stehen. Mein Werk, dachte er. Die glatten Holzschreibtische, die Kaffeeküche aus Stahl, die Sitzecke. Gleich würde alles mit Leben erfüllt. Pauls Blick fiel auf eine Grünpflanze, die ihm noch nie aufgefallen war. Er holte ein Glas Wasser und goss es in die Erde. Seine Finger zitterten ein wenig. Es klingelte. Draußen stand ein Fahrradkurier.

»Paul Blom?«

Er sollte unterschreiben und bekam ein Paket ausgehändigt, eine Expresssendung aus dem Ausland, er musste Zollgebühren entrichten.

Es war klein und leicht, nicht an die Kanzlei adressiert, explizit an ihn. Darin befand sich ein Schlüssel. Der Schlüssel zu einem Bankschließfach, Iain hatte Wort gehalten. Paul steckte ihn ein und ging die Holztreppe hinunter. In den Geruch nach Möbelpolitur mischte sich ein Hauch faule Zitrone. Er kehrte noch mal um und fand die angeschimmelte Frucht in einer Schale mit Äpfeln und Kiwis.

*Heute pünktlich um 2!,* lautete der Text einer hereinkommenden Message. Die erste auf dem neuen Handy. Es war Matteo Lazzarone. Ein strenger Chef, dachte Paul. Bis Arbeitsbeginn im Friedhof blieben ihm einige Stunden Zeit, um das Schließfach zu finden.

\* \* \*

Die Morgenluft war prickelnd. Am Bellevue überquerte Paul die Quaibrücke und sah, wie ein großes Kursschiff zur Rundfahrt aufbrach. Das erste Geldinstitut war noch geschlossen, das zweite auch. Am Münsterplatz bestellte er einen Kaffee, die Barrista malte ein Herz in den Schaum.

»Einen wunderschönen Tag.«

Paul nickte verblüfft. Er setzte sich und wartete, bis der

Kaffee abkühlte. Am Rand des Platzes entdeckte er eine der letzten öffentlichen Telefonzellen. Sie stank, aber der Apparat funktionierte. Es dauerte ungewöhnlich lang, bis Iain ranging.

»Paul! Was ist das für eine Nummer?«

»Mein Handy ist defekt.«

»Von wo rufst du an?«

»Dieser Anschluss ist nur temporär.«

»Wie kann ich dich erreichen?«

»Ich rufe *dich* an.«

»Das tust du nie. Du hast dich dreißig Jahre nicht gemeldet.«

»Jetzt bin ich ja dran.«

»Vielleicht bist du ein Geist. Ein Vampir. Ein Journalist, eine Podcasterin. Oder meine Frau. Bist du Karen?«

»Ob ich Karen bin? Nein.«

»Gott sei Dank … Hier ist die Hölle los. Gertrud macht mächtig Stress. Wir müssen das Gold finden, und zwar pronto.« Paul schmunzelte ein wenig über den italienischen Ausdruck, den Iain noch von ihm kannte. »Was ist denn passiert?«

Nachdem Iain den Eklat in der Nähe des Mausoleums beschrieben hatte, beendete Paul das Gespräch und recherchierte im Internet. Das meiste waren kurze Hinweise auf Unruhen in einem jüdischen Friedhof, ohne detaillierte Angaben. Bis auf den Artikel eines Journalisten – publiziert in einer angesehenen linken Tageszeitung –, der als Experte für Okkultismus galt.

»Vampire, Vandalen und Goldjäger im Mausoleum des jüdischen Fulham-Friedhofs«, lautete der Titel. Er erwähnte einen dunkelmagischen Kult, bei dem Vampirfreunde seit Jahren einem angeblich in dem Mausoleum hausenden Vampir huldigten. Friedlich, notabene, und stillschweigend von der Nachbarschaft geduldet. Provoziert vom mehr als fragwürdigen Podcast einer in London lebenden polnischen Einwanderin seien die Vampirfreunde von Vampirjägern angegriffen worden, es habe sich eine Straßenschlacht entwickelt, die an die siebziger Jahre erinnert, als in London der Teufel los gewesen sei.

Zur weiteren Erklärung wurden die historischen Vorgänge im Highgate-Friedhof und in anderen Friedhöfen geschildert, wo es einen Vampirkult gegeben hatte. Der Vampir habe sich in Form eines Mannes mit grauem Mantel gezeigt, eines wabernden Schattens zwischen den Gräbern, einer augenlosen Frau in weißem Nachthemd. Auch die Werkzeuge von Vampirjägern wurden dargestellt. Um einen Vampir zu vertreiben, bedürfe es des Knoblauchs und eines geweihten Stocks, gerne in Form eines Kreuzes, den man in den Körper der befallenen Toten treiben solle. Mit einigen Anekdoten ging es weiter, bis zum fett gedruckten Schlussabsatz. »Die Polizei hat den Friedhof unter Beobachtung gestellt, zusätzliche Überwachungskameras sind installiert worden. Die Botschaft lautet: Bleibt fern, liebe VampiristInnen, sonst werdet ihr eingesackt.«

Eine interessante neue Richtung, dachte Paul. Dass der Friedhof unter Bewachung auf Staatskosten stand und die Podcasterin in dem Artikel als polnische Einwanderin abgestempelt wurde, die Fake News verbreite, dürfte die Kruger-Erben freuen. Auf dem leicht unscharfen Foto, vermutlich ein Screenshot, trug sie einen Umhang und wirkte wie eine billige Vampirkopie. Ruby Kosa war ihr

Name. Als er sie googelte, fand er sie bei den »Freunde des Highgate-Friedhofs« und im Team einer Firma namens Past Public History. Sie führte im Auftrag Untersuchungen aus, von Inschriften bis zu verborgenen Schätzen aus der Vergangenheit. Dazu Beratungen für historische Filmdrehs, laut Webseite waren sie gerade für eine Netflix-Serie im Gespräch.

Er rief Iain nochmals an.

»Heißt die Firma, die du beauftragt hast, die historischen Fakten zu checken, nicht Public Past History?«

Iain seufzte. »Ja, und der Chef geht nicht ans Telefon. Diese Kosa ist seine Mitarbeiterin. So ein Scheiß. Vermutlich hat sie Insiderwissen abgezogen.«

Pauls Versuch, den Kontakt der Podcasterin zu kommen, scheiterte. Über die Arbeit kannte er einige Leute in London. Während er den zweiten Kaffee trank, wartete er auf einen Rückruf. Schließlich erfuhr er, dass die Podcasterin seit Freitagnacht in Untersuchungshaft saß. Kein Goldschatz an der Fulham Road, aber auch kein Vampir mehr. Ob damit für Iain die Sache ausgestanden war? Paul glaubte nicht daran. So wie Iain Gertrud beschrieben hatte, war sie sehr habgierig, eine herausragende Eigenschaft von Erben, die oft erst zutage trat, wenn die Eltern unter der Erde waren.

Paul suchte zusammen, was er über die Krugers finden konnte. Gertrud führte Vaters Apotheke, Raphael war Musicaldarsteller und Alice besaß einen Coffeeshop. Im Schnellverfahren hörte er danach die beiden Podcast-Folgen von *DIESSEITS VOM JENSEITS*, sie waren informativ und witzig, eine besondere Mischung. Die Familiengeschichte der Krugers wurde erzählt, als Fiktion, wie es gewesen sein könnte. Paul erfuhr, wie das Gold zur Familie gekommen war, dass die Ehefrau es abgelehnt hatte.

»Ich will kein Totengold für mein Kind.«

Der Satz erschütterte ihn. Er verstand die Frau. Und wie er sie verstand. Und doch waren diese Goldbarren vorhanden und sorgten für Zwistigkeiten, wie es aussah. Er erhob sich und ging zurück zum Paradeplatz. Die Banken waren nun geöffnet, es war Zeit, das Schließfach zu finden. Am Empfang brachte er sein Anliegen vor. Beim ersten Geldinstitut blitzte er ab und stand nach dreißig Sekunden wieder draußen.

»Herzlich willkommen, Paul Blom«, ploppte die Begrüßung im Besprechungszimmer auf dem großen Bildschirm seiner Hausbank auf – obwohl seit seinem Anruf keine Viertelstunde vergangen war. Eine solche Bank gab dir das Gefühl, jemand zu sein. Einer der letzten Orte, wo Kundendienst noch groß geschrieben wurde. Wenn man Geld hatte.

Der Angestellte begrüßte ihn wie einen alten Bekannten und führte ihn ein Stockwerk hinunter.

»Unser Gold-Raum«, lächelte er, als er auf eine Stahltür zeigte.

Paul war da mal drin gewesen, mit seinem Team, Goldfeeling anstelle eines Weihnachtsessens. Er erinnerte sich gut daran, wie der Goldbarren sich angefühlt hatte. Kühl, nicht nur glatt, unerwartet schwer. Das spezifische Gewicht von Gold war hoch.

Sie betraten einen langen Flur, der zu beiden Seiten mit Schließfächern bestückt war. Paul zog den Schlüssel hervor und wollte nach der Nummer suchen.

»Der ist nicht von uns«, sagte der Angestellte.

Paul entschuldigte sich für das Versehen und machte sich wieder auf den Weg. Bei der nächsten Bank kannten sie ihn wegen einer Erbschaftssache, darum ließen sie ihn auch gleich in den Tresorraum. Die Vollmacht war auf eine andere Nummer ausgestellt, was die Angestellte überforderte. Paul nutzte die Zeit, während sie Erkundigungen anstellte, um in der langen Reihe der Schließfächer das richtige zu lokalisieren; nachdem er sich vergewissert hatte, dass keine Security-Kamera auf ihn gerichtet war.

Der Schlüssel drehte sich geschmeidig, im Schließfach lag ein Dokument. Durchaus brisant, wie es sich beim näheren Hinsehen herausstellte. Es war ein Echtheitszertifikat für das Gold. *Royal Louise 85, Größe 25 / 10 / 8* stand da von Hand und mit Tinte geschrieben, darunter prangte ein beeindruckendes Siegel mit Band. Dazu eine offizielle Urkunde jüngeren Datums, in der Jacob Kruger als Besitzer eingetragen war, sowie die Goldbarren samt Nummern. Paul holte alle Dokumente raus und steckte sie ein. Keine Sekunde zu früh, die Angestellte war zurück und fiel fast in Ohnmacht, als sie sah, wie er am Schloss herummachte.

»Sie dürfen das nicht öffnen.«

»Natürlich«, sagte Paul und zog den Schlüssel raus. »Ich werde es meiner Klientin ausrichten. Und mit einer Vollmacht wiederkehren.«

Sie begleitete ihn zum Ausgang und ließ ihn keine Sekunde mehr aus den Augen. Sie widerstand auch sämtlichen Bemühungen, ihr den Namen des Schließfachbesitzers zu entlocken.

Dennoch wusste Paul nun mehr. Von unterwegs rief er Iain noch mal an.

»Es sieht so aus, als ob Gertrud recht hätte. Das Gold wurde vermutlich nach Zürich transferiert.«

Iains Begeisterung hielt sich in Grenzen, als er erfuhr, dass Paul ein Zertifikat, nicht aber die Goldbarren gefunden hatte und dass er nicht wusste, wem das Schließfach gehörte.

»Es gibt eigentlich nur zwei Möglichkeiten. Entweder es ist Jacob. Oder …«

»… seine Zürcher Geliebte.«

»Die ist im Moment noch ein reines Phantasieprodukt.«

»Nonsens. Wenn man um diese Zürcher Geschichte weiß, ist es geradezu offensichtlich. Es erklärt Jacob Krugers längere Abwesenheiten, einige Posten in der Firmenbilanz, meist als diverse Spesen angegeben. Seine Hotelaufenthalte. Ich wundere mich im Nachhinein, dass sein Steuerberater das so akzeptiert hat.«

»Frag ihn.«

»Er ist tot.«

»Tut mir leid.«

»Ich habe ihn nicht gekannt.«

»Trotzdem …« Paul überlegte. »Gibt's niemanden sonst in der Firma?«

»Es war ein persönliches Mandat zwischen mir und Jacob Kruger.«

»Dann frag bei den Steuerbehörden nach.«

»Ich will keine schlafenden Hunde wecken. Wenn du mir deine Handynummer gibst, kann ich dir die Hotelliste schicken, wo Jacob jeweils abgestiegen ist.«

»Mieser Trick, Iain. Mail es mir. Auf meine private Mailadresse.«

»Ich verstehe nicht …«

»Ich will einfach für eine Weile nicht erreichbar sein, okay?«

Iain schwieg beleidigt.

»Entschuldige. Lass uns überlegen, warum das Gold hier in Zürich war und nicht in London.«

»Ich befürchte, Jacob hat der Geliebten das Gold geschenkt, um es vor dem Fiskus oder vor seinen Kindern zu verstecken. Es ist absolut unabdingbar herauszufinden, wer diese Geliebte ist. Beeil dich, Paul.«

»Iain?« Paul versuchte den Verdacht, den er seit dem ersten Anruf Iains hegte, in Worte zu fassen. »Was hat Gertrud eigentlich gegen dich in der Hand, mein Freund?«

Stimmengewirr. Es mussten Iains Kinder sein, Paul glaubte auch seine Frau herauszuhören. Er ist zerrissen zwischen Job und Familie, dachte Paul. Ein Klicken in der Leitung, Iain hatte aufgelegt.

## Achtzehntes Kapitel

M orgen ist das Geld auf meinem Konto.« Der Vermieter rauschte ab.

»Am Mittwoch«, rief ihm Ruby hinterher. »Sie sind juristisch dazu verpflichtet, so lange zu warten. Und sorgen Sie endlich dafür, dass das verstopfte Abwasserrohr gereinigt wird. Unser Antrag liegt seit Monaten bei Ihnen.«

»Sie mich auch.« Die Tür knallte ins Schloss.

Olga stand da und rang die Hände. »Du kannst nicht so mit ihm reden. Er ist unser Vermieter.«

»*Dein* Vermieter, Mum. Dein Laden. Ich will ihn auch nicht übernehmen, wie du weißt.«

»Es wäre aber eine gute Gelegenheit.«

Die Debatte führten sie, seit Mum ihr zum dritten Geburtstag ein Kinderbügelbrett und nicht das heiß erhoffte Sandkasten-Set geschenkt hatte. Ruby hatte stundenlang geweint.

»Ich wollte es nur gesagt haben. Der Laden ist eine Goldgrube.«

»Vielleicht ist es dir entgangen, aber du kannst die Miete nicht bezahlen.«

Olga raffte sich zu ihrem Kampfgeist auf. »Natürlich bezahle ich. Fast immer pünktlich …«

Ruby fand den Scherz nicht witzig.

»Wenn der erste aufs Wochenende fällt, kann es schon mal vorkommen, dass …«

»Mum!«

Sie verstummte.

»Ehrlich, wann hast du die Miete das letzte Mal überwiesen?«

Olga schüttelte den Kopf. »Ich sage immer, wir hätten das Haus damals kaufen sollen.«

»Das war vor fünf Jahren, und du hast im letzten Moment dein Angebot zurückgezogen. Mittlerweile ist der alte Vermieter tot, sein Sohn ein Arsch, unser Erspartes weg und die Zinsen sind explodiert. Liest du keine Zeitung?«

»Die sind für die Kunden.« Vorne im Laden ging die Klingel. »Es ist elf Uhr. Ich muss arbeiten.«

»Nein, bleib hier, wir müssen das lösen. Sonst stehst du auf der Straße. Wo willst du dann deine Wäsche waschen? Bei mir in der Küche?«

Aber Olga war durch den Vorhang hinausgegangen, gleich darauf ertönten Stimmen, die Kaffeemaschine fing an zu bruddeln. Auch wenn sie keinen Penny mehr auf dem Konto hatte, verkaufte sie Gebäck und Kaffee zu Schleuderpreisen, die nicht mal die Selbstkosten deckten. Zusätzlich riskierte sie eine Anzeige wegen Verletzung des Gastgewerbes.

Und dabei hatte Ruby Geld von ihr borgen wollen, sie hatte auf irgendein geheimes Konto gehofft, auf Schmuck, auf ein Bild, von dem sie nichts wusste. Aber natürlich war alles längst veräußert. Tausend Pfund. So hoch war die Kaution, die jemand für Ruby bei der Polizei hinterlegt hatte. Sie hatte keine Auskunft über die Identität desjenigen erhalten. Das Ganze irritierte Ruby zutiefst. Warum sollte jemand sie freikaufen? Sie war Teil eines Deals, den sie nicht gewollt hatte und von dem sie bislang nur ein Resultat kannte: Sie war auf freiem Fuß. Vorübergehend. *Released under investigation*, frei, aber unter Beobachtung, mögliche Anklagepunkte müssten erst entschärft werden. Darum sollte sie sich für weitere Befragungen zur Verfügung halten, hatte DI Nesbø gesagt. Auf der Busfahrt hierher hatte sie bei Miles angerufen, erfolglos. Wie lange zog sich diese DNA-Untersuchung hin? Sie brauchte es schriftlich, dass die Locke nicht zu Amalie Kruger gehörte. Je länger es dauerte, desto makabrer schien es Ruby. Wer deponierte ein abgeschnittenes Haarbüschel in einem Mausoleum?

Sie ging in die Küche zurück und machte sich Tee. Der Blaubeerkuchen, nach dem sie sich so gesehnt hatte, schmeckte nach Pappe. Ruby legte das Handy auf den Tisch. Sie traute sich nicht, ihr Social Media zu checken. Jeder Marketing-Idiot wusste, dass sie den Augenblick hätte nutzen müssen, eine Stellungnahme abzugeben, ihre Seite der Story erzählen, anstatt das Weekend in einer Zelle zu verbringen und ihre Probleme zu verdoppeln. Sie musste nicht nur ihre Kaution zurückzahlen, sondern auch Olgas Miete übernehmen.

Schließlich rief sie Marten an.

»Ruby! Wo bist du?«

Sie erklärte ihm kurz, was abgegangen war.

»Ein Wochenende haben sie dich festgehalten? Du hättest mich anrufen sollen. Wir haben einen Anwalt für so was.«

»Egal. Kannst du mir …«

»Nein.«

»Du weißt noch gar nicht …«

»Ich kenne dich.«

»Es ist nicht viel. Tausenddreihundert Pfund. Und ich mache, was du willst. Auch Marmorbüsten abkratzen.« Eine Arbeit, die Ruby hasste. »Oder tausendfünfhundert.« Es würde für die Monatsmiete reichen, die Kaution konnte warten.

»Du kannst erst einen Vorschuss haben, wenn du den alten abgearbeitet hast.«

»Tausend. Und du erhöhst die Zinsen.«

»Nein. Ich gebe dir zweitausend und vergesse den alten.«

Ruby war für einen Moment sprachlos. »Warum tust du das?«

»Weil ich dich mag, du Huhn. Und weil du die Beste bist, auf deinem Gebiet. Von dir erwarte ich noch viel.«

»Danke.« Sie schluckte. Keine unnötige Rührung jetzt.

»Sieh zu, dass du deine Berühmtheit wieder loswirst. Du bist eigentlich gut gestartet, ein überzeugendes Narrativ ...«

Also hatte er Social Media doch verfolgt.

»... wäre nicht diese billige Geistergeschichte gewesen.«

»Du hast mir beigebracht, dass man in der Grabforschung die akademischen Felder verlassen muss.«

Marten lachte aus vollem Hals. »Du musst nicht alles glauben, was ich sage.«

»Gut, Boss. Wird gemacht, Boss. Nicht glauben, was Marten sagt ...« Auch Ruby lachte, es tat gut. »Darüber sprechen wir beim nächsten Auftrag. Wann soll ich wo sein?«

»Ich erwarte dich in zehn Tagen in Kensal Green. Taufbecken und Wandmalereien.«

Auf Marten war Verlass. Noch bevor Ruby den Teebeutel rausgeholt hatte, war das Geld auf ihrem Konto.

Sie fand die Handynummer von Olgas Vermieter in der Zettelsammlung in der Küchenschublade. Es stellte sich heraus, dass ihre Mutter nicht nur einen, sondern sechs Monate im Rückstand war. Er wollte tausend bar auf die Kralle, wie er sagte, für den Rest eine Ratenzahlung. Wie gewonnen, so zerronnen, dachte Ruby. Zumindest fast.

Durch einen Spalt im Vorhang sah sie Olga im Laden. Die Kunden waren weg, und sie stand im Dampf des Bügeleisens. Das Gesicht kalkweiß, das Haar ausgebleicht und dünn. Die Brille war ihr von der Nase gerutscht, die Hand mit dem Bügeleisen hing herunter. Unbeweglich. Niedergeknüppelt. Sie war mit so viel Hoffnung nach London gekommen. Alleinerziehende Mutter, arbeitslos, hatte sie ihre nachkriegstraumatisierte Familie und ein zerrissenes Land verlassen, um für sich und ihre Tochter eine Zukunft zu schaffen. Sie hatte an jedem Tag, zu jeder Stunde ihr Bestes gegeben. Eine Zeit lang hatte es gut ausgesehen. Und nun konnte sie die Miete nicht bezahlen. Im Winter hatte sie Socken übereinander getragen, zwei Schichten Jacken und nur geheizt, wenn Ruby vorbeikam. Im Badezimmer gedieh der Schimmel. Urlaub war ein Fremdwort. Ruby öffnete den Vorhang.

»Hey, *skarbie*, alles gut?«, fragte Olga und bügelte hektisch weiter. »Du müffelst ein wenig, weißt du das.«

Ruby fühlte eine große Zärtlichkeit. Sie ging zu ihrer Mutter und umarmte sie. Nahm den säuerlichen Geruch wahr, der sich mit ihrem eigenen vermischte.

»Der Vermieter hat angerufen. Sie haben aus Versehen

eine Miete vom letzten Jahr falsch abgebucht, zu deinen Ungunsten, der Buchhalter ist schuld. Sie werden dich auf jeden Fall nicht rausklagen und gewähren dir Ratenzahlungen bis Weihnachten …«

Olga wirkte ungläubig. »Willst du mir einen Bären aufbinden?«

»Ich? Würde ich nie tun? Ich bin Historikerin, keine Märchentante.«

Sie lächelten sich an. Mutter und Tochter, für einen Moment vereint. Zurück in der Küche öffnete Ruby die alte Blechbüchse und fischte eine abgelaufene Packung ihres Medikaments raus. Im Gefängnis war es nicht mehr auffindbar gewesen. Ruby vermutete, dass DI Nesbø persönlich für das Verschwinden verantwortlich war, um sie zu schwächen.

Ruby nahm gleich zwei von den Pillen und spülte sie mit Wasser hinunter. Die Apfelsaftflasche war leer. Der Kühlschrank auch. Nicht mal mehr Seife war im Spender.

Sie ging in den Deli an der Ecke. Brot, Milch, Eier, Reis, Mehl, Zucker, Äpfel, Bananen, einen Korb mit Erdbeeren. Klopapier. Batterien. Streichhölzer. Kerzen. Einen Riegel Cadburry-Schokolade sowie einen halben Flat White to go, schließlich gab's was zu feiern: Sie waren wieder ein wenig liquide, und Ruby hatte ihren Job bei PPH nicht verloren.

Während der Deli-Guy rumhantierte, sah Ruby ihre Lieblingszeitung durch. Sie brauchte einen Moment, bis sie verstand, was sie in der Rubrik *London lokal* entdeckte. Ihr Foto. Mit dem zerrissenen Cape, die Augendeckel auf Halbmast, ein Doppelkinn. An der Wand im Hintergrund der projizierte Schatten einer Dracula-Figur.

Darüber blutrote Buchstaben. »Historikerin mischt Fakten und Kunstblut.« Fuck.

Ruby nahm die nächste Zeitung. Noch eine. Sie griff zum Handy, machte es an, gab ihren Namen ein. Das Resultat war niederschmetternd: Sie hatte über Nacht unfreiwillig mediale Bekanntheit erreicht. Bei ihren privaten Accounts herrschte dafür Ebbe. Niemand, der sich erkundigte, was los sei. Niemand, der sich um sie sorgte. Miles ging nicht ran. Selbst bei Tinder hatte sie keinen Match. Ihr Instagram blieb ohne Likes. Es war klar – nach der Berichterstattung war Ruby tot. Irgendwann würde sich auch Marten dem Druck beugen müssen und sich von ihr abwenden. Eine eigene Wohnung rückte in sehr weite Ferne. Die Einzige, die vielleicht noch hinter ihr stehen würde, war ihre Mutter.

»Ruby!« Olgas Stimme klang aufgeregt, als Ruby in den Laden zurückkam. »Alice hat angerufen. Ich habe ganz vergessen zu sagen, dass sie dich sprechen will.«

»Wer ist Alice noch mal?«

»Die jüngste Tochter von Jacob Kruger. Die Nette. Hast du nicht verstanden, dass ich sie gemeint habe, mit meiner Nachricht an dich ins Gefängnis?«

Ruby unterdrückte einen Schreianfall. »Hast du ausgeplaudert, dass ich in U-Haft war?«

»Wofür hältst du mich? Sie wusste es bereits.«

## Neunzehntes Kapitel

Paul stand wieder auf dem Paradeplatz. Es blieb ihm nicht mehr so viel Zeit bis Arbeitsbeginn. Ganz in der Nähe war das Atelier des Goldschmieds, bei dem sie sich ihre Eheringe hatten machen lassen. Seiner verstaubte in einer Schatulle. Der Goldschmied erinnerte sich nur an seine Ex-Frau, dennoch war er bereit, Auskunft zu geben. Das Goldzertifikat schätzte er als echt ein.

»Royal Louise?«, sagte er. »Ich schau mal in der Liste nach.«

Der Betrag war 19 Millionen, in britischen Pfund.

»Wobei das ein Liebhaberwert ist, rein vom Gewicht her wäre es viel weniger«, ergänzte er.

Wieder draußen atmete Paul tief durch. Es ging also um sehr viel Geld. Das rückte die Geschichte in ein neues Licht. Zum ersten Mal hatte er das Gefühl von Dringlichkeit. Es war unabdingbar, den Namen der Geliebten herauszufinden, der Schlüssel dazu waren die Inschrift auf dem Grabkreuz und das Todesjahr. Er nahm den Weg über die Limmat und besuchte die Zentralbibliothek, montagmorgens war da zum Glück noch nicht so viel los. Ein hilfsbereiter Archivar half ihm bei der Suche nach den amtlichen Todesanzeigen von 1997. Da das Datum gerade in den Zeitraum der beginnenden Digitalisierung fiel, wurden sie schließlich im Archiv einer Zürcher Tageszeitung fündig. Pauls Herz schlug höher, als er die Todesanzeige einer Stella las, einem Sternenkind, das zwei Jahre und zwei Monate alt geworden war. Ohne Nachnamen, Bruder und Mutter waren nur in ihrer Funktion genannt, ein Vater war nicht aufgeführt. Die Beerdigung war im März auf dem Friedhof Enzenbühl gewesen, 1997, alles passte. Paul atmete tief durch, er hatte etwas erreicht. Einen Etappensieg. Noch einmal las er die Anzeige und blieb am Alter und dem Wort Sternenkind hängen. Üblicherweise nannte man nur verstorbene Ungeborene oder Neugeborene Sternenkinder. Aber wenn jemand seine zweijährige Tochter ein Sternenkind nannte, konnte er das nur zu gut verstehen. Dieses Wort stand für so vieles. Für all das, was hätte sein können und nun niemals war. Für ein Kind, das man loslassen musste, bevor man es richtig kennengelernt hatte.

Stella, das Sternenkind. Sie hatte es verdient, dass er nach ihrer Mutter suchte, herausfand, warum niemand mehr ihr Grab besuchte und ob Jacob Kruger ihr Vater war. Warum er nicht auf der Todesanzeige stand, aber Grabkreuz und Stein organisiert hatte.

Paul verließ die Bibliothek. Am Fuß der Treppe überfiel ihn eine Erinnerung.

*Das Meer von Grabmälern. Das kleine keltische Kreuz auf dem Granitsockel mit dem Tennisball von verblichenem Gelb.*

Milu braucht eine Grabstätte, dachte er. Ich muss jemanden finden, der statt meiner dahin geht, wenn ich sterbe. Irgendwie hatte er angenommen, dass er ewig leben und ewig diese Asche mit sich herumtragen würde. Es war ein Fehler gewesen, sich so abzuschotten. Wer

Kinder hat, musste teilnehmen am Leben, nur schon um der Kinder willen.

Paul setzte sich auf eine Bank und tauschte die Leder- gegen die Wanderschuhe, die sich bereits sehr vertraut anfühlten. Dann ging er zur Limmat hinunter und danach zum See. Er bemerkte das Kursschiff, die Gruppe von Joggerinnen, zwei Rennradfahrer – ein ganz normaler Montagmorgen in einer normalen Stadt. Was wohl Milu jetzt machen würde, wenn sie noch lebte? Sie würde die Schulbank drücken, vielleicht einen Mathetest schreiben, in Gedanken bereits bei der Reitstunde vom Nachmittag. Sie wäre sechs.

Am Seebad Utoquai entschied sich Paul, einen weiteren Kaffee zu trinken. Er setzte sich ganz vorne an den Rand der Holzplattform. Das Wasser glitzerte, gegenüber sah er einen Springbrunnen und einige Schwimmer mit kleinen Bojen, die den See überquerten. Paul holte die Asche raus und legte den Beutel vor sich auf den Tisch. Sein Zeigefinger hinterließ eine feuchte Spur auf dem Plastik. Er schob die Kopfhörer ein. Die Dubliner Brass Band spielte *Danny Boy*, den irischen Heimwehsong schlechthin.

*Ein Wochenende am Meer. Fish und Chips. Muscheln. Ein wenig Bierschaum auf den Kinderlippen. Fremd, aber spannend. Dads Lachen.*

Nach einer Weile machte Paul die Musik aus und ließ sich am Kiosk ein Blatt Papier und einen Stift geben. Nachdem er sich wieder gesetzt hatte, begann er, alle Informationen zu notieren. In London hatte Jacob also seine Frau und die drei Kinder, in Zürich mit ziemlicher Sicherheit eine andere. Dazu drei Goldbarren, die fast zwanzig Millionen Pfund wert waren. Wie oft schon hatte Paul

Gold in einem Nachlass verhandelt, das in Schließfächern, Schubladen oder alten Socken deponiert worden war. Gold war etwas, das man seinen Kindern vererbte. Eine Sicherheit für die Familie. Niemand verkaufte Gold, man bewahrte es für schlechte Zeiten auf. Genauso musste es Jacob Kruger gemacht haben, und vor ihm sein Vater, und davor der Großvater. Die Nachkriegsjahre hatten die Krugers mit ihrer Apotheke gut überstanden, die Familie gedieh parallel zum Bankkonto. Es hätte alles genauso weiterlaufen können, auch mit der Geliebten, wäre da nicht ein außereheliches Kind aufgetaucht.

Wie Kruger das Gold wohl nach Zürich gebracht hatte? Im Auto von Dover bis Mulhouse und zu Fuß über die Grenze nach Basel. Wobei, fünfundvierzig Kilogramm Gold? Über das neue Handy loggte sich Paul auf dem Intranet der Kanzlei ein. In Iains eingescannten Unterlagen fand er tatsächlich ein Hotel im Elsass, nähe Schweizer Grenze, wo Kruger mehrfach abgestiegen war. Ein Telefonat mit der Rezeption erbrachte, dass sich die alte Besitzerin an Jacob Kruger und vor allem an seine Tochter Stella erinnerte. Er habe so schön von ihr erzählt. Nach ihrem viel zu frühen Tod sei er nie mehr gekommen.

Stella, zwei Jahre, notierte Paul. Stella, die auf dem Friedhof Enzenbühl zur Ruhe gebettet war und nicht auf dem Rehalp, obwohl es dort, wie ein weiteres Telefonat mit Antigone Licht erbrachte, einen eigenen Bereich für Kinder gab. Die Kinder im Enzenbühl hatten das nicht, sie wurden bei den Erwachsenen beerdigt. Er zeichnete ein großes Fragezeichen. Wieso war Stella unter einen unscheinbaren Stein ohne Inschrift auf das Grabfeld M gelangt, während eine Skulptur, die 45 000 Franken gekostet hatte, möglicherweise unerkannt in der Freiluftausstellung vor sich hin bröckelte?

Paul packte die Notizen in den Rucksack, er musste gehen. Bevor er aufstand, überprüfte er seine geschäftlichen E-Mails und entdeckte eine von Iain. *Die Londoner Presse hat Blut geleckt. Vier Artikel über Vampire und Totengold, das Kruger-Mausoleum wird überall prominent erwähnt. Gertrud ist außer sich vor Wut.*

»Ist hier frei?« Eine junge Frau setzte sich an seinen Tisch.

Er blickte hoch. »Ja, klar«, sagte er im Aufstehen und ging los.

»Hey, Sie? Ja, Sie da in den Wanderlatschen«, rief sie ihm hinterher.

Paul, der bereits beim Ausgang stand, drehte sich um.

»Gehört das Ihnen?« Die junge Frau ließ den Aschebeutel an zwei Fingern baumeln. »Sieht aus wie Drogen.«

## Zwanzigstes Kapitel

Das Mouse Tail Café lag auf Rubys Heimweg, nicht weit von der Surrey Keyes Station entfernt.

Alice Kruger wartete bereits auf Ruby, an einem Tisch direkt vor dem bodenlangen Fenster mit Blick auf den kleinen Bootshafen. Ihr Look hatte einen veralteten Vibe, aschblond, hager. Rote, taillierte Jacke, rote Fingernägel, eiskalter Händedruck.

Der Kellner, ein Student – Ruby kannte ihn von einem Date –, brachte ihr augenzwinkernd einen Chai Latte. Er wusste Bescheid, er hatte Social Media konsumiert. Ruby starrte ihn zu Boden.

»Tee«, orderte sie.

»Ich wohne nicht weit entfernt, in Greenwich«, begann Alice die Unterhaltung, nachdem der Student, nun im Ghosting-Modus, den Tee vor Ruby auf den Tisch geknallt hatte.

In Greenwich? Womit hast du das verdient, verwöhnte Ziege?, dachte Ruby. Es ist mein Park, nicht deiner, da bin ich schon unzählige Kilometer gejoggt, weil ich mir kein Fitnessstudio leisten kann. Direkt daran angrenzend gab es eine Straße mit Jahrhundertwende-Reihenhäusern. Manchmal stellte sich Ruby vor, sie würde nach Hause kommen, den Hund ableinen, den Schlüssel in eine Schale legen, extra mineralisiertes Limettenwasser trinken, bevor sie nach oben ging, um sich in ein Seidenkostüm zu schmeißen und von ihrem drei Meter breiten Schreibtisch aus eine Onlinekonferenz zu leiten, während ihr Lover ihr die Füße massierte. Es war so unerreichbar wie Schnee zu Weihnachten.

Fokus, Ruby, dachte sie. Olga steht vor dem Bankrott. Mein Ruf ist im Eimer. Diese Alice gehörte zu den Krugers, und die waren gefährlich, vor allem dann, wenn sie für Ruby eine Kaution hinterlegten, um sie aus der U-Haft zu befreien.

»Wieso wusstest du überhaupt davon?«, fragte sie, nachdem sie sich bedankt hatte. »Meine Mutter hat es dir auf jeden Fall nicht erzählt.«

»Stand das nicht in der Zeitung?«

Ruby schüttelte den Kopf. »Ich habe alle Artikel gelesen, das mit der U-Haft steht nirgends.«

Alice wischte den Löffel ab.

»Du musst interne Quellen haben«, beharrte Ruby. »Sag es mir, bitte, sonst dreh ich auf der Stelle durch. Und glaub mir, das willst du nicht erleben.«

»Meine Schwester Gertrud hat es mir erzählt.«

Genauso hatte Ruby es sich zusammengereimt. Gertrud entpuppte sie sich als Cruella de Vil der Friedhofsszene.

»Ist dir schlecht?«, fragte Alice.

»Wie würdest du dich fühlen? Deine Schwester hat mir nachspioniert.«

»Nicht sie. Sie hat jemanden auf dich angesetzt.«

»Den Anwalt mit dem roten Haar?«

Alice nickte. »Iain. Er ist ihr Lover.«

»Wirklich? Er hat Angst vor ihr.«

»Gertrud hat solche Qualitäten.«

»Ich verstehe es nicht. Wegen eines kleinen Podcast-

Beitrags macht sie so einen Terror? Ich war ein Wochenende lang in U-Haft. Mit Wolldecke und offenem Klo in der Zelle, die ganze Palette. Die haben Fingerabdrücke und DNA genommen, eine Ganzkörperuntersuchung gemacht. Sogar den BH musste ich abgeben.«

»Ist ja logisch«, sagte Alice. »Damit könntest du dich erdrosseln.«

»Ein BH ist ein Menschenrecht. Wie Tee am Morgen. Oder ein Klo mit Tür. Eine Dusche ohne Zuschauer. Mit dem BH gibst du deine Würde ab. Es war verdammt beschissen. Und warum? Nur weil einige Idioten auf einen kleinen Vampir-Selbstermächtigungstrip gegangen sind und sich auf dem Gelände des jüdischen Friedhofs rumgetrieben haben, wo zufälligerweise auch euer Mausoleum steht.«

»Zufällig? Es ist ein Familienmausoleum. Du hast es widerrechtlich ...«

»Es ist öffentliches Gut. Friedhöfe sind keine Privatangelegenheit.«

»Er war abgeschlossen.«

»Der Schlüssel war bei Mrs Peek, und das ist gleichbedeutend, als würde das Tor sperrangelweit aufstehen.«

»Gertrud sagt, dass du Persönlichkeitsrechte verletzt hast. Dass du deswegen angeklagt werden kannst.«

»Vollkommen absurd. Dann hätte mich die Polizei nicht laufen lassen.«

»Was auch immer.« Alice musterte ihre langen Nägel. »Als Gertrud und ich deinen Podcast gehört haben, fanden wir es auf unangenehme Weise spannend, Familiengeheimnisse erzählt zu bekommen, die einen die Eltern vorenthalten haben.«

Ruby unterdrückte ein Kichern. »Kann ich verstehen. Wenn ich über ein Hörspiel erfahren hätte, dass mein Ur-urururgroßvater kein engagierter Apotheker-Gründer, sondern ein zwielichtiger Totengolddealer war, der in einer Verfilmung von Ralph Fiennes gespielt würde, hätte ich auch nicht vor Freude gejubelt. Immerhin wisst ihr nun, dass ihr eine Menge Gold besitzt.«

»Das nicht mehr da ist. Gertrud denkt, du hättest es aus dem Mausoleum geklaut.«

Ruby verschluckte sich an ihrem Tee. »Aber das ist absurd. Das würde ich nie tun. Grabstätten sind heilig für mich. Ich bin Archäologin, ich habe meine Berufsehre. Ich verstehe nicht, wieso die Polizei ihr geglaubt hat.« Plötzlich fiel ihr etwas ein. »Ist Gertrud bi? Steht sie nicht nur auf Anwälte, sondern auch auf Polizistinnen?«

Alice zuckte die Schultern. »Keine Ahnung.«

»Du kennst nicht die sexuellen Präferenzen deiner Sis?«

»Kennst du sie?«

»Ich bin Einzelkind.«

Alice lenkte ein. »Gertrud kennt tatsächlich einen Polizisten in der Kensington-Truppe. Er hat Krebs und bezieht seine Medikamente bei uns in der Apotheke.«

Ruby biss sich auf die Lippen. »Sorry.«

»Konntest du nicht wissen. Gertrud gibt sie ihm billiger, er ist alleinerziehend, und es reicht vorne und hinten nicht.«

Na gut, Gertrud konnte nicht nur schlimm sein, wenn sie einem kranken Polizisten Prozente gab. »Trotzdem hat sie kein Recht, mich bei der Polizei zu verpfeifen. Und wo soll ich dieses Gold lagern? In der Waschküche meiner Mum?«

Alice zuckte wieder mit den Schultern. »Du siehst aus, als würdest du gleich umkippen.«

»Ist ja auch krass, was du mir hier vorwirfst. Eine Jägerin des verlorenen Schatzes. Wie eine weibliche Harrison Ford.«

»Wer ist das?«

»Der Lieblingsschauspieler meiner Mutter.«

»Ich schaue keine Filme. Ich lese Bücher. Und ich bin auf deiner Seite.«

»Und wie zeigt sich das? Indem du mir den Tee zum halben Preis anbietest?«

»Du kannst auch noch ein Stück Kuchen haben. Außerdem betrug die Kaution lächerliche zweitausend Pfund.«

»Ich dachte, es wären tausend.«

»Da hast du falsche Informationen.«

Oder die Polizei war korrupt. Oder Alice. Ruby traute keinem mehr. »Du bist also uneins mit Gertrud?«

Alice nickte.

Ruby fühlte einen Kloß im Hals. »Nun verdanke ich dir meine Freiheit und schulde dir obendrein noch Geld. Das gibt mir ein richtig gutes Gefühl.«

»Es ist ein Geschenk.«

»Niemand verschenkt etwas ohne Hintergedanken. Nicht mal meine Mutter.«

»Du musst mir helfen.«

Das klang irgendwie verzweifelt und rührte Ruby. »Erzähl mir bitte, warum ihr so am Austicken seid.«

Alice ging zur Theke. Bei ihrer Rückkehr brachte sie ein Glas mit. »Es geht um meinen Vater. Er hat uns vorgegaukelt, er müsse in der Schweiz andauernd Verhandlungen führen.«

»In der Schweiz?« Gertruds Nachricht auf Raphs Handy! Ruby sah die Schrift vor sich. *Du hast gewusst, was in der Schweiz abging. Wehe, du versuchst einen Sololauf, du Erbschleicher!*

»Es ging um ein Medikament.«

»Den Hustensaft«, sagte Ruby.

Alice nickte. »Jacob's Magic Juice, wie in deinem Podcast erwähnt. In der Familie haben wir immer gesagt, Daddy geht auf Hustensaft-Reise, nach Basel.«

»Basel? Wegen der ganzen Pharmaunternehmen da?«

»Exakt. Und wenn die Geschäfte fertig waren, ist er nach Zürich weitergereist. Zu seiner Affäre.«

»Er hatte eine Affäre?«

»Iain hat in den Unterlagen einen entsprechenden Beleg gefunden. Es ist so, dass mich diese Geschichte sehr getroffen hat.« Alice war sichtlich erregt, am Hals bildeten sich rote Flecken. »Ich versteh nicht, wieso mein Vater mir so etwas verheimlicht hat. Er und ich waren ziemlich eng, ich habe ihn bis zu seinem Tod gepflegt, während meine Geschwister sich nicht blicken ließen.«

»Das Leben ist ungerecht.«

»Einmal, als ich heimkam, hat Iain im Kamin Akten verbrannt. Er tat ganz schuldbewusst, Daddy hat sich schlafend gestellt. Heute bin ich sicher, dass es um diese Zürcher Sache ging.«

Eine Tochter, die sich von ihrem Vater betrogen fühlte. Das konnte Ruby gut nachvollziehen. Auch den Drang, ihm die Vorwürfe um die Ohren zu hauen. Und die Wut, weil er tot war. Unwiderruflich. Brücke verbrannt. Konflikt begraben. Ich möchte noch lange mit Mum streiten, dachte Ruby.

»Und wie kann ich dir jetzt helfen?«

»Ich möchte, dass du nach Zürich fährst. Ich bezahle das Ticket und den Aufenthalt.«

Ruby erstarrte. »Ich soll nach Zürich?«

»Eine Flugstunde, mit Rückenwind.«

Ruby schüttelte den Kopf. »Die Polizei hat gesagt, dass ich das Land nicht verlassen darf.«

»Ich sorge dafür, dass Gertrud ihre Anzeige zurückzieht.«

Ruby rauschte der Kopf. »Ich bin unschuldig. Das wird DI Nesbø rausfinden, auch ohne Gertrud.«

»Und du darfst in ein Hotel deiner Wahl.«

Ruby war noch nie in einem Hotel gewesen. Studentendorms und Airbnbs waren bisher das höchste der Gefühle gewesen. »Aber mein Lohn? Ich habe hier Ausfälle, Honorare, die mir entgehen …«

»Ich komme dafür auf. Dreitausend Pfund. Pauschal für alles.«

Genug, damit Mum wieder ruhig schlafen könnte. Für den Moment zumindest.

»Einverstanden?« Alice streckte ihre Hand aus.

Ruby zögerte immer noch. »Und was muss ich genau dafür tun?«

»Ich will den Namen von Daddys Geliebter.« Alice griff erneut in ihre Tasche und holte eine Mappe heraus. »Hier sind Kopien der beiden Belege, einmal ein Grabkreuz, einmal ein Grabstein, beide von Daddy gekauft, beides liegt fünfundzwanzig Jahre zurück. Wer ist da gestorben? Und natürlich will ich wissen, wo das Gold ist.«

Ruby grinste ein wenig. »Vielleicht auf einem Friedhof?«

Alice nickte. »Es würde zu meinem Vater passen. Ich denke, dass auch mein Bruder zu dem Schluss gekommen ist. Zumindest ist er verschwunden, auf meine Anrufe antwortet er nicht. Im Theater waren sie stinksauer, sie erreichen ihn auch nicht. Möglicherweise macht er mit Gertrud gemeinsame Sache. Ich traue den beiden im Moment alles zu.«

Nun machte auch der Restaurator Sinn, von dem Raph in seinem Suff erzählt hatte. Sie hatten denselben Plan wie Alice, nur dass sie ihr um einen Tag voraus waren. Ruby griff zu ihrem Handy und schrieb eine Nachricht an Marten. *Hast du Kontakte nach Zürich? Ich muss da auf einem Friedhof etwas recherchieren. Verdeckt.*

Sie blickte auf, als sie den Schatten neben sich bemerkt. Alice stand unangenehm nah, ein Ticket mit Rubys Namen in der Hand. »Geht in einer Stunde. Vom City Airport aus. Mit einem Taxi bist du in zehn Minuten da.«

»Ich fliege nicht. Klimafeindlich.«

In dem Punkt ließ Alice nicht mit sich verhandeln. »Jede Stunde zählt. Iain hat gesagt, dass das Grabfeld, auf dem das Kreuz und der Stein stehen, bald aufgelöst wird. Er hat da einen Informanten.«

Ruby war klar, wer ihre Gegner sein würden: Gertrud, Raph, sein Restaurator und ein Friedhofsinformant.

## Einundzwanzigstes Kapitel

S ervus, Herr Krasinski.« Frau Havel stand mitten auf dem Weg. »Fesch sehen Sie aus.« Sie blickte auf seine Anzughose. »Geht's zu einem Ball?«

»Zum Grünen Heinrich. Ich muss mich umziehen.« Er lächelte. »Zurück von Wien? Wie war die Reise?«

»Exquisit. Und die Leich' war schön. Was will man mehr.«

Paul musste schmunzeln. »Waren Sie schon wieder bei einer Beerdigung?«

Sie summte einige Takte eines Trauermarschs. »In meinem Alter sterben sie wie die Fliegen. Jetzt bleiben mir nur noch zwei. Der eine krank, der andere halb tot.« Sie reichte Paul ihren Arm. »Begleiten Sie mich auf meiner Besuchertour?«

»Wenn Sie dafür mit mir am Grabfeld M vorbeigehen. Ich hätte da eine Frage, aber nicht viel Zeit. Arbeitsbeginn um zwei Uhr. Mein Chef ist streng.«

»Ach, der Matteo. Der soll nicht so tun, er hatte es auch mal faustdick hinter den Ohren. Das habe ich dem Restaurator Lukesch genauso erzählt.«

Paul war sofort hellwach. »Kennen Sie den?«

»Er bessert die Kapelle aus, er stammt aus Wien.«

Das glaube ich nicht, dachte Paul. Als er den Restaurator im Gespräch mit Matteo belauscht hatte, war nichts von Wiener Schmäh zu spüren gewesen.

Frau Havel sang ihr Loblied unbeirrt weiter. »Es ist ein Glück, nachdem Antigone Licht monatelang niemanden gefunden hat. Er ist ein charmanter Kerl, dieser Lukesch.«

»Hat Matteo denn etwas ausgefressen?«

Nun wurde ihr offenbar bewusst, dass sie vielleicht zu weit gegangen war. »Jeder hat eine zweite Chance verdient.«

Mehr war nicht aus ihr rauszukriegen. Paul beschloss, die Sache mit Matteo zu besprechen, wenn sich eine Gelegenheit bot. Dass dieser Restaurator bei Frau Havel Informationen über Matteo eingezogen hatte, die er danach als Druckmittel verwenden konnte, gefiel ihm gar nicht. Er hörte nur mit halbem Ohr zu, als ihm Frau Havel im Gehen von ihrem Bruder, ihrem Stiefsohn und zwei Affären erzählte, bis sie bei Grabfeld M anlangten.

»Sind Sie weiter mit Ihrer Suche?« Ihre hellen Augen waren aufmerksam auf ihn gerichtet.

»Mittlerweile habe ich vermutlich das Totenkreuz gefunden. Nur steht es falsch.« Er zeigte aufs Nachbarsgrab von Grabmal 5554. »Auf Platz 5553.«

»Bei den Blertas.«

Der Name sagte Paul nichts. »Auf dem Kreuz steht Begic.«

Frau Havel lachte. »Blerta ist der Vorname der Mutter, den Rest kann ich mir nicht merken, der Einfachheit halber nenne ich sie die Blertas. Aber sagten Sie nicht, Sie suchen ein Kreuz mit drei Querstreben? Das hier hat nur eine, oder meine Augen sind schlechter geworden.«

»Die anderen beiden lagen im Gebüsch, vermutlich seit Jahren. Auf dem einen stand übrigens ein Name. Stella.

Ich habe auch eine entsprechende Todesanzeige gefunden, aus dem Jahr 1997.«

»Dann waren Sie ja erfolgreich, gratuliere.«

»Es gibt keinen Nachnamen. Und der Stein hat keine Inschrift.«

Sie blickten beide zum Grabstein 5554. Der am richtigen Platz stand, aber keine 45 000 Franken wert war.

»Immerhin hat er eine besondere Gravur.« Frau Havel zeigte auf die Mitte, wo unter der Patina eine Art Stufen zu sehen war. »Sieht aus wie eine Leiter zum Himmel.«

»Das klingt schön«, sagte Paul. »Sie sind eine richtige Poetin.«

Ihr Lachen klang wehmütig. »Leider wird auch dieses Grab bald abgeräumt. Alles wird dem Erdboden gleichgemacht, im wahrsten Sinn des Wortes. Und dabei liebe ich die Bepflanzung hier. Manche würden sie als Unkraut bezeichnen, ich finde sie großartig. Wie in manchen Ecken auf dem Wiener Zentralfriedhof. Schief und krumm, die Grabsteine umgekippt, dass es eine Freude ist. Ich finde, zu viel Akkuratesse steht dem Tod nicht. Kommen Sie.« Sie führte ihn vom Grabfeld weg, über den Weg an der Sumpfweide vorbei zu einem anderen Grab. Es war mit einer Eisenplastik und drei Platten geschmückt, auf einer stand ein Name. Leopold Lindtberg. Darum herum die frische Bepflanzung, so wie sie die Kollegen ausgeführt hatten.

»Der Leo will keine Begonien, ich habe es mehrmals gesagt. Aber niemand hat mir zugehört.« Sie zeigte auf die rot-grünen Blumen. »Die sehen doch aus, als ob sie stramm stünden. Pfui Deifi.«

Sie hatte recht. Der kleine Umschlag mit den Samen,

den Blumen-Joe ihm geschenkt hatte, fiel ihm ein. Er lag ganz unten in der Hosentasche. »Frau Havel, wie wär's mit etwas Leichtsinn?«

»Sie wollten sich doch beeilen.«

»Die Zeit dafür muss sein.«

Er kniete sich vor Leos Grabstein in die weiche Erde und zog an einer Begonie. Sie war noch nicht verwurzelt und flutschte einfach so raus. Eine nach der anderen legte er beiseite, bis alle draußen waren und das Viereck wie frisch gepflügt aussah.

»Sommerliche Wildblumenwiese«, las Paul das Etikett der Samentüte vor.

»Wild.« Frau Havel kicherte. »Ich mag's gerne wild.«

Einen nach dem anderen steckte er die Samenkörner in den Boden. »Wie lange es wohl dauert?«, frage er. »Ob da morgen bereits was rausguckt?«

Sie ging auf seinen Scherz ein. »Vielleicht wird es übermorgen.« Sie griff in ihre umgehängte Handtasche und holte eine Praline hervor. »Da, zur Stärkung.«

Paul stand auf und genoss mit ihr die Schokolade, als hätte er alle Zeit der Welt.

»Wie fühlt es sich wohl an?«, fragte er. »Wenn man da unten liegt.«

»Friedlich.«

»Haben Sie keine Angst?«

»Natürlich. Darum komme ich ja jeden Tag her. Ich hoffe, dass sich meine Seele dazumal nicht verirren wird, weil sie den Weg schon kennt. Haben Sie in der Zwischenzeit überlegt, wie Sie gerne sterben würden?«

»Vielleicht in einem Karussell, wenn es dich dreht und dreht und immer weiterdreht.«

»… in den Himmel dreht.«

»An den Himmel glaube ich nicht.«

»Woran denn, wenn nicht an den Himmel?«

Was fragten ihn heute alle Frauen nach dem Himmel? Lag es an seiner Ausstrahlung? Er wusste keine Antwort. Dafür entdeckte er wieder die Eierschalen.

»Nanu, wo kommen die her?«

»Das kann ich Ihnen genau sagen. Die lässt der Traub hier fallen.« Sie klang verärgert. »Wenn er auf dem Heimweg ist, von seinem Weinberg.«

»Wieso sollte er das tun?«

»Um mich zu piesacken, ganz einfach.«

Ob der alte Herr Traub deswegen wirklich Eierschalen verteilen würde? »Das scheint mir ziemlich weit hergeholt«, sagte Paul.

»Wieso? Sie tauchen immer in der Nähe meiner Freunde auf. Der Traub mag es nicht, dass ich so viele habe. Er ist monogam orientiert. Und Sie?«

Paul überhörte die Frage. »Ihr Leo ist 1984 gestorben, richtig? Warum wurde sein Grab nicht längst abgeräumt?«

»Die Regelung gilt nicht für die Familiengräber.«

»Aber der Leo liegt ganz allein hier.«

»Leo ist prominent. Es ist ein Prominentengrab. Er steht auf der Liste. Kennen Sie ihn denn nicht?«

»Leopold Lindtberg?« Paul überlegte. »Der Name sagt mir etwas. Klären Sie mich auf, bitte.«

In ihrer Miene lag blankes Unverständnis. »Aber jeder kennt den Leo. Wie alt waren Sie, als er starb? Zehn? Na ja …« Sie verstummte, schien ein wenig in sich zu versinken. »Und dabei war er ein großer Regisseur, ein ganz großer. Theater und Kino. *Der Füsilir Wipf, Der Schuss von der Kanzel, Wachtmeister Studer.* Da hat auch der Heiri mitgespielt.«

Paul war verwirrt. »Auch ein Freund von Ihnen?«

»Der Gretler, ja. Leo war mir aber von allen der Wichtigste. Ich bin sicher, er inszeniert gerade den Himmel neu.«

Pauls Handy summte, und er verabschiedete sich. Als er bereits auf dem Hauptweg war, klopfte ihm jemand auf den Rücken. Es war noch mal Frau Havel, ein wenig keuchend, aber wieder voll da.

»Gegen Abend findet übrigens auf Grabfeld M eine Exhumierung statt. Die Blertas holen das Kind nach einem guten Vierteljahrhundert raus und bringen es zurück nach Bosnien. Die Mutter weiß bestimmt etwas über das Nachbarsgrab.«

Das war typisch Frau Havel. Minutenlang plaudern, um dann, zum Schluss, als es eigentlich schon vorbei war, so richtig auf den Punkt zu kommen. Paul fühlte sich zuversichtlich, Stellas Identität bald lüften zu können und in Sachen Totengold einen Schritt weiter zu kommen.

Auf dem Weg zum Grünen Heinrich merkte er, dass er sich verirrt hatte. Manche Pfade hier verliefen nicht parallel, und das wurde ihm zum Verhängnis. Erst als er das untere Tor sah, fand er seine Orientierung wieder.

»Entschuldigung.« Fast wäre er in ein Mädchen mit Rollkoffer geprallt. In ihr Handy vertieft stand sie im Schatten einer Buche in der Nähe des Eingangs, kupferrotes Haar, die Beine steckten in schwarzen Netzstrümpfen, und an den Füßen trug sie klobige Lederschuhe, die nichts daran änderten, dass sie klein war. Plötzlich pfiff sie, als ob sie etwas entdeckt hätte. Sie steckte das Handy ein und begann, den Seitenweg hochzugehen. Dass sie ein wenig hinkte, kompensierte sie mit Schnelligkeit. An einer schattigen Stelle blieb sie stehen und starrte ins Gebüsch. Erst auf den zweiten Blick bemerkte Paul einige frei stehende Grabskulpturen, welche so auf dem schmalen Rasenstück neben dem Weg platziert waren, dass sie mit der Umgebung verschmolzen. Nachdem das Mädchen eine der Skulpturen taxiert hatte, ging es weiter zur nächsten, fand wieder eine spannend, und noch eine. Ein verrostetes Kreuz in Schieflage. Eine vermooste Scheibe und ein Kelch. Ein halb versunkenes, von Efeu überwuchertes Granit-Dreieck. Eine Glocke ohne Schwengel, eine zerbrochene Säule, eine Sonnenuhr. Nackte Damen von verwitterter Schönheit. So unterschiedlich sie aussahen, ihnen war gemeinsam, dass sie nicht auf geweihter Erde standen und es keine zugehörigen Gräber gab. Dafür entdeckte Paul ein Hinweisschild hinter schmutzigem Glas:

»*Das ist eine Sammlung gut gestalteter Grabmäler mit besonderer Ausdruckskraft. Sie sollen erhalten werden und zeigen, wie weit der Spielraum in der Gestaltung gehen kann. Als Eigentum der Stadt Zürich stammen sie von aufgehobenen Gräbern. Die entstandene Patina ist ein Zeichen der Vergänglichkeit. Wie Trauer sich im Laufe der Zeit wandelt, so verändert sich ein Grabmal. Auch nach Jahrzehnten schimmert die Botschaft durch die verwitterte Oberfläche.*
*Ihre Verwaltung,*
*Bevölkerungsamt der Stadt Zürich*
*Bestattungs- und Friedhofsamt*
*Beratungsstelle für Grabmäler*«

Amtspoesie, fand Paul, was ein Geschwurbel. Nicht von Antigone Licht verfasst, auch wenn das die Freilichtausstellung sein musste, auf die sie so stolz war.

»Hey, Sie! Sie mit den Wanderschuhen!«

Das Mädchen mit dem Rollkoffer meinte ihn. Was die Frauen nur mit seinen Schuhen hatten? Beim Näherkommen bemerkte Paul, dass er sie falsch eingeschätzt hatte. Sie war weit über achtzehn, etwa Mitte zwanzig. Ihr Deutsch hatte einen Akzent.

»Krass, dieser Blick, nicht?«

Sie meinte die Statue, vor der sie stand. Eine lebensgroße Frau mit starrem Gesichtsausdruck.

»Man sieht keine Emotion, weder Freude noch Trauer. Sie schaut uns einfach an, ohne Seele, ohne Verbindung. Es ist ein Phänomen in der Grabkunst, man nennt es ›Die Lady mit den toten Augen‹. Solche Figuren habe ich schon einige Male gesehen. Mal sehen, ob es eine Inschrift gibt.«

Als sie begann, mit einer Feile die Patina abzuschaben und die Oberfläche freizulegen, überlegte er, ob er eingreifen sollte.

»Schmetterling oder Engel?«, fragte sie und deutete auf eine Linie. »Oder ein Stern? Alles ist möglich.«

Paul räusperte sich. »Dürfen Sie das?«

»Ich habe niemanden gefragt.« Sie tätschelte der Lady mit den toten Augen – der Name war geradezu unheimlich passend – die Wange. »Keine Angst, ich komme noch mal vorbei.« Nun fuhr sie sie über die Konturen der nächsten Skulptur. »Kalkstein. Weich. Ohne Inschrift. Erkennen Sie die Form?«

»Ein Rad«, sagte er.

»Ein Anker. Wissen Sie, wofür er steht?«

Warum gebe ich der überhaupt eine Antwort, dachte Paul, tat es aber doch. »Für einen Hafen?«

Sie schüttelte den Kopf. »Für Hoffnung auf den Himmel, natürlich. Das ist für manche wie ein Hafen. Dieser Anker präsentiert sich jedoch in Kreuzform. Das wiederum bedeutet den Tod Jesu am Kreuz.«

»Also keine Hoffnung.«

»Für die Christen schon. Sie glauben an die Auferstehung.«

»Religionen sind nicht meins.«

»Nach dem Tod kommt für Sie nichts?«

»Nein.«

»Öde, finde ich. Einfach so im Nichts rumzuhängen. Meine Mutter ist schwer katholisch, sie würde sterben, wenn ich Atheistin würde. Und eine andere Religion?« Sie grinste. »Die Show bei den Katholiken ist einfach die Beste, vor allem an den Feiertagen. Was bringen Sie Ihren Kindern denn bei?«

Auf diese Frage war Paul nicht gefasst.

»Oder haben Sie keine? Sorry, ich wollte nicht ... Sie sehen aus wie ein Vater.«

Ihm fehlten die Worte. Es gab keine Sprache dafür. Die Wunde schmerzte wie am ersten Tag.

Sie war bereits bei der nächsten Skulptur. »Spannendes Design, frühes zwanzigstes Jahrhundert. Ich wüsste wirklich gerne, wer das gemacht hat.« Diesmal holte sie eine Lupe und eine feine Bürste aus dem Rucksack.

»Was machen Sie hier eigentlich?«, fragte er.

»Dasselbe könnte ich Sie fragen.«

»Ich arbeite.«

»Genau wie ich. Ich bin Historikerin und Archäologin. Und Restaurateurin.«

Hättest du wohl gerne, dachte Paul.

»Die Verwalterin hat mich engagiert. Ich heiße Ruby. Ruby Kosa.«

Paul glaubte, sich verhört zu haben. Das also sollte Ruby Kosa sein, die ihre Community, eine Erbengemeinschaft und die Londoner Behörden in Aufruhr versetzt hatte?

Ihr Lachen war entwaffnend. »Frau Licht hat mich engagiert. Bei einer beschädigten Wandmalerei in der Kapelle braucht es Fingerspitzengefühl. Und Sie?« Ihr Blick war scharf.

Wie sollte er sich präsentieren, als Friedhofsgärtner oder Anwalt? »Paul. Ich bin der Praktikant.«

»Sie? Ein Prakti?«

Er zeigte auf den Anzug. »Na ja … auf Abwegen.«

Sie grinste ein wenig. »Das heißt, Sie kennen sich aus hier? Ich habe da einige Fragen.«

Er winkte ab. »Ich muss dringend zur Arbeit.«

»Schade. Wer könnte mir sonst Auskunft geben?«

Das bedeutete, dass sie etwas im Schilde führte. Was Iain wohl davon halten würde?

Sein Handy summte. Eine Nachricht von Matteo Lazzarone. *Paul, du bist schon wieder zu spät.*

Er sah Ruby nach, wie sie den Rollkoffer mit so viel Schwung zog, dass die Kiesel nur so nach allen Seiten wegflogen. Als wären sie eine Kampfansage: *Ich bin hier, Blom. Los geht's!*

## Zweiundzwanzigstes Kapitel

Ruby kauerte hinter einer Grabsteinsäule etwas abseits vom Weg. Nachdem sie gepinkelt hatte, ging es ihr besser. Nirgendwo hatte sie ein öffentliches Klo gesehen, ihr wäre fast die Blase geplatzt. Nun holte sie das Notizbuch aus der Reisetasche und notierte kurz den Inhalt des Gesprächs mit diesem Greis von Praktikanten. Sie konnte schwören, dass er noch nicht lange hier war, seine Hände waren zu gepflegt gewesen, die Haut zu hell. Könnte er der Informant von Iain und Greedy Gertrud sein? Es wäre gut möglich, dieser Friedhof war nicht groß, kein Vergleich zum Highgate, dass man sich hier über den Weg lief, war schnell möglich.

Bislang war die Reise großartig gelaufen, alles hatte geklappt. Gleich würde sie Antigone Licht treffen, Marten hatte sie angekündigt.

»Hey, du, ich muss dich was fragen«, rief sie einem kleinen Jungen zu, der gerade vorbeirannte.

Er blieb stehen und fummelte an einem Schnürsenkel herum. War das erratisch, den nach der Friedhofsleitung zu fragen? Aber sie tat es trotzdem.

»Wo ist hier die Chefin?«

»Ich kenne nur den Chef.« Er lachte breit und zeigte auf einen Weg weiter unten. Ruby schob die Sonnenbrille vor die Augen. An der Spitze einer Friedhofsgärtnertruppe ging ein junger Schwarzer mit Cap und Cornrows. Gar

nicht unattraktiv, dachte sie und fühlte die Hitze am ganzen Körper.

»Das ist Matteo.«

Matteo. Ein italienischer Name. Wie Crema Catalana.
Oder war das Spanisch?

»Ich suche eine Antigone Licht.«

»Tante Antigone? Die wohnt in dem Haus neben dem
Eingang.«

Der Junge wurde von einem schlaksigen Vater wegge-
zogen.

»Nicht mit Fremden sprechen, wie oft muss ich dir das
noch sagen. Auch nicht mit Frauen.«

Über eine breite Allee ging Ruby bis zur Kapelle. Das
Gebäude war fast vollständig überwachsen, Glyzinen
und wilder Wein, dahinter gotische Fenster, teilweise mit
Buntglas verziert. Davor verbot ein Schild den Eingang,
wegen Einsturzgefahr, aber die Türe stand offen. Der
Kirchenraum war größer als gedacht, durch Hinter- und
Vordereingang wehte Lindenduft herein. Hinter dem Altar dann ein verblasstes Bild. Maria, Maria Magdalena
und zwei Engel. Einer mild, einer streng. Als Ruby sich
umdrehte, bemerkte sie ein halb aufgebautes Gerüst und
eine tiefe Spalte in der Wand.

»Hallo?«

Im Türrahmen stand eine Frau. Sie war so klein wie
Ruby, mit Latzhose und einem grauen Wuschelhaar-
schnitt, dazu Chefausstrahlung.

»Hello, ich bin Ruby Kosa. Ich soll hier ein Wandbild
restaurieren.«

Die Frau war Antigone Licht. Sie freute sich offensichtlich, Ruby zu sehen. »Wenn Marten Jong von Public Past

History Sie empfiehlt, dann müssen Sie gut sein. Sie sind auf der Durchreise, hat er gesagt. Toll, dass das so kurzfristig geklappt hat.«

Danke, Marten, dachte Ruby.

»Für den Riss in der Wand haben wir schon jemanden«, sprach Antigone weiter. »Aber es kann nicht schaden, wenn Sie sich um das Altarbild kümmern. Es braucht eine hundertprozentige Übereinstimmung bei den Farben, wegen des Denkmalschutzes.«

Als Antigone sie in Richtung Altar führte, bemerkte Ruby, dass sich der Riss an einer Stelle verbreitert hatte, außerdem zeigten sich einige Schimmelspuren.

Sie blieb stehen.

»Das ist eine Gipswand, und von draußen kommt Feuchtigkeit rein: eine toxische Kombination. Der wilde Wein an der Fassade ist zwar schön, aber vermutlich die Ursache. Man muss ihn schneiden, ganz klar.« Sie nahm den Rucksack vom Rücken und holte einen Feuchtigkeitsmesser hervor. »Hat niemand einen Entfeuchter aufgestellt?«

Antigone Licht verneinte.

Ruby entschied, etwas Zweifel an Raphs Restaurator zu säen. Um mit der Wahrheit rauszurücken, musste sie diese Antigone erst etwas besser kennenlernen. »Der Kirchenraum sollte trocken sein. Außerdem braucht es Licht, viel Licht.«

»Das haben wir.« Antigone nickte. »Licht ist unsere Spezialität.«

Sie spielte auf ihren Namen an, Humor hatte sie.

»Es ist ziemlich beschädigt«, sagte Ruby, nachdem sie das Altarbild begutachtet hatte. »Hier gibt's sogar kleine Löcher, und es bröckelt. Höchste Zeit, dass man eingreift.«

»Wie immer, wenn man solche Dinge täglich sieht, fällt es einem viel zu spät auf. Ich mache mir echte Vorwürfe. Das Grün soll mal viel kräftiger gewesen sein, leuchtend giftig.«

Ruby nickte. »Giftig ist das richtige Stichwort. Diese Farbe ist sehr selten, so schwierig aufzutreiben wie das Rostrot von Magdalenas Kleid.«

»Sie kennen den Namen der Heiligen?«, fragte Antigone erstaunt.

»Ich bin Christin. Und Sie?«

»Die Weltlage ist anstrengend genug. Da brauche ich nicht den ganzen Ballast. Hier als Atheistin zu arbeiten macht vieles einfacher. Was sind denn das für Farben?«

»Pariser Rot und Schweinfurter Grün.« Ruby brachte die deutschen Namen glatt über die Lippen.

»Schweinfurter Grün? Das erkennen Sie so auf Anhieb?« Antigone sah sie anerkennend an. »Hab ich noch nie gehört.«

»Lichtecht, farbintensiv, wurde im deutschen Schweinfurt industriell produziert.«

»Können Sie die denn auftreiben?«, fragte Antigone. »Das wäre begrüßenswert, die Wandmalerei ist das Herz der Kapelle. Unter anderem deswegen wird sie oft gebucht, wir haben viel Bildungsbürgertum. Alle Konfessionen dürfen kommen.«

»Das schaffe ich.« Ruby zog ihre Jacke aus. »Und jetzt lege ich los. Wie steht's mit Essen?«

»Tee und Kaffee sind gratis.«

Besser als nichts. Antigones Handy klingelte, und sie verschwand in einer Seitentür.

Ruby nutzte den Moment, um Miles zu schreiben.

*Was ist mit der Haaranalyse? Und wie komm ich in der Schweiz an Pariser Rot und Schweinfurter Grün? Legal sind die nicht mehr im Handel.*

Er war ein alter Giftmischer, auf der ganzen Welt vernetzt, er würde es wissen.

»Ich muss los.« Antigone stand plötzlich wieder vor ihr. »Dann sind wir uns einig?«

Ruby nickte. »Eine Frage noch. Für meine Masterarbeit interessieren mich besondere Grabsteine. Wie viele Gräber gibt es auf dem Friedhof?«

»Etwa tausendfünfhundert, dazu tausendzweihundert von der Rehalpseite.«

Um das Krugergrab zu finden, würde sie alle abgehen müssen, nach dem Ausschlussverfahren. »Und wie viele Kunstdenkmäler sind darunter?«

»Die über hundert denkmalgeschützten Grabsteine erkennen Sie an den kleinen Tafeln daneben. Und dann gibt's noch die Freilichtsammlung.«

»Die habe ich als Erstes entdeckt. Was qualifiziert sie dafür? Ich meine die Skulpturen.«

»Formen, Material, Ausstrahlung.«

»Wer bestimmt die Auswahl?«

»Die Verwaltung.«

»Also Sie?«

»Etwa die Hälfte. Der Rest ist vor meiner Zeit passiert.«

»Und wer war damals der Kurator?«

»Der alte Herr Traub, der ehemalige Friedhofsverwalter. Er sitzt jeden Tag am Grab seiner Frau. Beim Weinberg.«

»Ach so, der. Den hat mir auch Paul empfohlen.«

»Sie kennen Paul Krasinski?« Antigone wurde ein wenig rot, so schien es Ruby. »Der ist ja schon schwer beliebt.« Sie machte sich daran zu gehen. »Suchen Sie denn etwas Bestimmtes?«

»Einen Stein mit Goldschatz.«

Antigone lachte aus vollem Hals. »Wenn's nur das ist … Davon haben wir viele.«

# Dreiundzwanzigstes Kapitel

Paul mähte die erste Wiese seines Lebens. Der Nacken war steif, die Arme schmerzten, die Sense lag schwer in den Händen, eine erste Blase hatte sich gebildet, weitere würden folgen. Die Arbeit dauerte schon mehrere Stunden, bald war Feierabend, und das Gras widerstand all seinen Bemühungen.

Er schaute nach vorn zu Matteo, dem König der Schnitter, dem die Jugend im Tessin auf dem kleinen Bauernhof am Steilhang zugute kam. Sein Teilstück war das Größte von allen, und doch war er bald fertig. Als Matteo erneut zu einem weiten Bogen ausholte, beobachtete Paul das Spiel seiner Muskeln und den Schweiß, der in glitzernden Rinnsalen über die staubige Haut floss. Wuuuschschschsch. Schon lag die ganze Grasgarbe geköpft am Boden. Paul versuchte, es ihm gleichzutun, und scheiterte erneut. Laute Stimmen lenkten ihn ab. Der eine Lehrling zeigte dem anderen etwas auf seinem Handy, und sie lachten über irgendwelche YouTube-Videos, bis Matteos Fluchen sie innehalten und synchron ihre Sensen heben ließ. Wusch.

Seitlich auf dem Weg war die Frau mit dem Carréeschnitt stehen geblieben. Sie aß ihr Sandwich, wie jeden Mittag, und schaut Paul zu.

»Es sieht schief aus, was Sie da machen. Sie sind doch Linkshänder.«

Paul war einen Moment irritiert. Was mischte sie sich ein?

»Können Sie mähen?«, fragte er.

»Ich bin Physiotherapeutin«, sagte sie, bevor sie erneut in ihr Sandwich biss und etwas Soße heruntertropfte. »Vorne im Hirslanden.« Das war eines der vielen Krankenhäuser in der Nähe. »Ich bemerke Fehlhaltungen sofort.« Unaufgefordert betrat sie das Feld und inspizierte die Sense. »Die Griffe sind nach beiden Seiten ausgerichtet. Einfach andersrum anfassen.«

Ein Nicken und sie ging weiter. Paul war es nicht gewohnt, dass ihm Leute Ratschläge gaben. Er hatte sich sein Leben so eingerichtet, dass er sich allein durchschlug.

Trotzdem tat er, was sie ihm geraten hatte. Er probierte es einige Male aus, bevor er zum Schwung ansetzte. Wusch. Und noch einmal. Ein drittes Mal. Ein viertes. Bis das Gras in ordentlichen Haufen am Boden lag. Wusch, wusch, wusch. Immer wieder schwang er die Sense von rechts nach links. Ein echter Rausch.

Matteo hatte mittlerweile den Goupil geholt, das Elektrotransportmobil. Mit einer alten Metallglocke läutete er den Feierabend ein.

Paul entdeckte, dass eine Blase blutig war.

»Hey, Krasinski.« Matteo war unbemerkt zu ihm getreten und klopfte ihm auf die Schulter. »Guter Job. Schneller als die beiden da drüben.«

Er meinte die YouTube-Lehrlinge, die nicht mal die Hälfte geschafft hatten. Paul wischte sich den Schweiß von der Stirn und fingerte routinemäßig nach dem Beutel. Tiger-Lily schlich vorbei, einen Vogel im Mund. Paul machte einen Sprung auf sie zu. Sie ließ den Vogel fallen und verdrückte sich. Der Vogel lag eine Zeit lang wie tot da, aber sein Herz pochte sichtbar, der Flaum zitterte. Schließlich rappelte er sich auf und flog davon. Paul ging ihm einige Schritte nach, bis zum Rand der Terrasse.

»Wer ist das?« Matteo war neben ihn getreten. Er meinte Ruby Kosa, die einen Grabstein inspizierte.

»Sie ist Archäologin«, sagte Paul. »Und Restaurateurin. Sie soll das Wandgemälde wiederherstellen.«

»Aber die sieht aus wie ein Kind, die lügt doch.«

Unterschätze sie nicht, dachte Paul, während Matteo zu Ruby rannte. Paul folgte ihm diskret, um die Unterhaltung aus dem sicheren Platz hinter dem dicken Stamm der Sumpfweide mitanhören zu können.

»Was tust du hier?«, fragte Matteo.

Ruby nahm die riesige Sonnenbrille ab. »Ich notiere die Namen auf den Grabsteinen.«

»Warum?«

»Warum nicht?«

»Niemand hat mich informiert.«

»Ich bin Ruby Kosa und arbeite für Frau Licht.«

Ihr Blick musste so überwältigend sein, dass Matteo seinen Namen nur noch stammeln konnte.

Paul seufzte. Wegschicken wolltest du sie, dachte er. Nicht vor ihr niederknien.

»Und was machst du hier, Matteo Lazzarone?«, fragte Ruby.

»Ich bin von Grün Stadt Zürich.« Matteos Stimme rutschte mit jedem Wort tiefer, als ob sein ganzes Testosteron in den Kehlkopf geflossen wäre. Ruby erklärte ihm, dass sie das Wandbild in der Kapelle restaurierte, es sei ziemlich beschädigt. Dass sie eine Hidden Agenda hatte, war ihm von Anfang an klar gewesen. Sie könnte von Iain geschickt worden sein. Oder von einem der Kruger-Geschwister.

Sie lachte Matteo an, ihre Zähne blitzten. »Du findest mich am Altar, bei der heiligen Magdalena. Solltest du nach Feierabend einen heben wollen, ich habe noch nichts vor. Und ich könnte einen Fremdenführer brauchen. War noch nie in Zürich.«

Weg war sie, und Matteo stand da wie vom Blitz getroffen. Paul konnte sich vorstellen, wie er sich jetzt fühlte. Es war eine Einladung gewesen. Zweifelsohne hatte er Ruby Kosa gefallen. Matteos Handy klingelte. Sogar hinter der Sumpfweide hervor sah Paul, wie sich sein Körper versteifte. Er mochte den Anrufer nicht, das war klar zu sehen und noch klarer zu hören.

»Tom ... Was?« Er sprach abgehackt, war nervös. »Nein, das tu ich sicher nicht ... Warst du das mit dem Wandbild? Absichtlich noch verschlimmert? ... Echt? ... Du spinnst.«

Er verstummte. Angst lag in der Luft. »Das kannst du nicht machen ... Es war ein Fehler. Jeder Mensch macht Fehler. Woher weißt du das überhaupt? Ich arbeite bei der Stadt, du Arsch. Wenn das jemand rausfindet, bin ich meinen Job los.«

Die Person am anderen Ende war Restaurator Lukesch, nahm Paul an. Offenbar war er Frau Havels Hinweis zu Matteos bewegter Vergangenheit nachgegangen und hatte ihn in der Hand. Paul dachte an einen jugendlichen Klienten, den er mal vertreten hatte. Ein netter Typ, kam aber zu früh mit Rauschmitteln in Berührung. Paul hatte ihm geholfen. Er hatte sich eigenhändig aus dem

Dreck gezogen und seinem Leben eine neue Richtung gegeben.

Schließlich zog Matteo von dannen. Paul nahm sich vor, am nächsten Tag mit ihm zu sprechen und danach Iain zu informieren. Hier lag kriminelle Energie in der Luft, und sie mussten ihr weiteres Vorgehen absprechen. Aber erst stand die Exhumierung an.

※ ※ ※

Der Himmel hatte sich zugezogen und war von schwerem Grau, als Paul sich Grabfeld M näherte. Am Nachmittag hatten offenbar die Abräumarbeiten begonnen, ein erster Stein lag hinter einem Busch auf der Seite, andere lagerten in einer Mulde wie zerbrochene Dominosteine. Das zu exhumierende Grab von Familie Begic war von einem Team geöffnet und ausgehoben worden, ein Stück entfernt lagen die Erdschollen auf einem Haufen. Eine Vertiefung am Fußende markierte den Warteplatz für die Angehörigen – genau wie bei einer Beerdigung.

Paul versuchte, zwischen die Ritzen der Bretter zu sehen. Es war dunkel da unten bei den Gebeinen.

Als Paul Stimmen vernahm, zog er sich in den Schatten der Blutbuche zurück. Auf dem Weg kamen zwei Männer in Schwarz, offensichtlich die Totengräber, und stellten sich beim Grab auf. Beide starrten in ihre Handys, bis eine Frau mit unnatürlich rot gefärbtem Haar auftauchte. Sie trug einen unförmigen Mantel und sah so verwahrlost aus wie das Grab. Es musste Blerta Begic sein. Ein Stück hinter ihr folgten eine jüngere Frau und ein Mann, vermutlich die Kinder.

Nachdem die Totengräber sie respektvoll begrüßt hatten, traten sie vor, um zusammen die Bretter von der Öffnung zu heben. Die kleine Familie versammelte sich und sah gemeinsam in das Erdloch. Blerta schluchzte auf, sie klammerte sich an einen Rosenkranz, die Kinder blieben stumm. Der eine Totengräber griff mit gesenktem Kopf zu einer Art Flaschenzug und zog etwas nach oben. Blerta stimmte ein leises Klagelied an. Als die kleine Kiste erschien, unterdrückte Paul einen Laut.

Die Kiste wurde auf die Seite geschwenkt. Die Kinder traten vor, stellten sich an den Fuß und ans Kopfende. Von den Totengräbern unterstützt trugen sie die sterblichen Überreste gemessenen Schritts und im Takt mit dem Klagelied der Mutter zum Goupil, luden sie sorgfältig auf die Ladebrücke und befestigten sie mit Gurten. Einer der Totengräber brachte das Holzkreuz und legte es daneben. Als Blerta zum Ende kam, wurden Blertas Kinder lockerer, sie kamen ins Gespräch mit den Totengräbern. Diese packten eine Flasche aus und verteilten Gläser, dann stießen sie an.

Das war die Gelegenheit. Paul trat zu Blerta an den Rand des Grabs und stellte sich vor.

»Entschuldigung, wenn ich störe. Darf ich Sie etwas fragen?«

Anstatt zu antworten, winkte sie ihre Tochter herbei. Deren Lederstiefel waren schmutzig geworden. Verärgert versuchte sie, den Lehm an einem Brett abzustreifen.

»Meine Mutter versteht nur wenig Deutsch. Darum kehrt sie auch mit der Gebeinekiste unserer kleinen Schwester nach Bosnien zurück.«

Gebeinekiste, dachte Paul. Was für ein Wort.

»Kati!« Der Bruder winkte, er wollte gehen.

»Können Sie Ihre Mutter bitte fragen, ob Sie sich noch erinnert, woher sie damals das Holzkreuz hatte?«

Die Tochter übersetzte, und Blerta warf Paul einen neugierigen Blick zu. »Natürlich erinnere ich mich. Wir haben es von Eva geschenkt bekommen.«

Ihr Deutsch war viel besser als erwartet.

»Eva. Ist das eine Freundin von Ihnen?«, fragte Paul.

Blerta antwortete, ohne die Übersetzung abzuwarten. »Ihr gehörte Grabplatz 5553.«

Auch wenn er es sich mittlerweile so zusammengereimt hatte, war Paul verblüfft über die einfache Erklärung.

»Wir haben uns hier kennengelernt, weil wir beide ein Grab für die Kinder hier zugeteilt bekommen haben, aufgrund von Unterhaltsarbeiten drüben in der Rehalp. Evas Tochter Stella ist mit zwei Jahren und zwei Monaten an einem Hirntumor gestorben, meine Tochter hatte eine seltene Blutkrankheit.«

Die Worte kamen zögernd, es schmerzte Blerta offenbar immer noch. »Eine Zeit lang haben wir beiden Mütter uns täglich gesehen«, sie zeigte zur Bank in der Nähe, »und viele Stunden hier gesessen.«

»Eine Schicksalsgemeinschaft?«, sagte Paul. »Wissen Sie, was mit Evas Familie los war?«

Blerta nickte. Stellas Vater sei meist im Ausland gewesen, die Krankheit habe das an sich glückliche Paar belastet. Kurz nach der Beerdigung habe es einen Konflikt gegeben, weil er eine teure Skulptur hinstellen ließ.

Paul wies auf den bröckligen Grabstein. »Aber nicht das da?«

»Nein. Ein richtiges Kunstwerk. Eine riesige Frau.«

Blerta deutete die Übergröße mit der Hand an. »Eva fand sie abstoßend.«

»Das war übergriffig«, konstatierte Kati, die Tochter, die sich als Psychologin entpuppte. Solche Dinge musste man gemeinsam entscheiden, fand sie. Und trotzdem schlich sich bei Paul ein Gefühl der Bewunderung für diesen Vater ein, der hingegangen war und seinem toten Kind ein unpassendes, viel zu monumentales Denkmal gesetzt hatte. Seht her, ich will traurig sein. Ich will sie nie vergessen. Dafür brauchte es Mut.

»In der Folge hat Eva den Stein entfernen lassen und durch einen kleinen ersetzt«, fuhr Kati fort. »Meine Mutter beschäftigt bis heute, dass auf dem Grabstein kein Name steht. Es braucht doch einen Namen. Was ist ein Grab ohne Namen? Wie im Krieg.«

»Wie hieß Eva mit Nachnamen?«

Weder Blerta noch die Kinder kannten ihn, sie hätten immer nur von Stella und von Eva gesprochen. Paul war enttäuscht. Immer wenn er irgendwo ein Licht sah, wurde es wieder ausgeknipst. Er verabschiedete sich von der Familie und ging über den Weg zurück.

»Herr Krasinski.« Kati war ihm nachgegangen. »Meiner Mutter ist eingefallen, dass Eva in Basel eine Stelle bei einer Pharmafirma hatte. Darum haben sie sich später auch aus den Augen verloren, meine Mutter besuchte Lara morgens am Grab, Eva Stella erst abends spät nach der Arbeit.«

Paul starrte sie an. »Weiß sie zufällig, wer Evas Arbeitgeber war?«

»Nein. Aber sie war in der Forschung tätig.«

Der Apotheker ließ sich mit einer pharmazeutischen Wissenschaftlerin ein, das klang plausibel.

Auf dem Weg zur Tram erledigte Paul einige Telefonate. Da er ein Semester in Basel studiert hatte, kannte er noch ein paar Leute. Die Fahrt nach Hause nutzte er, um eine Liste der Pharmafirmen zu erstellen. Beim Aussteigen begegnete ihm seine junge Nachbarin Mirka, die ihm schwangerer als vor einer Woche schien. Ihr Gesicht sah wütend aus und verweint.

»Ist alles gut mit dem Baby?«

Ihre Hand fuhr über den Bauch, in dieser unbewussten Bewegung, die ihn bei seiner Ex immer so gerührt hatte. »Nett, dass du fragst. Ich bin in der zweiundzwanzigsten Woche.«

So wie bei ihnen.

»Habt ihr schon einen Namen?«

Sie nickte, während sie neben ihm herging. »Cédric …«

»Ein Junge?«

»… und Léonore. Es sind Zwillinge. Wir haben lange geübt, weißt du.«

Die nachfolgende Erzählung war Paul nur zu bekannt. Die demütigenden Arztbesuche, das Abwägen der Optionen, wie man trotz aller Makel Eltern werden könnte, die Fehlversuche und dann … das Glück.

»Das ist das Wichtigste, dass ihr gesund seid. Gib gut acht auf euch drei.« Anstatt sie zu trösten, brachte er sie zum Weinen. Er stand neben ihr und hielt ihr sein Taschentuch hin.

Mirka schniefte. »Es ist nur so, wir brauchen dringend eine neue Wohnung, hier geht's nicht mehr, eineinhalb Zimmer und zwei Babys, ich glaube nicht, dass unsere Beziehung das überleben würde.«

Sie erklärte, dass sie darum häufig so schön gekleidet

losgingen. »Wir wollen uns bei den Wohnungsbesichtigungen von der besten Seite präsentieren.« Sie knüllte das Taschentuch zusammen. »Diesmal mussten wir uns nicht mal bewerben, um eine Absage zu bekommen. Sobald die Vermieter die letzte Silbe in unserem Familiennamen hörten, haben sie uns abgewimmelt. Ich wünschte, wir hießen Müller oder Meier.«

Paul dachte an Blerta, die auch nach fünfundzwanzig Jahren nicht heimisch geworden war.

Mirka bedankte sich bei Paul. »Ich bring dir das Taschentuch gewaschen zurück. Coole Schuhe übrigens. Ich wusste nicht, dass du wanderst.«

* * *

Paul stand in der Küche, wo die Espressotasse verlässlich am selben Ort stand wie am Morgen, und die Kleiderbügel klimperten, wenn er sein Jackett aufhängte. Er brauchte nicht in den Spiegel zu sehen, um zu wissen, was ihn erwartete: dunkle Hose, dunkles T-Shirt, dunkles Haar.

Zum ersten Mal seit Monaten betrat er das Wohnzimmer. Es war riesig und leer, bis auf das knallrote Sofa, Überbleibsel aus seiner Studienzeit. Das Parkett glänzte matt. In einer Ecke lagen Staubfusel. Er durchquerte den Raum bis zur frei schwingenden Treppe. Schritt für Schritt stieg er nach oben. Die Türen standen alle halb offen, bis auf eine. Es war Milus Zimmer. Pauls Beine gehorchten ihm nicht mehr, er stolperte. Vor der Schwelle gab er auf. Zurück in der Küche machte er sich einen Kaffee und setzte sich an den Tisch. Die große Anzahl an Basler Pharmafirmen war wirklich eine Herausforderung. Einige Stunden später und endlose Mitarbeiterportale weiter war er immer noch nicht vorangekommen. Schließlich überkam ihn eine so große Müdigkeit, dass er im Sitzen einschlief. Eine sms ließ ihn hochschrecken. Frau Havel hatte Blerta beim Friedhofsausgang getroffen, und zusammen hatten sie doch noch etwas herausgefunden. Familie Begic saß bereits im Auto nach Bosnien, und als letzte Handlung, bevor sie die Schweizer Grenze überquerte, gab sie Paul den Namen der Firma durch, bei der Eva gearbeitet hatte.

## Vierundzwanzigstes Kapitel

Die Vögel trillerten um die Wette und weckten Ruby aus dem Tiefschlaf. Sie lag auf dem Notbett im Waschraum des Friedhofs, der sauberer geputzt war als ihr Zimmer in London, und fühlte sich erstaunlich ausgeschlafen. Der Abend war nice gewesen. Matteo und sie ... well, well. Allerdings hatte sie keine Lust, ihm zu begegnen, nachdem sie ihm vorgegaukelt hatte, sie wohne im Hotel – das hatte sie auch vorgehabt, aber eine kurze Recherche zu den Übernachtungspreisen, und sie hatte Abstand genommen. Reine Geldverschwendung. Abgesehen davon funktionierte ihre Bankkarte nicht, wie sie hatte feststellen müssen.

Ruby stand auf. Katzenwäsche, Make-up, man konnte nie wissen. Obwohl es noch früh war, ging sie zur Kapelle, wo der Hintereingang zum Glück offen stand und sie sich dranmachen konnte, das Wandgemälde zu untersuchen. Wie sie vermutet hatte: Einige der bröckelnden Löcher waren absichtlich verursacht worden, mit einem Schraubenzieher oder etwas Ähnlichem.

Eine Nachricht von Miles. So früh am Morgen? Hatte er Albträume? Ihr schlechtes Gewissen kickte ein. Sie hatten eine offene Beziehung, trotzdem fände er Matteo nicht besonders cool. Bezüglich der Farben meldete er, dass Schweinfurter Grün und Pariser Rot in ganz Europa nicht mehr lieferbar seien. *Aber irgendwo werden wohl noch einige Eimer davon rumstehen, ich bleibe weiter dran. Wann kommst du wieder?*

*Übermorgen. Oder so. Was ist mit dem Haarbüschel?*

*Noch einige Stunden. Etwas kann ich dir schon sagen. Ich habe das Seidentuch angeschaut, das um die Locke drumherumgewickelt war. Sieht aus wie Kindergartenbatik. Eine kleine Hand ist drauf. Auf jedem Finger ein Buchstabe, auf dem Ringfinger zwei. Stella. Sagt dir das was?*

Stella? Ein Name? Der Name des Kindes.

Er war wieder offline.

Ruby ging zu Antigone ins Dienstgebäude neben dem Eingang. Die Verwalterin war auch Frühaufsteherin, bot ihr Kaffee und Croissants an. Ruby aß drei, manche Probleme lösten sich von selbst. Zumal sie sogar eine Cola für später geschenkt bekam.

»Der Befeuchter wird am Nachmittag angeliefert, die Scheinwerfer ebenfalls«, sagte Antigone Licht. »Dann können Sie loslegen. Ich habe den Restaurator über Ihre Aufgabe informiert.«

Bestimmt macht der Luftsprünge vor Freude, dachte Ruby und warf ihr Medikament ein. Für den Rest des Tages würde sie die Gräber abgehen.

»Eine Frage habe ich noch. Es ist schwieriger als gedacht, die beiden Farben aufzutreiben. Haben Sie vielleicht eine Idee, wen ich hier vor Ort fragen könnte?«

»Matteo Lazzarone. Er ist Chef der Grabpflege, er weiß alles.«

\* \* \*

Stunden später kam Ruby beim unteren Eingang an. Sie war alle Urnenreihen und Familiengräber abgegangen, ohne Erfolg. Immer mal wieder hatte sie Matteo aus der Ferne gesehen, ihn aber nie angesprochen. Sie tanzten mit Abstand umeinander herum, was Ruby ziemlich prickelnd fand. Er hatte mit seinen Leuten fast alle Gräber neu gestaltet: Die Frühlingsbepflanzung musste raus, die Sommerbepflanzung wurde gesetzt. Die Blumen waren in Metallschiebewagen auf dem Weg aufgereiht, ein Team riss raus, ein anderes pflanzte ein, supereffizient. An so was wäre im Highgate nicht zu denken.

Auch Paul hatte Ruby gesehen, er war zum Jäten verdammt worden und sah angestrengt aus. Einmal grüßte er sie knapp. Ruby hatte so getan, als wäre sie voll auf ihre Arbeit konzentriert. Sie wischte sich den Schweiß von der Stirn. Eine Dusche wäre schön. Und was zu essen, ein Teller Nudeln oder wenigstens zwei Bananen. Und zwei Tafeln Schokolade als Trost für diesen überflüssigen Tag.

Das Interessanteste, was sie gefunden hatte, waren Eierschalen gewesen, drei Stück, eine neben der anderen. Niemand der Befragten hatte eine Erklärung, und alle hatten eine andere Theorie: Die Katze, Herr Traub oder Frau Havel wurden am häufigsten als Urheber genannt.

Ermittlungstechnisch war sie aktiv gewesen, sie hatte keinen Kruger-Grabstein ausfindig gemacht, einige mit dem Namen Stella, die hatte sie fotografiert, genauso wie diejenigen ohne Inschrift. Die ließen sich an einer Hand abzählen, da würde sie nachfragen. Schließlich stieß sie auf eine Grabstätte voller Dünengras. Eine Frau saß im Schneidersitz daneben. Das weiße Holzkreuz besagte, dass Christina – sie war noch ein Kind – vor über zwei Jahren gestorben war.

»Darf ich Sie etwas fragen? Planen Sie irgendwann einen Stein?«

Die Frau schüttelte den Kopf. »Kinder sollten Kreuze haben, leichte, luftige Kinderkreuze, damit sie davonfliegen können.«

»So luftig wie das Dünengras hier?«

Die Frau nickte. »Es ist für meine Tochter. Ich treffe sie gleich.«

Sie sprach von ihrem toten Kind. Ruby wurde abrupt aus ihrer luftigen Laune gerissen.

»Im Friedhof auf der anderen Seite gibt es ein offizielles Kinder-Grabfeld. Warum haben Sie diesen Platz hier gewählt?«

»Sie wollte es so.« Die Frau zeigte auf eine brennende Kerze in einer bunten Laterne. »Wenn sie hier ist, flackert es.«

Ruby verabschiedete sich, ihre Gedanken wanderten hierhin, wanderten dorthin. Sie sah Jacob Kruger vor sich. Seine drei Kinder, Gertrud, Raph, Alice. Die Ehefrau. Die Geliebte. Ein weiteres Kind. Das seine Finger auf ein Seidentuch drückte und Stella draufkrakelte. Ein Kinderkreuz. Eine Locke. Einen Beleg über fast fünfzigtausend Franken. Ein Kunstgrabmal. Kunst für ein Kind. Wozu? Wenn doch ein Kreuz so viel passender war?

Viele Fragen, wenig Antworten. Ihr Handy summte. Alice. Wollte einen Zwischenstand. Ob sie ihr texten sollte, dass sie eine Halbschwester hatte? Ruby beschrieb ihre Grabsteinrecherche und machte sich auf zur Freilichtausstellung. Die zweite Pille sparte sie sich für später auf, die Cola musste genügen, ex. Danach war sie wieder fit für die Sammlung, von der sie erst knapp ein Drittel gesehen hatte. Manche Grabmäler befanden sich an wenig einsichtigen Plätzen, zwischen Bäumen, im Schatten, in düsteren Ecken. Inschriften waren nicht vorhanden oder schlecht zu lesen. Sie untersuchte die Metallskulptur eines Azteken, ein Oval mit einem Labyrinth-Symbol. Eine Taube mit steinernen Flügeln, auf 1897 datiert. Eine Kugel, einen Reiher. Und schließlich die Lady mit den toten Augen. Eine ähnliche Statue stand auf dem Highgate, unweit des Kruger-Familiengrabs.

Es war eine übergroße Frauenskulptur, zwischen zwei Birken kaum zu sehen, das herausragende Merkmal ihr Gesicht. Die Haut von grauem Weiß, mal dunkel, mal hell, mit feinen Moossprenklern, als ob der Vermoderungsprozess eingesetzt hätte. Das Moos zierte Teile des geschwungenen Munds, der Augenbrauen, der Nase, der hohen Wangenknochen, nicht aber das kinnlange Haar, die Ohren und die prägnanten Augen mit den riesigen Pupillen, eingerahmt von feinen Lidern. Die Hände interessierten Ruby. Sie waren von den Proportionen her zu klein. Eigentlich überhaupt nicht passend. Sie holte eine Lupe raus, sah sich Finger für Finger an. Und dann … ein eingraviertes S. Ein E. Zwei Striche, die je ein L darstellten. Kein T. Kein A. Und doch, fast wie auf dem Seidentuch. Das war ihr bislang bester Treffer. Von allen Kunstwerken, die sie gesehen hatte, wies dieses als einziges eine Verbindung zum Kruger-Mausoleum auf.

Sie aktivierte eine App zur Steinerkennung. Wie sie vermutet hatte, war es polnischer Kalkstein, Mucha Limestone. Er wurde für Verzierungen an Gebäuden gebraucht und manchmal für Grabsteine, er war gut zu bearbeiten und recht preiswert, dafür empfindlich, verfärbte sich leicht. Ganz unten rechts, in einer Falte des Kleids, war eine weitere Gravur, der Name des Steinmetzes. Manz. Er hatte Preise bekommen, war *upcoming* gewesen. Später hatte er sich in einem Atelier unweit des Friedhofs Enzenbühl niedergelassen, wo er bis zu seinem Tod geblieben war.

Ruby sah sich um. Es war ein schwüler und windstiller Frühlingsnachmittag, zu heiß, um irgendetwas zu unternehmen, sogar die Seelen schliefen. Nur von hinter dem Zaun vernahm sie Stimmen. Eine Geräuschkulisse, die ihre Aktivitäten übertönen würde. Sie umrundete die Skulptur, tastete die Oberfläche ab. Als sie eine Klinge aus dem Rucksack holte und das Moos von der Vorderseite schälte, kam darunter eine Schicht Flechten hervor, die sie ebenfalls ablöste. Es fühlte sich an, als zöge sie Fetzen von verbrannter Haut herunter, Schicht um Schicht. Die Zeichnung, die sie schließlich freilegte, sah aus wie ein Stern. Stella.

Nun kniete sich Ruby hin und holte das akkubetriebene Diamant-Bohr-Set mit Schalldämpfung aus ihrem Rucksack. Sie wählte die Spirale mit zentrierter Spitze. Überlegte, wo ein Hohlraum liegen könnte. Zentimeter für Zentimeter klopfte sie den Stein ab. Als sie glaubte, einen anderen Klang herauszuhören, setzte den Bohrer an. Ein sirrendes Geräusch. Die Spitze bohrte sich in den Stein. Noch mal. Ein letzter Versuch, bis der Bohrkopf brach.

Die Lady verhöhnte sie. »Tja, Ruby, falsch getippt. Ehrgeiz ist nicht immer der Weg zum Erfolg.«

Sie packte ihr Werkzeug ein und machte sich auf den

Weg zur Kapelle, unterwegs kontrollierte sie das Handy. Anrufe von Mum, von Miles. Eine unbekannte Nummer. Ihr Herz explodierte, als sie Matteos tiefe Stimme hörte. »Antigone Licht hat gesagt, dass du nach Schweinfurter Grün suchst. Ich habe einen Kontakt, der es dir beschaffen kann.«

## Fünfundzwanzigstes Kapitel

Pauls Zug fuhr in den Basler Bahnhof ein. Er war auf dem Weg zu Kaspar Burkhardt, einem Medikamentenhersteller, mit dem Jacob Kruger zusammengearbeitet hatte. Mit Blertas Hinweis war es möglich gewesen, den Kontakt herauszufinden, Jelena hatte es für ihn erledigt und ihm gleichzeitig ein kurzes Update aus der Kanzlei gegeben. Der Koch verstrickte sich in Widersprüche, die Stiefkinder hatten ihre Forderungen erhöht. Jelena hatte zum Glück nicht nachgefragt, wo er seine Auszeit verbrachte.

»Bis bald«, hatte Paul gesagt, in Gedanken bereits in Basel. Burkhardt war verarmt, er besaß kein Handy, aber es gab einen Tipp, wo er sich nachmittags meistens aufhielt.

Paul hatte den Friedhofsdienst bereits um sechs Uhr morgens angetreten, daher hatte er früh Feierabend gehabt, nach einem Tag Grabpflege intensiv, was ein harmloser Begriff für Jäten unter schwierigen Bedingungen war. Um Platz für die Begonien *Nonstop Gelb*, *Olympiarot* oder *Senatorrosa* zu schaffen, hatte Paul Unkraut aus der Erde gezogen, die anderen nannten es Teufelszeug killen. So erfuhr Paul, dass des Friedhofsgärtners schlimmster Feind Kräuter und Ackerwinden waren – lange zähe Verästelungen, die alles umschlangen. Sie zu ziehen bedeutete harte Arbeit, und zu Pauls blutiger Blase waren einige Schnitte gekommen. Die Nackenmuskeln schmerzten mittlerweile so, dass er den Kopf nicht mehr drehen konnte und sich beim Aussteigen aus dem Zug steif anstellte.

»Aufpassen, Opa«, meinte ein Junge. Er hatte ihn gemeint.

Bis zu seinem Termin blieb Paul etwas Zeit. Er lief hinunter zur Elisabethenkirche. Da er mal ein Semester in Basel studiert hatte, fand er den Weg ohne Probleme. Auch Stellas Mutter musste hier entlanggegangen sein, in Richtung von Medi-Burkhardt auf der anderen Rheinseite, eine kleine Pharmafirma, die im Schatten der großen auf verschiedene Produkte spezialisiert war, unter anderem auf einen Hustensaft namens Magic Juice.

Paul überquerte die Wettsteinbrücke. Im Restaurant Hirscheneck hatte er seine damalige Freundin kennengelernt. Ein Lied fiel ihm ein, dass sie immer gesungen hatte. Ein Kinderlied, von einem Schmetterling, der abends heimkam, einem kleinen Bären, einem Känguru und einem Kabeljau, von leuchtenden Lampen und dem Tag, der zu Ende ging, vom Schlafen und Wachen, vom Weinen und Lachen, vom Schweigen und Sprechen. Ihre Stimme war schön gewesen. Sie wollte Kinder, er nicht. Als der Spätherbst kam, hatten sie sich getrennt. Ebenfalls hier, in dem Schankraum mit den immer gleichen Holztischen, die damals revolutionär gewesen waren. Nun hatten sie Patina wie die Grabsteine auf Grabfeld M. »Ich wünsche dir viel Spaß in deinem Leben«, hatte sie ihm zum Abschied an den Kopf geschleudert. »Du mieser Egoist.«

Die entsprechende Quittung hatte er bekommen.

Paul trank einen Espresso, bevor er weiterging. Der Weg führte ihn zum Claragraben und zu einer Migros-Filiale, wo es nur einen Gast gab, Kaspar Burkhardt. Er hatte schütteres Haar, sein Pulli wies Löcher auf, er roch. Paul kaufte Kaffee und Kuchen. Er kam, nachdem er ein Notizbuch und einen Stift bereitgelegt hatte, direkt zur Sache.

»Ihre Firma heißt Medi-Burkhardt?«

»Die gehört nicht mehr mir. Ein Großkonzern hat sie übernommen, samt dem Namen.«

»Und Sie haben den Hustensafthersteller Jacob Kruger gekannt.«

»Natürlich. Mit ihm sollte es das Geschäft des Lebens werden, sein magischer Hustensaft hatte eine phänomenale Wirkung und war ein Begriff. Leider nur in Südostengland, wie ich feststellen musste. Was da funktionierte, ließ sich nicht einfach so in die Schweiz übertragen. Außerdem war im Rezept zu viel Alkohol, den ich nicht deklariert habe. Auf jeden Fall verlor ich die Lizenz. Vielleicht, einige Jahre später, als Harry Potter berühmt wurde, wäre der magische Hustensaft auch in der Schweiz ein Renner geworden ... aber da war ich schon pleite.« Er wirkte verbittert.

»Haben Sie den Saft hier produziert?«

»Ja, aber das ist ewig her. Die Pharmafirma, die mich übernommen hat, war nie an meinen Produkten, nur an meinem Netzwerk und der Kundendatei interessiert. Ich hatte viele Kunden, wissen Sie.«

»Die Freundin von Kruger gehörte dazu?«

»Das wissen Sie?« Kaspar streckte sich ein wenig. »Eva. *La belle.* Wir stammten aus demselben Walliser Dorf und gingen zusammen in die Schule. Sie wurde Forscherin, ich Unternehmer. Auf einem Kongress haben wir Kruger kennengelernt, so sind wir ins Geschäft gekommen. Eva ließ sich auch privat mit ihm ein, ein großer Fehler, wenn Sie mich fragen. Trotz der rosa Brille vertrat sie bezüglich des Hustensafts eine andere Linie als er. Sie wollte die Rezeptur verfeinern, auf natürlichen Fruchtzucker umzustellen und das Codein ersetzen. Hätte ich nur, aber leider ... es war der Anfang vom Ende.«

»Was ist passiert?«

Kaspar kämpfte sichtlich. »Nachdem Eva von ihm schwanger wurde, zog sie nach Zürich zurück. Monatelang hörte ich nichts mehr von ihr, bis sie mich aus dem Krankenheus anrief, sie hatte Probleme und musste liegen. Es war eine Herausforderung, Eva war durch und durch Geschäftsfrau.«

»Und dann kam das Kind.«

»Stella, ein sehr süßes Mädchen. Lebhaft und munter und sehr intelligent. Als sie einmal zu Besuch kamen, hat sie Himbeeren mit dem Hustensaft vermatscht. Eva und Jacob mussten ihn trinken. Sie haben gelacht. Wie sie gelacht haben. Und plötzlich, aus heiterem Himmel, ist sie umgefallen. Einmal, zweimal. Dabei konnte sie schon so gut laufen. Eva ging mit ihr von Pontius zu Pilatus, bis dann die Diagnose kam. Hirntumor ... inoperabel.«

Wieder wurde Paul von einer Erinnerung überflutet. *Der Pubbesuch nach der Beerdigung auf dem Glasnevin. Luisellas unpassende Opernarie. Der Bierschaum, der plötzlich bitter schmeckte. Und die Erkenntnis, ab jetzt allein zu sein.*

»Und dann?«

»Eva nahm Stella aus dem Krankenhaus mit nach Hause. Entgegen dem Rat der Ärzte.« Burkhardt beschrieb Stellas Zerfall. Nicht mehr gehen, nicht mehr essen, nicht

mehr trinken. »Am Schluss ist sie unter Morphium einge-
schlafen. Sie wäre sonst erstickt.«

»Und Jacob?«

»Der kam so oft, wie es ging, Stella hat dann immer ge-
leuchtet. Als ob er in ihrem Innern eine Kerze entzünden
würde. Vater und Tochter waren eng verbunden. Jacob ist
nach ihrem Tod verzweifelt, Eva auch. Aber sie hat ihre
Gefühle nicht so gezeigt.«

»Es soll einen Streit um den Grabstein gegeben haben.
Wissen Sie etwas davon?«

»Das Grabmal des Grauens, kann ich nur sagen.« Burkhardt nickte. »Den Stein hat Jacob in Polen bestellt, ein
Zürcher Steinmetz sollte daraus eine Skulptur formen.
Ich nannte sie ein Engelskind. Weil bei uns im Dorf, da
wo Eva und ich herkommen, die Kinder, die früh starben,
so hießen. Als kleiner Junge habe ich die Engelskinder be-
neidet. Ich wäre manchmal auch gerne eines gewesen. Absurd, ich weiß. Kinderwünsche. Ich habe mir vorgestellt,
dass ich dann wegfliegen könnte.«

Engelskinder. Sternenkinder. »Falls ich den Grabstein
suche, muss ich also nach einem Engel Ausschau halten?«

»Wenn es ein Engel geworden wäre, hätte Eva vermutlich nichts gegen die Skulptur einzuwenden gehabt. Aber
sie sah aus wie eine Leiche, ein Geist, nichts, was man
seinem Kind aufs Grab stellen möchte. Am schlimmsten
waren die Augen. Ohne Ausdruck, tot.«

Paul fiel die Lady mit den toten Augen ein. Er würde sie
sich nach seiner Rückkehr noch mal anschauen.

»Wenn Sie mich fragen, wollte der Stein nicht so wie der
Metz. Am Schluss hat Eva gewonnen. Der Stein wurde
ersetzt, mit einem einfachen Modell.«

So viel Geheimnis, so viel Mysterium, dachte Paul, und dann war die Lösung ganz alltäglich. Zwei Eltern, die sich nicht einig waren, wie ihr totes Kind erinnert werden sollte. Sie stritten, um sich vom Schmerz abzulenken. Sie verloren sich, weil es einfacher war, wütend zu sein.

»Adiö.« Kaspar Burkhardt stand auf. »Ich muss gehen.«

»Haben Sie einen Termin?«, fragte Paul.

»Ich helfe bei der Gassenküche mit, dafür krieg ich mein Essen gratis.«

Paul holte sein Portemonnaie raus. In einer Seitentasche hatte er immer zweihundert Franken in bar, die er Burkhardt überreichte.

»Als Dank für Ihre wertvolle Zeit.« Er meinte es nicht zynisch. »Wo ist Eva heute?«

»Ich habe den Kontakt abgebrochen. Wer würde so einen wie mich kennen wollen.«

»Und in ihrem Dorf?«

»Da fahre ich auch nicht mehr hin.«

»Auf keinem der beiden Steine steht ein Nachname.« Paul kam zur Frage aller Fragen. »Kennen Sie den vielleicht?«

»Natürlich. Stella Krüger.«

Krüger? Paul war perplex.

»Eigentlich hießen sie Kruger. Aber hier machten die Leute automatisch ein ü draus. Ich glaube, es stand sogar so im Pass.«

»Das Kind hieß Stella Krüger? Wie der Vater?«

»Und die Mutter. Sie waren verheiratet, wussten Sie das nicht?«

## Sechsundzwanzigstes Kapitel

Herr Traub saß zusammengesunken auf einem Metallstuhl neben dem Weinstock. Er hatte einen weißen Bart und für so einen alten Mann noch erstaunlich viele Haare auf dem Kopf. Matteo begrüßte ihn, während Ruby den Rucksack auf den Boden stellte und sich den Schweiß von der Stirn wischte. Die Sonne brannte durch eine diesige Wolkenschicht hindurch, es war ultraheiß.

»Das ist Ruby Kosa«, stellte Matteo sie vor. »Sie restauriert das Altarbild in der Kapelle. Frau Licht hat mir gesagt, sie hätten eine Adresse, wo sie Schweinfurter Grün bekommen könnte, nicht wahr?«

Herr Traub reagierte mit einem Nicken. Kaum erkennbar mit bloßem Auge. Ein Minimalist, dieser alte Mann.

»Würden Sie Ruby dorthin begleiten?« Matteo stellte einen flachen Karton auf einen freien Stuhl. »Aber erst essen Sie Ihre Pizza.« Er blickte Ruby aus seinen dunklen Augen an. »Ich bringe ihm jeden Tag eine, immer dieselbe. Margerita.«

Pizza am Grab. Ruby lief das Wasser im Mund zusammen.

Matteo bot ihr ein Stück an.

»Nein, nein, ich esse später.« Ruby hatte auch ihren Stolz. Um sich abzulenken, studierte sie die hellblauen Blüten auf Herrn Traubs Hemd.

»Sind die einheimisch?«

»Edelweiß«, antwortet Matteo anstatt Herr Traub. »Aus den Schweizer Bergen. Magst du die Berge, Ruby?«

»Wenn sie nicht zu bergig sind.«

Matteo grinste, holte eine Piccoloflasche Wein hervor und schenkte Herrn Traub ein Glas ein, bevor er mit einem Winken verschwand und sie mit dem Alten allein ließ. Während er aß und trank, stellte sie ihm einige Fragen. Obwohl seine Antworten einsilbig ausfielen, erfuhr sie, dass seine verstorbene Frau denselben Namen trug wie die Pizza – Margerita – und dass er mit Frau Havel eine Art Friedhofskrieg führte. Immerhin schien der Zwist in Kombination mit dem Weingenuss Herrn Traub aus der Lethargie zu reißen.

»Die Havel ist eine alte Spionin. Weiß genau, wer, wann, wo und warum. Aber abends muss sie heim, einige Kilometer entfernt. Während ich direkt bei der Friedhofsmauer des Rehalpfriedhofs wohne. Ich sehe die Gräber Tag und Nacht. Kommen Sie, ich zeige es Ihnen. Danach besorgen wir die Farbe, die Sie suchen.«

Der Weg zum Ausgang war steil, und Herr Traub kam ins Schnaufen. Die Straße überquerten sie im Schneckentempo, nur um auf der anderen Seite den Rehalpfriedhof durch das große Tor zu betreten.

»Wieso heißt der eigentlich Rehalp?«, fragte Ruby. »Ein komischer Name für einen Friedhof. Hier ist weder eine Alp noch sehe ich Rehe.«

»Das täuscht. Als es hier nur einen Bach, Gras, Wald und die große Einfallstraße gab, die bis heute von der Forch hinunter in die Stadt führt, hat ein Verwandter von mir, um sieben Ecken, Sie wissen schon, in der Nähe des Fuchslochs, das unten im Tobel liegt, ein Haus mit Wirtschaft gebaut. Das war 1860, das Haus nannte er ›Zur Reh-alp‹. Er musste es bald wieder verkaufen, und der neue Besitzer hat es um einen Tiergarten mit Rehen ergänzt. Am Tag, als der Friedhof eröffnet wurde, 1874, soll eines der Tiere geschlachtet und dem Besitzer serviert worden sein. Man munkelt, dass die Seele des Rehs bei Vollmond auf dem Friedhof umgeht und seinen Frieden sucht.«

Eine Geschichte ganz nach Rubys Geschmack. *Das Killer-Reh, in* DIESSEITS VOM JENSEITS – *ein Podcast von Ruby Kosa.* Ruby hörte den Trailer in ihrem geistigen Ohr.

An einer Art Granitflamme vorbei – »da wohnt Bruno Ganz, ein bekannter Schauspieler, war ein Freund von mir, und nicht von der Havel, obwohl sie das so behaup-tet« – verließ Herr Traub auf der anderen Seite den Fried-hof und ging zu einem alten Auto. »Meine Staatskarosse. Steigen Sie ein, Fräulein Ruby. Einmal ohne Halt bis zum Malermeister.«

Ruby zögerte, immerhin hatte der Alte was getrun-ken. Andrerseits war sie echt gespannt auf die Farbe. Sie musste zuerst Zeitschriften und einen verfaulten Apfel vom Beifahrersitz räumen. Einen Gurt gab es nicht, und die Rechtsfahrerei empfand sie als grenzwertig, vor al-lem weil Herr Traub viel zu schnell fuhr. Vor einem Rot-licht bremste er abrupt. Ruby wurde schlecht. Fokus. Sie konnte ihm doch nicht ins Auto kotzen. An der nächsten Ampel tatschte er ihr beim Bremsen an die Brust.

»Nicht dass Sie vornüberfallen.«

Als er schließlich anhielt, war er wieder der sanfte, alte Herr Traub. »Sie waren mein Sonnenschein heute.«

Er verabschiedete sich von ihr, Margerita würde ihn be-reits vermissen, und fuhr davon.

Sein Freund, der Maler, empfing Ruby in einem winzigen Laden mit so niedriger Decke, dass sie sich den Kopf anstieß. Auf dem Tresen standen zwei Marmeladengläser für sie bereit.

»Pariser Rot und Schweinfurter Grün. Von beidem hatte ich ein Eimerchen rumstehen. Aber nicht weitersagen, ist ein Geheimnis.«

Ruby grinste, die Fahrt hatte sich gelohnt. Denn die Farben waren schön, das Grün satt, das Rot pulsierend. Sie bedankte sich und wollte bezahlen. Der Maler hatte ein modernes Kartenlesegerät. Wie sie befürchtet hatte, funktionierte ihre Karte auch hier nicht.

»Ich kann Sie dafür in meinem Podcast erwähnen«, bot sie an. Der Maler wusste nicht, was ein Podcast war, zeigte sich aber einverstanden, als sie es ihm erklärte, und versah sie dazu mit einer Anekdote zu giftigen Tapeten, bei der er auch die Inhaltsstoffe der Farbe offenbarte: Doppelsalz aus Kupfer, Essigsäure und Arsen.

*Hallo?* Besaß der Maler die echt uralten Farbmischungen, die längst verboten waren? Als sie nachfragte, winkte er ab.

»Keine Angst, die Mischung hier ist absolut verträglich.«

Draußen schwirrte ihr der Kopf. Sie musste das Handy laden, die Nachrichten checken und vor allem und sehr dringend etwas essen. Schwierig, ohne Schweizer Franken.

Sie fand eine Bibliothek, die alles bot, bis auf das Essen. Olga schrieb, der Vermieter würde austicken, die Hälfte des Geldes reiche nicht, er wolle alles. Scheiß System, scheiß London, scheiß Cost of Living Crisis.

»Sag ihm, ich kümmere mich darum.«

Ein Anruf bei der Bank erbrachte, dass ihr Konto im Minus war.

Sie schrieb an Alice. *Ich stehe vor dem Durchbruch, den Schatz werden wir in Bälde heben. Hast du mein Geld überwiesen?*

Es stellte sich heraus, dass Alice erst nach Abschluss von Rubys Arbeit hatte bezahlen wollen.

Ruby bestand auf einem Vorschuss. *Sonst lasse ich meine Leiche in deinem Familiengrab beerdigen.*

Alice schickte einen Lach-Emoji. *Mir geht es nicht um das Totengold, mir geht's um meinen Vater.*

Jaja, du mich auch. Natürlich ging's ihr ums Gold. Wem nicht?

Bis der Transfer getätigt war, stand Ruby auf und ging hin und her, im Sitzen konnte sie schlecht denken. Es brachte ihr erzürnte Blicke der anderen Bibliotheksbesuchenden ein. »Draußen ist eine Terrasse«, flüsterte ihr einer zu, ein netter.

Dort war es angenehm. Mitten in der Altstadt und leer. Auf einem Tablett entdeckte sie ein fast ganzes Stück Kuchen.

Sie biss gerade hinein, als der Nette herauskam.

»Schmeckt's? Es wäre mein Zvieri gewesen.«

Peinlich, auch wenn sie keinen Schimmer hatte, was ein »Zvieri« war. Wieder auf der Gasse holte sie ihre Starbucks-Karte raus. Auf der App fand sie die nächste Filiale, an einem belebten Platz in der Nähe des Bahnhofs. Die Karte funktionierte nicht im Ausland, aber der Typ hinter dem Tresen gab ihr dafür ein Gratiswasser.

## Siebenundzwanzigstes Kapitel

Paul saß im Zug zurück nach Zürich, er brauchte drei Espressos im Speisewagen, bis er sich erholt hatte. Kruger und Eva waren verheiratet gewesen. So folgerichtig es sich anhörte, die Vielehe galt als Bigamie und war strafbar. Er benutzte die restliche Fahrzeit, um Iain einen Kurzbericht zu schreiben. Keine Ahnung, wie die Geschwister die Information aufnehmen würden. Es wäre auf jeden Fall ein Schock für alle. Schon einmal hatte Paul so einen Fall gehabt. Der Mann hatte eine Familie in Chur und eine zweite am Genfersee gehabt. Das System, das auf die Minute genau eingeteilt war und über Jahre gehalten hatte, war äußerst ausgeklügelt gewesen. Hier musste es ähnlich zugegangen sein, mit einem wichtigen Unterschied: Eva hatte von der Londoner Familie gewusst und war das Risiko eingegangen. Ein fragwürdiger, aber auch mutiger Entschluss. Ihr Bild gewann Konturen: engagierte Mutter, brillante Wissenschaftlerin, unversöhnlich. Und vor einigen Jahren verstorben, wie Paul über das Internet erfuhr. Einziger Erbe war Julian Krüger.

Nach der Ankunft in Zürich ging Paul in der Kanzlei vorbei. Wie ein Dieb wartete er ab, bis Jelena gegangen war, um sich in seinem Büro umzuziehen. Er hatte sich an die Wanderschuhe gewöhnt, die Lederschuhe drückten ihn, die Krawatte fühlte sich fremd an.

Die WG, in der Julian Krüger lebte, lag in der Nähe

der Uni. Sein Name stand nebst vielen anderen auf dem Schild.

Julian sei nicht da, wurde Paul von einer Mitbewohnerin beschieden. »Fragen Sie beim Großmünster nach ihm. Er absolviert da ein Praktikum und bringt den Theologen Social Media bei.«

Schon wieder ein Praktikant. Er war nicht der einzige, die Welt war voller Praktikanten.

»Normalerweise ist um die Zeit bereits zu. Aber heute Abend ist irgendein Event. Es geht um den Totentanz von einem Zürcher Sprayer.«

Damit meinte sie Harald Naegeli, dessen Zeichnungen das Treppenhaus das Karlsturms verzierten.

»Julian hat Turmdienst.«

Das erwies sich als Fehlinformation, und so ging Paul die vielen Stufen wieder hinunter und fragte eine Mitarbeiterin.

»Julian? Ich glaube, der ist unten in der Krypta. Wir haben noch zu wenig Anmeldungen für heute Abend. Er will ein wenig sozialen Staub aufwirbeln.«

Was für ein Ausdruck, sozialer Staub. Die Krypta war ein Raum mit vielen Säulen und verblassten Wandmalereien, grau und streng von der Ausstrahlung her. Paul fand aber außer der Statue Karls des Großen, die überlebensgroß und sitzend vor ihm aufragte, niemanden. Als er wieder hinaufkam, traf er auf eine Ordensfrau in grauer Tracht.

»Der Julian? Der ist am liebsten im Kreuzgang, den ich gerade fürs Publikum geschlossen habe, aber Sie dürfen den internen Eingang nehmen.« Sie führte ihn in ein Büro, dessen Fenster direkt auf den Kreuzgang hinausging. »Ist unser Juwel, ein Geheimtipp. Nicht weitersagen.« Sie lächelte ihn an.

Vielleicht fünfzehn Meter von der Hauptstraße entfernt war das hier eine andere Welt. Der Kreuzgang mit halbrunder Decke und rötlichen Säulen umrahmte einen Garten. Es gab vier große erfreulich wilde Beete und einen Brunnen in der Mitte. Eine Inschrift besagte: *Die Wahrheit hat ein fröhlich Antlitz.*

Direkt neben dem Schild saß Julian Krüger auf einer Bank und sah nicht sehr fröhlich aus. Er war blond, mittelgroß, mit Nerdbrille, Hemd und beiger Hose. Vertieft in sein Handy bewegten sich seine beiden Daumen in irrem Tempo auf und ab.

Paul stellte sich vor. »Paul Blom, Rechtsanwalt. Es geht um etwas Persönliches. Darf ich mich setzen?«

Er erzählte vom Tod Krugers, doch Julian tippte einfach weiter und behandelte ihn wie Luft.

Paul nahm die Krawatte ab und lockerte den Hemdkragen. »Sie haben Jacob Kruger gekannt?«

»Ja, und?« Das klang ärgerlich. Aber immerhin sprach er. »Sollte er mir etwas vererbt haben, schlage ich es aus. Haben Sie ein Formular dafür?«

Paul erklärte ihm die Sachlage.

»Es soll noch drei Goldbarren von historischem Wert geben, sagen Ihre Halbgeschwister«, schloss er.

Julian hörte mit dem Getippe auf. »Meine *was?* Da gibt's keine Blutsverwandtschaft. Die sollen abhauen, mit denen will ich nichts zu tun haben. Ich hatte eine Halbschwester, und die hieß Stella. Sie starb mit zwei Jahren, ich kann mich kaum erinnern.«

»Sie ist auf dem Friedhof Enzenbühl beerdigt.«

»Ich weiß. Ich hätte mich um das Grab kümmern sollen, aber ich habe es verschlampt. Droht mir dafür ein Bußgeld?«

Er war sehr aggressiv.

»Ich bin nicht die Stadt Zürich. Hören Sie, ich bin nicht Ihr Feind. Ich kann mir vorstellen …« Paul verstummte. Distanz gehörte seit Jahren zu seinem Berufsethos. »Wie alt waren Sie, als die Kleine starb?«

»Sieben.«

»Und Jacob Kruger ist nicht Ihr Vater, wenn ich das richtig verstanden habe.«

»Korrekt.«

»Und Ihre Mutter? Eva?«

Julian biss sich auf die Unterlippe. »Sie hat den Typen geliebt. Wenn er kam, war ich im Weg. Und dann ist sie gestorben.«

»Ich weiß, vor zwei Jahren.«

»Brustkrebs.«

Paul schluckte. »Wo ist ihr Grab?«

»Sie wollte eine Bestattung auf dem See. Manchmal wünschte ich …« Er verstummte.

So viele Tote, dachte Paul. »Wie geht es finanziell?«

»Sie meinen, weil ich die Gebühren für die Grabpflege nicht bezahlt habe?«

»Ich wollte einfach wissen, wie Sie dastehen. Immerhin war Jacob Kruger ihr Stiefvater …«

Julian blieb misstrauisch. »Geht es um Mamas Erbe? Wollen Sie es mir wegnehmen, oder was? Da ist nichts von Kruger bei. Das hätte sie nicht gewollt und ich auch nicht.«

»Aber Sie wissen doch etwas von den drei Goldbarren?«

Julian nickte. »Mama wollte die Dinger nicht. Blutgold

hat sie es genannt. Ich weiß nicht, wo sie sind, nicht bei ihren Sachen auf jeden Fall.«

Paul atmete scharf ein. Wie gut er Eva verstehen konnte. Das Gold musste ihr nach dem Tod der Tochter wie ein Hohn vorgekommen sein.

Plötzlich kam ein Schluchzer aus Julians Kehle, die ganze coole Erscheinung verkrümelte. »Mama hat gesagt, sie hat's in den Himmel geschickt.«

In den Himmel geschickt?

»Was hat sie damit gemeint? Vielleicht Spenden. Hat sie das Gold gespendet? Es war mehrere Millionen wert.«

Julian blinzelte. »Mama war kompromisslos. Wenn sie nicht wollte, wollte sie nicht. Wissen Sie, warum ich die Asche in den See streuen sollte? Nie mehr ein Friedhof, hat sie gesagt.«

Die Worte wirkten abgeklärt, aber in den Augen brannte Schmerz.

»Wie alt sind Sie, Julian?«

»Achtundzwanzig.«

Als Paul sich von ihm verabschieden wollte, hielt der Junge seine Hand fest. »Krugers Kinder, wissen die, dass es mich gibt?«

Noch nicht, aber bald, dachte Paul. »Würden Sie sie gerne kennenlernen? Ich kann das arrangieren.«

Julian zuckte die Schultern.

Paul schrieb ihm seine Nummer auf und ging durch den Garten zum Ausgang. Eine der vier Parzellen war eine Wildblumenwiese. Lila, Klatschrot, feines Blau und Grün dominierten, dazu Gelb und Weiß, einige Erdtöne. So bunt und wild würde das Grab von Leopold Lindtberg bald aussehen.

Paul setzte sich in ein Café und ließ sich noch mal alles durch den Kopf gehen. Eva Krüger und Jacob Krüger aka Jacob Kruger. Ihr Schmerz, ihre Trauer. Im Netz fand er Fotos von Jacobs Beerdigung. Viele Trauernde waren zum Highgate-Friedhof gekommen. Das Familiengrab bestand aus kleinen Steinen auf einer weiten Wiese. Da standen Leute, manche saßen auf dem Boden, manche tranken, manche aßen, manche weinten. Es sah wie ein Fest aus. Dort das morbide, aber vibrierende London, hier das ordentliche, aber beengte Zürich. Jacob hatte diesen Gegensatz gelebt.

Pauls Handy klingelte. Julian Krüger. Ihm war doch noch etwas eingefallen.

## Achtundzwanzigstes Kapitel

Ruby saß im Starbucks, den Kopf in den Händen vergraben, und döste. Bis ihr Handy summte. Eine Nachricht von Marten. Antigone Licht habe sich lobend über Ruby geäußert und ihn gebeten, die Identität des anderen Restaurators namens Tom Lukesch zu überprüfen. *Der Mann ist im europäischen Verzeichnis der Restaurateure nicht aufgeführt, er hat gelogen. Ich habe das Mrs Licht so mitgeteilt, und sie hat ihn daraufhin entlassen.*

Ruby war einen Moment irritiert. Was, wenn dieser Lukesch das mit ihr in Verbindung brachte? Mittlerweile dürfte er Raph mitgeteilt haben, dass sie in Zürich war. Konnte sie in Gefahr sein?

Sie schickte Marten ein Foto der Marmeladengläser. *Sind das die alten Farben? Die wären dann hochgiftig.*

Marten gab Entwarnung. Die Farben seien schon vor Jahrzehnten aus dem Verkehr gezogen worden, es müssten Ersatzversionen sein, nach heutigem Standard, und die könne sie gut verwenden.

Miles wiederum hatte ein Resultat. Endlich! Knochen und Locken wiesen keine identische DNA auf. Mit den anderen Spuren habe sich kein Match ergeben. Außer mit dem Seidentuch.

Das bestätigte, was Ruby sich schon zusammengereimt hatte. Sie klärte Miles auf.

*Ich finde das fucking weird*, schrieb er zurück. *Wieso legt der Kruger eine Locke seines toten Kinds in das alte Mausoleum, wenn es gleichzeitig in Zürich beerdigt ist?*

Vielleicht weil er sie so näher bei sich hatte, weil er ein Andenken an sie wollte, weil die kleine Amalia Kruger nicht allein sein sollte? Oder hatte Miles recht und es war doch nicht so harmlos? Ruby hatte plötzlich eine ganz üble Vision.

*Miles, tu mir einen Gefallen. Fahr zum Mausoleum, bitte Mrs Peek um den Schlüssel und check dieses Grabmal. Es war dunkel und ich war in Eile. Ich will sicher sein, dass da nicht doch noch ein zweites Kind drin liegt.*

Miles versprach sein Möglichstes.

*Danke, Miles*, schrieb Ruby.

*Und wo ist jetzt das Gold?*

Das war hier die Frage.

»Wollen Sie?« Eine Bedienung von der Theke, nicht der Typ von eben, der ihr ein Wasser spendiert hatte, brachte Gingerbread Lattes zum Probieren. Ruby nahm sich gleich zwei. Die süße Flüssigkeit kickte sofort ein, und Rubys Gedanken flipperten hin und her. Das Familiengrab auf dem Highgate, das Mausoleum, das Grabmal in Zürich, die Lady mit den toten Augen. Und plötzlich hatte sie eine Idee.

\* \* \*

Auf dem Friedhof angekommen ging Ruby direkt zum Waschraum. Leider war der schon besetzt. Ein Mann lag auf der Liege, in seinen Schlafsack gewickelt, mit Bart, sehr ungepflegt. Neben ihm eine Reihe von gefüllten

Plastiktaschen. Als er sie sah, begann er zu fluchen. Sein Haus, fand er, verzieh dich, du Gör.

»Ich storniere für heute«, sagte Ruby würdevoll. »Aber morgen bin ich wieder hier.«

Sie packte ihren Koffer und ging hinaus. Auf dem Kiesweg checkte sie ihre Nachrichten. Nichts von Matteo. Wo sollte sie schlafen? Die Kapelle fiel ihr ein. Der Hintereingang bliebe immer offen, hatte Antigone Licht gesagt.

In einem kleinen Raum schlüpfte sie aus den stinkenden Klamotten. Sie wusch sich mit kaltem Wasser und zog Rock, eine frische Bluse, Leggins und Turnschuhe an. Dann betrat sie den Kirchenraum. Einen Moment war ihr, als ob sie einen Schatten sähe. Blödsinn. Sie hatte zu viel Friedhofspodcasts gemacht. Das war eine ordentliche Zürcher Kapelle und kein Londoner Efeu-Friedhof.

Die herabsinkende Sonne schien durch die bunten Scheiben und tauchte das Marienbild in ein Lichterbad. Ruby juckte es in den Fingern, die Farbe auszuprobieren. Nur ein Test, um zu sehen, ob sie richtig gelegen hatte.

Sie holte die beiden Gläser aus dem Rucksack, dazu zwei Plastikbehälter und Pinsel, ihre Wasserflasche. Vorsichtig schraubte sie den Deckel ab und schüttete eine kleine Menge vom Schweinfurter Grün in den Behälter. Nachdem sie es mit Wasser vermischt hatte, leuchtete es giftig, noch schöner, als sie es sich vorgestellt hatte. Sie trug die Farbe mit feinen Strichen auf. Magdalenas Kleid begann nicht nur zu strahlen, es wölbte sich förmlich nach außen, es raschelte, es strömte Parfümduft aus. Dreidimensional, das war der Effekt, den sie gesucht hatte.

Als sie fertig war, besah sie sich den Riss in der Mauer und machte einige Fotos. Sie ging ihm nach, stieg hinauf zur Empore, wo ein ganzes Stück der Wand herausgebrochen war. Weiter oben war ein Fleck zu sehen, dunkelfeucht hob er sich vom Rest ab. Eine ovale Verzierung direkt über der Orgel hatte sich abgesenkt. Krass, diese Verwüstung.

In dem Moment hörte Ruby ein Knarren. Als sie hochblickte, erfasste sie ein Schwindel. *Get yourself together, Ruby!* Sie schloss die Augen. Kupfer, Essig und Arsen. Die Farbe war seit hundert Jahren verboten. Hatte sich der Maler geirrt, als er meinte, die Mischung sei harmlos? Oder machte er gemeinsame Sache mit ihren Feinden, mit Greedy Gertrud und ihrem Anwalt, mit Raph und seinem Restaurator? Bestimmt nicht, sie sah Gespenster. Er hatte ihr uralte, schwer verbotene Giftfarbe verkauft, so einfach war es. Wieder dieses Grollen. Es klang wie ein Donner. Ein Gewitter zog heran, es war lange genug schönes Wetter gewesen. Noch einmal dasselbe. Dann geschah alles gleichzeitig. Das Grollen wurde zum Rumpeln. Der Schwindel wurde übermächtig. Von oben knallte ein Stück Decke auf die Empore, während Ruby die Treppe hinunterstürzte.

## Neunundzwanzigstes Kapitel

Paul löste die Hände von der Skulptur, deren Rückenpartie er sorgfältig ertastet hatte. Den direkten Blickkontakt vermeidend trat er einen Schritt zurück und griff zum mitgebrachten Spaten. Seit ihm Julian im Nachgang an das Gespräch einen Text geschickt hatte, dass er einen Zettel mit den Worten »Die Lady mit den toten Augen« bei Evas Sachen gefunden hatte, war Paul der Ansicht, dass die Goldbarren in der Skulptur verborgen sein könnten. Eine Statue im Schatten, zu kunstvoll, um sie zu entsorgen, zu furchterregend, um sich ihr zu nähern – für Jacob Kruger wäre es das perfekte Versteck. Paul war nicht der Einzige, der auf diese Idee gekommen war. Das sagten ihm die kleinen Bohrlöcher auf der Rückseite.

Noch war es nicht ganz dunkel, im Westen glomm es, während sich der Mond im Osten als Scheibe präsentierte. Es waren ideale Bedingungen für sein Vorhaben. »Was machen Sie da?«

Es war die Stimme von Ruby Kosa. Sie trat aus dem Schatten eines Baums heraus. Ihr Haar war wild, die Wangen hohl. An der Schläfe klebte getrocknetes Blut, eine Spur zog sich über die Wange. Ronja Räubertochter meets Greta Thunberg.

»Sie sind verletzt«, stellte er fest.

»Die Decke der Kapelle ist auf mich draufgefallen.«

»Soll das ein Witz sein?«

»Voll. Habe mich mit Blut bekleckert vor Lachen.«

»Was ist passiert?«

»Haben Sie nicht gehört? Ein Stück Decke ist herausgebrochen. Eigentlich wäre ich tot.«

»Das sagen Sie so locker.«

»Mein Rucksack hat mich gerettet.« Er war voller Gipsstaub.

Paul starrte sie an. »Das … es tut mir leid.«

»Kein Thema.«

»Geht es Ihnen gut?«

»Sehen Sie doch.«

»Ich meine, müssten Sie nicht zu einem Arzt?«

»Ich bin Polin. Mich kriegt man nicht so leicht tot. Genau wie meine Mum. Nein, vergessen Sie es. Ich hatte Glück.«

»Wieso waren Sie überhaupt in der Kapelle? Da steht seit heute Mittag eine Bauschuttmulde mit Gipsstücken. Und ein großes Schild, von Hand geschrieben, aber unmissverständlich. Das Betreten ist verboten. Wenn's hart auf hart kommt, kann man Ihnen Eigenverschulden vorwerfen.«

»Antigone Licht hat mir den Auftrag gegeben.«

»Der auch Nachtschichten umfasst?«

Seine Frage ließ sie unkommentiert. »Ich habe den Riss gestern fotografiert und heute auch wieder. Vorher-nachher. Jemand hat nachgeholfen. Das war ein Anschlag, vermutlich auf mich.«

Paul traute seinen Ohren nicht. »Ein Anschlag? Das halte ich für schwierig. Eine Decke kann doch nicht auf Kommando abbröckeln?«

»Doch. Ein Restaurator kann beschädigten Verputz so

präparieren, dass er auf kleinste Bewegungen reagiert. In dem Fall war es die Holztreppe. Die knarrt, die Schwingungen übertragen sich aufs Geländer, danach auf die Orgel, die bis zur Decke reicht. Ist wie Gips-Domino. Wäre mir nicht schwindlig geworden …« Sie machte ein schnelles Kreuzzeichen. »… hätte ich genau unter der Decke gestanden. Ein Versehen hat mich gerettet. Giftgrün ins Leben.« Sie grinste schwach. »Wird der Titel meiner neuen Podcast-Folge. Und Sie so? Was tun Sie hier?«

Paul wusste nicht, ob er ihr trauen sollte.

»Sie sind ein Schweiger, *fair enough*. Aber nachdem ich mein Nahtoderlebnis mit Ihnen geteilt habe, könnten Sie mir auch was bieten. Sie waren ja nicht untätig. Matteo sagte, Sie seien nach Basel gefahren.« Sie schaute ihn an. »Wieso er mir das zuträgt? Wir waren gestern einen Kaffee trinken.«

Das Testosteron hatte also gesiegt.

»Kaffee, wie in Kaffee, nicht wie in Kiste. Schicker Anzug, *by the way*. Nicht das, was man von einem Friedhofsgärtner im Dienst erwartet.« Sie boxte ihn in die Seite. »Bei Basel denke ich Pharma, denke ich Kruger, denke ich neuer Blickwinkel.«

Sie war scharfsinnig, und er hatte sie maximal unterschätzt, das ließ sich nicht leugnen.

»Erhellen Sie mich, Krasinski.«

Er kniff die Augen zusammen. »Wieso kennen Sie meinen Nachnamen?«

»Ach, die Namen in dieser Geschichte. Manche sind da, manchen nicht. Manche sind falsch, manche echt. Sie sind auf jeden Fall der berühmte Praktikant.« Die Blutspur auf ihrer Wange verzog sich, das Lachen sah gespenstisch aus. »Lassen Sie mich raten. Wahrscheinlich hatte Kruger da einen Special-Hustensaft- und Gold-Schmuggel-Deal, und alles wäre prima gelaufen, wäre das Kind nicht krank geworden.« Sie holte eine kleine LED-Lampe und einen aufklappbaren Spaten aus dem Rucksack. »In der Skulptur hier ist übrigens nichts, kein Hohlraum und keine Schatzkammer. Jacob Kruger hat kein Gold in der Lady mit den toten Augen versteckt.«

Damit pulverisierte sie Pauls Theorie. Bevor er sich dazu äußern konnte, hatte sie bereits eine neue auf Lager.

»Ich habe mir überlegt, dass er es in dem Stück Erde davor vergraben hat. Also genau hier, wo wir stehen. Ziemlich genial, nicht? Es wäre das ideale Versteck und würde zu Kruger passen. Mittlerweile mag ich ihn ja ganz gerne. Wer seine Tochter so liebt, kann kein schlechter Typ sein.« Sie stieß ihren Spaten in den weichen Boden und begann, ein Viereck abzustecken.

»Nachdem wir das Gras ausgestochen haben, legen wir den Rasen wieder hin. Ein Rasen-Patchwork-Teppich, so vermeiden wir unnötige Aufmerksamkeit.« Sie legte die Grassode auf die Seite. »Na los, helfen Sie mit. Sonst bin ich morgen noch dran.« Ein auffordernder Blick. »Ich steche aus, Sie buddeln.«

Er hätte alles Mögliche erwidern können. Aber er gab sich geschlagen. »In Ordnung.«

Er begann langsam. Als er sich an die Arbeit gewöhnt hatte, zog er das Tempo an. Brocken um Brocken holte er heraus, er hörte das Scharren der Metallkante, das Fallen der Erde und seinen Atem, im Takt mit ihrem Atem. Bis er auf etwas Hartes stieß. Auch Ruby hatte es bemerkt.

»Nicht weitergraben.« Sie fasste in ihren Rucksack und kramte weiteres Werkzeug hervor, das aussah wie Kinderspielzeug. Mit dem feinen Rechen begann sie, die Erde zu durchkämmen. Dann zog sie einen Kiesel hervor. Ein Stück Holz. Einen Fetzen Stoff. Einen winzigen Arm.

»Was ist das?«

»Von einer Plastikpuppe«, sagte sie und griff wieder zum Spaten. »Los. Tempoteufel, wie Matteo sagen würde.«

Zusammen kamen sie immer schneller voran.

»Moment«, sagte sie plötzlich. »Da ist ein Knochen.«

Paul hielt den Atem an.

Sie hatte sich Handschuhe übergezogen, beugte sich vor, zog den winzigen Gegenstand hervor, wischte ihn sauber und betrachtete ihn von allen Seiten. »Menschlich, sieht aus wie ein Oberschenkel. Kein Neugeborenes, eher ein Kleinkind.«

Wieso sprach sie so sachlich? Als ob es um Autoersatzteile ginge.

»Liegt da kein Gold? Sondern ein Mensch?«

»Überreste. Eigentlich wären die Knochen längst verwest. Aber die Erde hier ist sehr lehmig. Das verlangsamt den Zersetzungsprozess.«

»Es muss Stella sein«, sagte er langsam. »Sie war krank. Sie hatte einen Tumor.« Er erzählte von Eva, der Mutter. »Ich denke, sie und Jacob sind an der Trauer zerbrochen. Kinder sollten nicht sterben. Menschen sind nicht dazu geschaffen, diese Art von Leid zu ertragen.«

»Und Tiere schon?« Rubys Augen glitzerten im Mondlicht. »Egal, sehr eklektisch« Sie starrte ihn an. »Für wen arbeitest du?«

»Wieso?«

Sie blieb hartnäckig. »Sag schon, sonst erzähl ich es Antigone.«

»Für Iain.«

»Den Anwalt? Also bist du in Diensten Greedy Gertruds hier.«

Greedy Gertrud. Sie hatte wirklich ein Händchen für Namen. »Und du?«

»Für Alice. Die jüngste Schwester.«

Als er weitergraben wollte, stellte sie einen Fuß auf die Schaufel. »Stopp.«

Verblüfft sah er hoch. »Was soll das.«

»Stopp hab ich gesagt.«

»Wie sprichst du mit mir?«

»Wie man mit einem Prakti spricht. Vom Graben habe ich mehr Ahnung als du. Und ich sage: Stopp!«

»Nein, ich hole Stella da raus.«

»Es ist ein menschliches Skelett. Es muss polizeilich untersucht werden. Ab jetzt machen wir uns strafbar.«

Als er trotzdem weiterbuddelte, versuchte sie, ihm die Schaufel zu entwenden. »Ich meine es ernst. Die Knochen müssen sorgfältig extrahiert werden. Das kann Tage dauern. Wer weiß, was wir noch alles finden.«

»Es ist mir egal.« Paul grub weiter. »Da unten war ein Kind jahrelang allein. Wir holen es jetzt raus und dann bekommt es eine richtige Beerdigung.«

»Paul ...«

Er wehrte sie ab. »Wir. Holen. Stella. Da. Raus.« Wenn er sich vorstellte, dass das Kind da unten gelegen hatte, während ihre Mutter an Grab 5554 um sie geweint hatte.

Plötzlich haute sie ihm eine runter.

»Ein letztes Mal. Hör auf.«

Als sie erneut ausholte, hob er seine Schaufel, um sich zu wehren. Dreckklumpen flogen. Im Mondlicht sah die Schaufel aus wie ein Fallbeil. Paul drehte sich um und griff nun seinerseits an. Sie war schnell, er auch. Kling, kling, es ging hin und her, mit den Schaufeln droschen sie aufeinander ein. Bis ein dumpfer Knall ertönte, als ob ein Deckel zufiele.

*Ein aufgebahrter Sarg. Kinderfinger, die einen Tennis-ball warfen. Der Ball prallte ab. Und hüpfte über den Boden. Tock, tock, tock.*

»Verpiss dich, Friedhofsgärtner!«, flüsterte Ruby.

Paul vernahm einen Seufzer, und er zuckte zusammen. Spürte alles Grauen dieser Welt. Sie waren da. Die Untoten, die Durchsichtigen, die zwischen Leben und Tod herumgeisterten. Gleich würden sie ihn packen. Stille, alles war verstummt. Ruby sah ihn mit weit aufgerissenen Augen an. Bis dieses grauenhafte Seufzen erneut ertönte, lang und tief. Und voller Schmerz. Paul brauchte eine ganze Weile, bis er verstand.

Es kam aus ihm.

## Dreißigstes Kapitel

Das Oliver Twist Pub in der Zürcher Altstadt stand kurz vor Zapfenstreich, trotzdem war es gut besucht. Ruby und Paul waren als Erstes auf der Toilette verschwunden, um die Blutspuren wegzuwaschen und die Wunden mit Pflaster zu versorgen. Sie hatte ihm geholfen und sich etwa hundert Mal entschuldigt.

»Es tut mir echt voll krass leid. So, so sorry.«

Paul nahm die Entschuldigung an. Er fand wohl, sie seien quitt. Nun holte er etwas zu essen an der Bar, während sie an einem freien Tisch in der Ecke wartete.

Die Grassoden wieder einzusetzen, hatte sich als mühsam erwiesen. Aber es hatte sich gelohnt. Im grellen Licht der Taschenlampe hatte der Boden vor dem Grabmal ziemlich intakt ausgesehen, wie ein leicht zerzauster Teppich. Dass für die Nacht Regen angesagt war, würde helfen. Niemand würde sich eine matschige Wiese genauer ansehen. Ruby hatte den kleinen Knochen in Plastik verpackt und wollte ihn später untersuchen. Wobei sie sicher war, was dabei rauskommen würde. Er gehörte Stella Krüger. Jacob hatte zu Füßen der Lady mit den toten Augen ein Grab ausgehoben und Stella in ungeweihter Erde begraben. Weil er fand, dass das ihr Platz sei. Weil die Lady für ihn vermutlich nicht hässlich und unheimlich gewesen war, sondern ein Schutzengel, der die ewige Ruhe seiner Tochter bewachte.

Eine krasse Geschichte. Es musste nachts passiert sein, eine heimliche Aktion, vielleicht mithilfe vom Steinmetz. Und gegen den Willen von Eva Krüger, die ihre Tochter an Grab 5554 gewähnt hatte. Ruby würde Alice einen Bericht schreiben, in dem sie auch das Doppelleben des Vaters erwähnen müsste. Nicht nice, aber so spielte das Leben. Ruby hatte ihren Auftrag erfüllt und ihr Geld verdient. Dass das Gold verschwunden war, kratzte Alice ja angeblich nicht. Greedy Gertrud dafür umso mehr. Und das wiederum wäre für Iain ein Problem. Iain bedeutete Paul viel, auch wenn er es nicht zugab.

»Hey, Baby!«, sagte eine Stimme.

Ein Trupp junger Männer, die bei ihr andocken wollten.

»Geiler Look«, sagte der eine.

»Fuck off«, sagte Ruby mit einer eindeutigen Geste.

Es ging einen Moment hin und her. Bis Ruby ihr Gebiss zeigte. Die beiden Eckzähne, die leicht vorstanden. Die vier zogen ab, und Ruby war ihrer Mum ausnahmsweise einmal dankbar, dass sie damals keine Zahnkorrektur hatte bezahlen können.

»The best Burgers in Town« stand auf einem Schild. Es fühlte sich an wie zu Hause. Ruby hatte bis jetzt keinen Hunger verspürt, aber der Duft aus der Küche machte sie rasend, am liebsten wäre sie zu Paul gelaufen, um ihm Dampf zu machen.

Er bekam gerade ein Stout vorgesetzt, hob es an und trank es auf ex. Sein Schlucken hörte sie quer durch die Bar.

Ruby holte ihr Handy raus, die Notizen hatte sie unterwegs im Uber gemacht. Paul war in das Auto eingestiegen, als wäre es ein Panzer einer feindlichen Armee. Was für ein Kerl, der Mann, fand Ruby. Etwas an ihm gefiel ihr, aber eins wusste sie sicher: Niemals war er ein Friedhofsgärtner. Ein bisschen graben, und seine Hände waren voller Blasen. Vor allem aber war es seine Haltung. Er war riesig, ging aber leicht gebeugt, ein Schatten, als ob er sich entschuldigte, dass er da war. Eben mit der Schaufel in der Hand hatte er eine andere Seite von sich gezeigt.

Sie beobachtete, wie er an seinem zweiten Glas schnupperte, bevor er es langsam, Schluck für Schluck, trank. Er war noch eine Weile beschäftigt, wie es aussah.

Das ließ ihr Zeit für eine neue Podcast-Folge. Sie hatte entschieden, dass sie genug Social-Media-Detox gehabt hatte. Die Atmosphäre hier im Pub war genial, nicht zu laut, nicht zu leise, der ideale Hintergrundteppich. Ruby holte das Richtmikro raus und steckte es an. Sammelte sich. Nie war sie fokussierter gewesen. Sie drückte auf Record.

»Hey, Leute, willkommen zu DIESSEITS VOM JENSEITS – das Killerreh. Ich, Ruby, eine Polin aus London, sitze in der Schweiz, in Zürich, in einem Irish Pub namens Oliver Twist. Ich weiß, nicht sehr originell, aber hey, für einen doppelstöckigen Cheeseburger betrete ich auch ein Klischee. Außer dem Essen will ich a ein echtes Ale, b ein Tinderdate, c Charles Dickens treffen oder d eine neue Geisterstory. Und die Lösung lautet d! Eine Geistergeschichte. Und die geht so: In Zürich gibt es einen See, Schokolade, Banken – und eine Alp, die Rehalp. Warum sie so heißt?

Es ist 1862. Ein kalter Winter. Die große Einfallstraße zieht sich von der Forch hinunter in die Stadt. Sie ist umgeben von Wald. Im Verborgenen lebt da eine Reh-

familie – Mutter, Vater und die Rehkitze, denn eine Jäger-
bande macht Jagd auf sie.

Eines Abends kommt bei Einbruch der Dämmerung an
der Stadtgrenze das Pferd einer Kutsche ins Straucheln,
die Fuhre landet im Graben, den nachfolgenden ergeht
es genauso. Pferde, Menschen, Wagen: Es ist ein schreck-
liches Durcheinander.

Nahe am Unfallplatz steht ein ärmliches Haus, von dem
aus man die Sonne nur selten sieht. Der Besitzer hat eine
Beinverletzung, er kann nicht arbeiten und überlebt nur
dank der Rehe, die ihm Nüsse bringen und Holz für sein
Feuer. Und manchmal ein Ei.

Am Tag des Unfalls schenkt der Mann Tee aus und
verteilt Nüsse. Als sich vor seiner Tür eine Schlange bil-
det, hat er eine Idee: Ich eröffne eine Kneipe, denn hier
müssen alle vorbei. Gesagt, getan, und es funktioniert.
Die Leute kehren bei ihm ein, jeden Tag werden es mehr.
Er wird nicht reich, aber es reicht easy zum Leben. Hinter dem Haus baut er einen Park für seine Rehe, den er
Rehalp nennt.

Eines Tages kommt der Chiefmaster Oberjäger ins
Wirtshaus, er trinkt ein Bier und jammert. Keine Beute
mehr vor Kimme und Korn, B2B ist die Vollkatastrophe,
die Leute haben kein Fleisch mehr auf dem Teller, da die
Rehe jetzt alle sicher im Park leben. Darum macht er dem
Wirt ein Angebot. Er kauft ihm das Haus ab, für so viel
Kohle, dass er sich am Zürichberg ein neues kaufen kann.

Oh, denkt der Wirt. Für sein Haus kriegt er was Schö-
neres, für den Garten was Großartigeres. Und für die
Rehe ... hey, das Leben ist kein Ponyhof, alles hat seinen
Preis.

Der Wirt zieht aus. Kaum ist er mit seiner neuen Pferdekutsche verschwunden, kommen die Jäger und knallen die Rehe ab, eins nach dem anderen, nur das Muttertier kann fliehen. Es läuft weg, dorthin, wo später der Friedhof sein wird. Mitten auf der Wiese sieht sie ihr jüngstes Kitz. Auch ihm ist die Flucht gelungen, aber es ist verletzt.

»Nein!«, schreit die Mama auf Rehisch. »Du musst da weg.«

Mit den Hinterläufen stößt sie sich ab, springt in die Luft, macht sich lang, fast schon berühren die Hufe das Kitz. Da wird sie getroffen. Das Kitz haut ab. Es ist das allerletzte Reh der Rehalp. In klaren Vollmondnächten kann man es über den Friedhof springen sehen, es bringt Nüsse und Eier für seine tote Family. Niemand sollte ihm zu nahe kommen. Denn sein Blick ist tödlich, er verwandelt Menschen in Stein. Lapis Totalus.«

## Einunddreißigstes Kapitel

Paul hatte Ruby fasziniert zugehört. Die Geschichte des Rehs berührte ihn eigenartig.

»Dein Essen«, sagte er, als sie die Aufnahme beendet hatte, und schob ihr den Teller über den Tisch. Im Verlauf der Nacht waren sie zum Du übergegangen.

»Danke.« Sie strahlte ihn an. »Die erste richtige Mahlzeit in der Schweiz.«

Er rechnete zurück. Es war der dritte Tag seit ihrer Ankunft.

»Dass wir das Gold nicht gefunden haben, ist ärgerlich«, sagte sie mit vollem Mund.

»Wer weiß, ob es tatsächlich existiert. Vielleicht sind alle Berichte darüber erfunden.«

»Greedy Gertrud wird sich nicht damit zufriedengeben.«

»Kennst du sie?«, fragte er.

Ruby nickte. »Bin ihr früher mal begegnet, als Kind. Ich habe ja in der Nähe der Apotheke gewohnt. Was sollen wir jetzt tun?«

Gertrud, die Älteste. Hatte eine Verhältnis mit Iain angefangen, um an das Gold ranzukommen. Hatte ihre Geschwister instrumentalisiert. War es so?

»Hallo!«

Paul schrak zusammen.

»Kommt da noch was?«, fragte Ruby.

Er schüttelte den Kopf.

»Du kommunizierst echt scheiße. Auf Fragen kommen Antworten, so geht das zwischen Menschen. Schweigen ist tödlich.« Sie klimperte mit ihren Wunderwimpern. »Ein Podcast-Titel: Tödliches Schweigen.«

»Ein wenig abgedroschen.«

»Ich meine das Schweigen der Frauen. Ich bin mal die Promigräber abgegangen, auf diesem Friedhof, wo du da rumbuddelst. Einundvierzig prominente Männer. Komponist, Bildhauer, Staatsminister … sogar ein Radiomoderator. Frauen: gerade mal fünf. Eine analytische Psychologin, sie ist die Letzte auf der Liste. Die dreht durch, da unten. Hattet ihr keine Künstlerinnen? Politikerinnen? Rohseidenhändlerinnen?«

Paul fühlte sich überfordert. »Rohseidenhändlerinnen gibt's nicht wie Sand am Meer. Ich müsste nachforschen.«

»Lass mal. Ich reise morgen ohnehin ab. Zu viele brave Begonien, zu wenig wuchernder Efeu auf diesem Friedhof. Nur Maria Magdalena … die hätte ich gerne fertig bemalt.«

Ein wenig Ketchup spritzte auf seine Anzugjacke.

»Holst du mir noch ein Stout?« Sie war wieder ganz ins Schlingen vertieft.

Als er von der Bar zurückkam, hatte sie den Burger aufgegessen, sogar das Ziersalatblatt und den Ketchup sowie den ganzen Brotkorb.

»Du hast kein Geld, nicht wahr?«, fragte er und stellte das Bier vor sie hin, während er seinen Burger immer noch nicht angerührt hatte.

»Geld ist überbewertet.« Ein Blick durch ihre Wimpern. »Machst du das gern? Andere demütigen?«

Das war nicht Pauls Absicht gewesen. »In deinem Alter hatte ich auch keins.«

»Du meinst ein Keins wie in ›absolut leeres Konto‹-Keins, ›mit einer Mutter, die gleich obdachlos wird‹-Keins und ›einem gemeinnützigen Job, bei dem du die Spesen selbst bezahlst‹-Keins? So was kennst du?«

Paul schob seinen Teller von sich.

»Gib mir dafür deinen Burger.« Sie war nicht nachtragend.

Diesmal aß sie langsamer, schien es zu genießen. Bis sie am Schluss sogar den letzten Rest stehen ließ. Ihr Gesicht hatte Farbe angenommen.

»Hat's geschmeckt?«, fragte Paul.

Eine Träne rollte über ihre Wange. »Ich mache mir Sorgen um Mum. Ohne mich kommt sie nicht zurecht.«

»Ist sie im Altersheim?«

»Mum?« Ihr Lachen klang wie ein Schluchzen. »Sie hat eine Wäscherei und arbeitet für zwei.«

»Wieso sollte sie nicht ohne dich zurechtkommen?«

»Weil …« Ruby wusste nicht mehr weiter. »Einfach so halt.«

»Sieh dich an: Historikerin, Archäologin, Restaurateurin und Podcasterin. Ich finde, deiner Mutter ist da was ziemlich Tolles gelungen.«

»Meinst du das ernst?« Mit der Serviette wischte sie die Tränen ab. »Wie alt sind deine Kinder eigentlich?«

Eine Sekunde verstrich, eine zweite.

»Ich habe keine.«

Sie zuckte die Achseln. »Du wärst ein guter Vater.«

Paul griff in seine Anzugtasche. »Das ist meine Tochter.« Er legte den Beutel auf den Tisch.

Ruby sah zum Beutel, zu Paul, wieder zum Beutel.

»Die Asche?«

»Sie wurde verbrannt.«

»Und wieso trägst du sie mit dir rum?«

»Ich kann es nicht sagen. Vielleicht suche ich einen Grabplatz.«

»Da bist du ja an der Quelle.«

»Aber ich will keine Begonien.«

»Und Efeu?« Ihr Lächeln war umwerfend. »In der Anzugtasche rumtragen ist voll in Ordnung, bis du weißt, was du willst.«

»Wir konnten uns nicht einigen, meine Ex-Frau und ich.«

»Über das Begräbnis?«

»Milu war einundzwanzig Wochen alt, offiziell war sie kein Mensch. Sie hatte keinen amtlichen Namen und konnte gar nicht beerdigt werden.«

»So ein Bullshit.« Sie legte eine Ketchup-Hand auf seine. »Du brauchst doch einen Ort zum Hingehen.«

Paul wusste nicht, was er sagen sollte.

»Wo du traurig sein kannst. Probier's mal bei uns.« Sie wurde ganz ernst. »Da kann man einen Fötus von vier Monaten beerdigen. Habe ich auch gemacht.«

Paul verstand nicht auf Anhieb. »Du?«

»Ich hätte es behalten, aber Mum war dagegen.«

»Warum?«

»Ich hab so eine Veranlagung, weißt du. Mein Herz bumpert, wie das meiner Oma. Und das der Oma davor. Und die sind … alle auf dem Friedhof Okopowastraße, sehr schön, solltest du mal hinfahren. Ich beklag mich nicht, auf keinen Fall. Ich wäre eh zu jung gewesen. Mum übertrieb, die Ärzte übertrieben, alle übertrieben. Das wäre lebensgefährlich, Ruby! Das hat dem Baby gereicht. In der zwanzigsten Woche, es war noch jünger als deins, hat es sich von selbst verabschiedet.«

»Und du hast es beerdigt?«

»Auf dem Highgate-Friedhof. Im Westteil. Ich arbeite dort, Freiwilligenarbeit. Und es gibt einen so süßen kleinen Engel. Da war noch ein Plätzchen frei für Minime.«

»Minime?«

»So habe ich sie genannt. Ich glaube, sie würde sich über Milu freuen. Die beiden würden nachts den Friedhof auf den Kopf stellen. Und wir könnten sie immer besuchen. Überleg es dir. Du kannst mich ja mal vorbeischauen.«

»Ich reise nicht.«

»Aller Anfang ist schwer.«

»Das ist eine abgedroschene Weisheit.«

»Die ist polnisch, Mr Krasinski.« Sie nahm sich den letzten Rest des Burgers. »Du bist auf dem Quiet-Quitting-Trip, nicht wahr? Eine stille Kündigung, das machen jetzt alle. Marten, mein Chef bei Past Public History, ist auch so einer. Davor war ein großes Tier im National History Museum. Die weinen ihm noch heute hinterher.«

»Ich habe eine eigene Firma, da kann man nicht kündigen.«

»Wie heißt du eigentlich in echt?«

»Paul Blom.«

»Was bist du denn? Tropenarzt? Banker? Astrophysiker?«

»Anwalt«, sagte er.

»Wie Iain. Ihr seid Kollegen.«

»Mehr privat.«

»Aber Iain ist Brite.«

»Ire.«

»Du bist Ire?«

»Mein …« Er räusperte sich. »Bin in Dublin aufgewachsen.«

Sie hob ihr Glas. »Ich lach mich tot. Weiß das Matteo?«

## Zweiunddreißigstes Kapitel

Wer war das?«, sagte Matteo. Er trug wie alle einen Hut mit Krempe gegen den strömenden Regen, die gelbe Weste über dem Overall, seine Cornrows hatte er am Hinterkopf zusammengefasst. Die ganze Enzenbühl-Crew stand betreten auf dem Weg vor der Lady mit den toten Augen, wo die nasse Erde aufgerissen war. Der Anblick wirkte umso brutaler, weil die Begonien in der Grabreihe gegenüber, begünstigt durch den Regen, strammer standen denn je. Paul verstand nicht, was da passiert war. Er und Ruby hatten das Feld gestern Nacht sauber hinterlassen, die Grassoden akkurat eingesetzt. Im Mondlicht hatte es perfekt ausgesehen. Sie hatten sogar die Erde vom Weg weggewischt und ein wenig altes Laub verteilt.

Niemand sagte etwas.

»*Porca miseria*, wer war das?«

Paul war froh, dass sein Vordermann noch größer war als er. Sein Kopf dröhnte. All das Bier im Pub … er hatte einen Kater wie seit Jahren nicht mehr.

»Jemand muss etwas gesehen haben.«

Die beiden Lehrlinge aus dem zweiten und dem dritten Jahr warfen sich Blicke zu. Einer drehte heimlich eine Zigarette.

Ramona meldete sich zu Wort. »Matteo, sorry, aber das sieht nach einem Wildschwein aus.«

Die Erklärung erschien plausibel. Die Erde war zerwühlt, Lehmbrocken, Rasenstücke lagen durcheinander. Paul wurde bewusst, dass es nur eine Frage der Zeit war, bis Stellas Gebeine entdeckt würden. Spätestens dann wäre die Polizei involviert, und er sollte sich verzogen haben.

»In der Schweiz gibt's keine Wildschweine«, sagte jemand.

»Doch. Rhonetal, Tessin, Jura, Mittelland.«

»Aber hier ist Stadtgebiet.«

»Nah am Wald.«

»Vielleicht ist es aus dem Zoo abgehauen.«

»Und die Eierschalen?«, fragte Ramona.

Sie lagen auf dem Weg, etwas seitlich, eine neben der anderen.

»Es muss ein Tier sein.«

Paul dachte an Ruby. Ob sie bereits im Flugzeug saß? Sie hatte die Nacht in einem Hotel in der Nähe das Bahnhofs verbracht, Paul hatte sie dahin begleitet.

»Ein Reh vielleicht …«, sagte er mehr zu sich als zu den anderen.

»Interessant, dass du das sagst.« Matteo sah ihn an. »Hast du eins gesehen?«

»Was?«

»Ein Reh.« Er stutzte. »Was ist denn mit dir passiert?«

Paul fasste sich an die Kruste an der Stirn. »In einen Balken gelaufen.«

Matteo blickte skeptisch.

»Rehe fressen keine Eier«, sagte der Drittjahr-Lehrling.

»Wenn sie Hunger haben.«

»Ich habe hier noch nie ein Reh gesehen. Jemand von euch?«

Alle verneinten. Und es schüttete und schüttete.

»Vielleicht waren es Vandalen. Grabräuber. Das gibt's manchmal auf Friedhöfen.« Es war schon wieder Tim, der Drittjahr-Lehrling. Er schaute eindeutig zu viel Netflix True Crime. Oder hörte Podcasts.

»Doch nicht hier. Frag die Havel. Das Schlimmste, was hier passiert ist, und zwar seit Ewigkeiten, ist ein geklautes Grablicht.«

»Es war das Reh. Dasselbe Reh, das auch die Eierschalen deponiert.«

Matteo unterbrach das Geplänkel. »Leute, wir müssen es irgendwie wieder in Ordnung bringen. In zehn Minuten beginnt die Abräumung.«

»Wieso das denn?«, wollte Ramona wissen. »Die sollte doch erst morgen sein.«

»Na und? Wir machen das jetzt. Meine Anordnung, Tempoteufel, verstanden!«

Alle duckten sich unter seinem Blick. So zornig hatten sie ihren Chef noch nie gesehen.

Paul hob die Hand.

»Die Grassoden liegen noch herum, wie es aussieht. Vielleicht könnten wir sie wieder drüberlegen. Provisorisch, meine ich.«

Matteo hatte sich wieder etwas beruhigt. »Gute Idee, Krasinski.«

Ein bebrillter, ziemlich magerer Junge trat vor. »Ja, bitte?«

»Nicht du, ich habe Krasinski gelobt.«

»Eben. Ich bin Kevin Krasinski. Ich soll mich hier melden, hat jemand gesagt, zum Grabfeld abräumen. Weil ich doch einen Kran bedienen kann. Es hat ein Durcheinander mit den Daten gegeben. Ich bin zehn Tage zu spät, eine Verwechslung. Es tut mir leid.«

Was sollte Paul bloß sagen? Er hatte verdrängt, dass es einen echten Krasinski gab, war immer mehr zu Krasinski geworden. Das war ein Fehler gewesen.

Matteo sah zu Paul. »Du bist doch Krasinski. Ich habe dich eingestellt.« Seine Augen glänzten.

»Da gibt's ein Problem.«

»Wieso?«

»Es ist so …« Paul war entschlossen, die Wahrheit zu sagen, schon allein, weil er Matteos Miene nicht ertrug. Um sich Mut zu machen, fasste er in die Tasche, aber die Asche war weg. Im Pub hatte er sie noch gehabt. Er hatte sie Ruby gezeigt und von Milu erzählt, als allererstem Menschen überhaupt. Damit hatte er einen Bann gebrochen. Er fühlte sich schwindlig, wie auf Watte. Ohne die Asche war er nur halb, er musste sie holen und zwar jetzt.

»Entschuldige, Matteo. Ich erkläre es dir später.«

Er rannte davon, das Schreckensbild vor Augen, wie jemand die Asche in den Müll werfen würde.

»Moment, können Sie mir helfen?« Antigone Licht hielt ihn in seinem Lauf auf. Sie hatte den Overall mit Anzugjacke, Hose und Stiefeln vertauscht, trug eine Decke und eine Pelerine auf dem Arm.

»Sorry, keine Zeit.«

»Aber ich brauche Sie. Es ist ein Unfall passiert. Frau Havel.«

Paul vergaß die Asche für einen Moment. »Was ist mit ihr?«

»Sie ist gestürzt und wartet nun auf der Bank an ihrem Lieblingsgrab auf die Ambulanz.«

»Bei ihrem Freund Leo?«

»Leopold Lindtberg war nicht ihr Freund. Sie hat ihn nie gekannt. Auch den Heiri Gretler hat sie nicht gekannt. Von all den Menschen, die sie täglich besucht, ist nur einer mit ihr verwandt. Ihr Sohn. Wir wissen es alle und schützen sie. Können Sie zu ihr gehen?«

Paul war sprachlos. Nicht nur Wien, alles war erfunden.

Antigone musterte ihn. »Auf dem Grab soll eine wilde Blumenwiese wachsen, habe ich gehört. Das ist gegen die Vorschrift.« Sie lächelte ein wenig. »Mir gefällt es. Und ich werde Sie nicht verraten.« Ihre Augen funkelten. Paul machte einen Schritt auf sie zu, da klingelte ein Handy. Es war ihres. Sie lauschte einige Sekunden und setzte sich dann in Bewegung. »Ich muss den Eingang aufschließen, damit die Ambulanz durchkann«, rief sie über die Schulter zurück. »Wenn Frau Havel weg ist, kommen Sie bitte zu Grabfeld M. Offenbar will Matteo mit der Abräumung beginnen. Wir müssen das besprechen.«

✳ ✳ ✳

Als Paul bei Leopold Lindtbergs Grab ankam, saß Frau Havel auf einer Bank. Ihr Mantel war schmutzig, ihre Augen waren geschlossen.

Paul begrüßte sie leise. »Gleich kommt die Ambulanz.« Er legte Decke und Pelerine um sie.

»Unterstehen Sie sich.« Aber der Protest klang schwach. Sie war definitiv angeschlagen.

Paul setzte sich zu ihr. »Wo tut es Ihnen weh?«

»Nirgends. Nur hier ein wenig.« Sie hielt ihre Hand an

den Kopf. »Und hier.« Sie berührte die Brust auf Höhe des Herzens. »Gehen Sie weg. Sie haben ja eine Fahne.«

Er musste lachen. »Ist von gestern Abend. Ich hatte keinen Kaugummi.«

»Waren Sie beim Heurigen? Mit der Licht?«

Sie meinte Antigone. »Eine gute Wahl«, sagte sie und verstummte. Bis sie seine Hand nahm. »Sehen Sie zu, dass Sie es ihr erzählen.«

»Was meinen Sie? Das mit Milu?«

»Die Geschichte mit Ihrem Vater.«

*Der Tennisball wuchs. Bald würde er den ganzen Kopf ausfüllen.*

»Wieso wissen Sie von meinem Vater?«

»Ich habe es Ihnen angesehen, mein Lieber.«

Das konnte nicht sein. »Sie lügen, Frau Havel.«

Ihre Lider flatterten. Als sie weitersprach, musste er sich ganz nah zu ihr beugen, sonst hätte er sie nicht verstanden.

»Vor ein paar Wochen war mal eine Frau hier ... Sie hat das Grab einer Familie Kruger gesucht. Ich konnte ihr leider nicht weiterhelfen ... Möglich, dass Sie auch Ihren Vater erwähnt hat.«

»Moment, Frau Havel«, sagte er. »Ich muss kurz telefonieren.« Er legte sein zusammengerolltes Jackett um ihren Nacken und ging bis zur Sumpfweide.

Iain meldete sich sogleich. »Paul, gibt's was Neues?«

»Fuck. Wer hat gesagt, dass du mich engagieren sollst?«

Für einen Moment schwieg Iain verdattert. »Niemand. Ich. Wieso fragst du?«

»Könnte es Gertrud gewesen sein? Postkoital?«

Iain schrie entsetzt auf, dann Türenschlagen, schließlich

274

pfeifender Wind. »Ich bin im Garten. Hier ist ein Un-
wetter. Was erzählst du da für einen Scheiß?«

»Es ist doch so, dass du und Gertrud …«

»Nicht so laut, bitte. Es weiß niemand, absolut niemand.«

»Du machst dir was vor, Iain.«

Iain winselte. »Nicht meiner Frau sagen, bitte nicht, ich
würde es nicht aushalten, wenn sie mich verlässt. Gertrud
ist … ich bin da reingetaumelt … es ist einfach so …«

»Sie hat dich benutzt. Sieh zu, dass du das zu einem
Ende bringst.«

»Dann sagt sie es meiner Frau.«

»Das tut sie sowieso. Also mach es lieber selbst.«

»Aber …« Iain schwieg. Ein Rauschen. »Bitte deinen
Freund Paul, mehr hat sie nicht gesagt.«

Paul fühlte sich eiskalt und warm zugleich.

»Ich habe natürlich nachgefragt. Woher sie dich kennt.
Und sie sagte … sie sagte … jemand hat es ihr … Shit. Ich
erinnere mich nicht. Denkst du, ich habe Alzheimer?«

Paul legte auf und kehrte zu Frau Havel zurück. Ihre
Augen waren immer noch geschlossen. Sie atmete flach.
Erneut setzte er sich zu ihr.

»Erinnern Sie sich, wie diese Frau ausgesehen hat? War
sie eher üppig, mit silbernem Haar, im Western-Look …«

»Nein. Sie war dünn, mit roten Fingernägeln, Englän-
derin könnte hinkommen.« Frau Havel begann zu singen,
sehr leise, mit zitternder Stimme. »Altes Kind kommt
nach Haus. Die Lampen leuchten … schön, nicht? Es ist
von Hanns Dieter Hüsch. War auch ein guter Freund. Ist
schon lange gegangen.«

»Sie meinen den Liedermacher?«

»... der Tag ist aus.« Die letzten Worte hatte sie nur noch gehaucht. »Das wäre doch was für die Gedenkfeier der kleinen Stella.« Paul hoffte, dass die Ambulanz bald da war.

»Welche Gedenkfeier?«

»Die bei der Himmelsleiter.«

»Himmelsleiter?«

Ihr Kopf sank auf Pauls Schulter. Sie verstummte. Himmelsleiter. Was sie gesagt hatte, rief ein Bild hervor. Es hatte mit dem Grabplatz 5554 zu tun, er musste dem unbedingt nachgehen. Andrerseits konnte er sie nicht alleine lassen. Die Minuten, bis die Sanitäter vorfuhren, kamen ihm wie Stunden vor. Antigone Licht stieg auch aus dem Krankenwagen. Ihre Blicke trafen sich, als Frau Havel auf die Trage gelegt worden war. Sie sah verletzt und traurig aus.

»Adieu, Herr Blom. So wie es aussieht, sind Sie entlassen.«

## Dreiunddreißigstes Kapitel

Es regnete Bindfäden. Ruby verließ den Waschraum, wo sie die letzte Nacht verbracht hatte – und nicht im Hotel, wie Paul annahm. Bei ihrer späten Heimkehr hatte der Obdachlose sie blöd angemacht. Als sie ihm jedoch eine Erklärung bot, hatte er ihr sogar das Notbett überlassen. In wenigen Stunden ging ihr Flug, die günstigste Möglichkeit, der allerletzte des Tages. Paul hatte ihr etwas Geld geliehen. Von Matteo würde sie sich nicht verabschieden, zu kompliziert. Er war hier, und sie gehörte nach London. Sie nahm ihr Handy und löschte seine Nummer.

Ein Blick auf den Podcast, das Killer-Reh kam an, der Hashtag Lapistotalus ging gerade viral. Voll die gute Ausgangslage für zu Hause. Die Redakteurin der BBC jubelte. Vielleicht sollte sie das WG-Zimmer kündigen und zu Olga zurückziehen. Nur für einige Monate, bis ihre Finanzen wieder im Lot waren. So von der Ferne aus schien der Gedanke ganz erträglich. Als sie schrieb, kam gleich die Antwort. Der Vermieter habe die Zahlungen bekommen – auch diese Front entspannte sich also. Ruby schulterte den Rucksack. Die Kapelle geriet in ihr Blickfeld. Sie brauchte ein neues Dach und eine Rundumerneuerung, hatte sie Antigone Licht als Fazit in ihre Analyse geschrieben.

Sie warf ihr letztes Medikament ein, beim Fliegen brauchte sie es. Check-in, Security, das stresste sie jedes

Mal. Sie zog den Koffer durch den Regen. Bis die Tram kam, suchte sie Schutz unter den Zweigen des Blutahorns beim Friedhofseingang. Ein Taxi hielt auf dem Bürgersteig. Ruby zuckte zusammen, als sie Raph erblickte. Der Schauspieler stieg aus, als wäre er ein Ereignis. Der Regen gab ihm einen Dämpfer wie auch die Tatsache, dass kein Mensch seinen Auftritt gesehen hatte. Bis auf den Restaurator, der in dem Moment aus einem geparkten Auto sprang, er hatte Raph offensichtlich abgepasst. Wieso war der noch hier?

Antigone Licht hatte ihn doch gefeuert. Ein Bild manifestierte sich, das Ruby verdrängt hatte: Das Letzte, was sie in der Kapelle gesehen hatte, bevor sie ohnmächtig wurde, war der Restaurator gewesen. Nicht die Schwingungen des Holzes hatten den Deckenfall herbeigeführt. Er war's gewesen. Sie hatte ihn unterschätzt, so wie sie auch immer unterschätzt wurde.

Er hatte sie angegriffen, in Raphs Auftrag. Hatte er alles angezettelt? Nein, dafür reichte seine Intelligenz nicht aus. Es gab nur eine, die Menschen wie Marionetten tanzen lassen konnte, und das war Gertrud. Ruby hatte sie einmal in ihrem Leben getroffen. Als etwa Neunjährige hatte sie für Olga in der Apotheke eingekauft.

»Eine Flasche«, hatte sie gesagt.

»Bitte?«

»Eine Flasche, bitte.«

»Was für eine Flasche?«

»Für den Husten.«

»Da ist Alkohol drin.«

»Für meine Mum. Sie ist krank.«

»Vom Alkohol?«

»Vom Husten.«

»Sie muss selbst kommen?«

»Ich habe genug Geld.«

»Das ist zu wenig. Kann sie nicht rechnen?«

Am Schluss gab es keinen Sirup, Olga bekam eine Lungen-entzündung, und Ruby hatte nie mehr in der Apotheke eingekauft.

Sie griff zu ihrem Handy. Einige Klicks, und sie wusste, dass die Apotheke in den roten Zahlen war und Raph ein Verfahren wegen Steuerhinterziehung am Hals hatte. Wie dumm, dass sie das nicht früher nachgeschaut hatte. Sie musste unbedingt mit Raph sprechen. Ruby folgte den beiden Männern. Als sie den Friedhof betrat, bemerkte sie weiter unten eine Ambulanz und einige Arbeiter, die sich um zwei Transporter versammelten. Matteo war nicht dabei.

»Suchst du wieder den Mann mit dem Schnauz?«, fragte eine Stimme. Sie schoss herum, es war Till mit dem stroh-blonden Haar, der Bruder der kleinen Christina. »Der war mit einem anderen zusammen. Die sind gegenüber zum Friedhof rausgeschlichen.«

»Danke, Till. Kann ich dich adoptieren?«

Till überlegte anscheinend ernsthaft, ob es eine Option für ihn war. »Der Schnauzer war gestern auch in der Ka-pelle. Er hat an der Decke rumgeturnt.«

*Damn.* Sie rannte los. Beim Tor auf der anderen Seite lief sie geradewegs in Antigone Licht, die ein Business-Outfit trug. Unter dem breiten Schirm hatte sie sie erst gar nicht erkannt.

Licht nickte ihr knapp zu und sprach die ganze Zeit ins Telefon. Von irgendwoher schwoll Maschinenlärm an.

Plötzlich wurde Ruby gepackt und fand sich hinter einem gepflegten Grabstein wieder. Mit Paul, der offensichtlich sauer war.

»Ich dachte, du sitzt im Flugzeug.«

»Dachte ich auch.« Regenwasser lief ihm über den Kopf, die Kruste an der Stirn hatte sich gelöst, Blut tropfte.

»Ich habe Raph gesehen.« Gerade als sie ihm von ihrem Verdacht erzählten wollte, tauchten oben auf dem Hauptweg einige Maschinen und ein Elektromobil auf.

»Die fahren das große Geschütz auf und räumen das Grabfeld ab«, sagte Paul. »Irgendetwas ist passiert. Ich denke, die Geschichte von dem Gold hat die Runde gemacht. Da sind jetzt einige scharf drauf. Es könnte gleich ganz übel werden.«

Paul zog sie gerade noch rechtzeitig in ein Gebüsch, bevor das Mobil vorbeifuhr. Sie erhaschten einen Blick auf Matteo, der grimmig und wild entschlossen in der Führerkabine saß, einen Jungen neben sich.

»Wer ist das?«, fragte sie.

»Krasinski«, antwortete Paul.

»Wer?«

»Der echte Praktikant.«

»Oho.«

Paul nickte. »Du sagst es. Er heißt Kevin.«

Rubys Herz bumperte. »Dann bist du entlarvt.«

»Hausverbot. Ich darf mich auf dem Friedhof nicht mehr blicken lassen.«

»Und was machst du dann hier?«

»Ich passe auf das Gold auf. Und du hilfst mir dabei.«

* * *

Paul und Ruby bezogen den Beobachtungsposten hinter dem Stamm der Sumpfweide. Grabfeld M, bis gestern geprägt von über zehn parallelen Grabreihen, war nicht wiederzuerkennen. Es herrschte ein Chaos, eine grüne Metallmulde, die Erde aufgewühlt, Berge von ausgerissenen Pflanzen, die auf den Abtransport warteten. Das Unkraut auf Stellas Grab war bereits weg, der Grabstein halb gekippt, das Efeu lag verschlungen auf dem Weg.

»Willkommen zu Hause«, flüsterte Ruby. »Sieht aus wie beim Frühlingsputz auf dem Highgate.«

Weiter oben lauerten zwei Bagger in Startposition. Im einen saß Kevin Krasinski, im anderen Tim, beide bereit, jede Sekunde mit dem Abtragen des Grabfelds zu beginnen. Der Befehl musste von Matteo kommen, der überlaut auf die skeptisch wirkende Antigone einredete.

»Das Projekt ist perfekt geschaffen für die Lehrlinge, da können sie sich beweisen.«

»Sie brauchen mehr Vorbereitung«, widersprach Antigone.

»Manchmal muss man ins kalte Wasser springen.«

»Warum die Eile?«

»Wollen Sie mir in die Terminplanung reinreden? Machen Sie Ihren Job, und ich mache meinen.«

Antigone zuckte die Schultern und zog sich unter ihren Schirm zurück. Mal sehen, sagte ihre Haltung, ob die das können.

»Und du denkst, das Gold wäre irgendwo hier?«, fragte Ruby. Ihre Augen glänzten fiebrig, sie sah jung und verletzlich aus. Sie sollte im Trockenen im Flughafen sitzen und einen Tee trinken, statt mit mir Gespenster zu jagen, dachte Paul.

»Ich bin fast sicher. Deine Theorie war schon richtig. Nur haben wir beim falschen Grab gesucht.«

Oben heulte der Motor auf, und Krasinski fuhr los. Unbeholfen ratterte er über den Weg und mähte einen Grabstein fast um. Als er bremste, soff der Motor ab. Ein neuer Versuch. Antigones Gesicht war versteinert, Matteo wirkte stinksauer, die anderen Lehrlinge standen mit Schaufeln bewaffnet an der Seite. Krasinski hatte den Bagger erneut gestartet und fuhr den Greifarm aus. Große Zangen erfassten den ersten Stein.

Paul erinnerte sich an die Inschrift: »In Memoriam Musiklehrer Müller.« Fünfundzwanzig Jahre hatte er hier geruht, nun wurde er rausgerissen wie ein fauler Zahn. Die Lehrlinge kamen in Gang. Zu viert wuchteten sie den Stein auf einen Transporter. Gleich darauf kippte der nächste um, auch der wurde aufgeladen.

»Ich kann kaum hinsehen.« Herr Traub war neben ihnen aufgetaucht, in Regenmantel mit Hut. »Ich finde, jeder, der zu geizig ist für ein Familiengrab und seine Lieben hier beerdigt, sollte das mal erleben.«

Die erste Reihe war gefallen. Nun kam der zweite Bagger ins Spiel, er nahm eine andere Ecke in Beschlag. Erst unbeholfen, aber schon bald gekonnt.

»Paul, ich muss los«, sagte Ruby. »Sonst verpasse ich meinen Flug.«

»Warte. Gleich ist Stellas Grabplatz dran.«

Jemand war zu Antigone getreten. Paul traute seinen Augen nicht. Es war eine Frau mit Regenschirm, und sie begrüßten sich.

»Ruby«, sagte er. »Wer ist das?«

Ruby brauchte gar nicht genau hinzusehen. »Gertrud.«

»Das ist Gertrud? Was macht die hier?«

»Ich habe mir das eben überlegt. Sie hat bestimmt Raph angestiftet, den Restaurator anzuheuern. Raph würde niemals allein auf so einen Plan kommen. Nun haben sie Matteo erpresst, das Grabfeld früher als geplant abzuräumen ...«

»... weil sie das Gold in Stellas ursprünglichem Grab vermuten? Ich weiß nicht.«

Gertrud sah in natura völlig anders aus als auf den Fotos, was an ihrer Ausstrahlung lag, die man durchaus als warm bezeichnen konnte. Paul konnte Iain plötzlich verstehen. Und er zweifelte an Rubys Theorie.

Antigone gab Matteo ein Zeichen. Dieser setzte sich in Bewegung und verschwand. Gleich darauf kam ein dritter Bagger um die Ecke mit Matteo am Steuer. Er fuhr in hohem Tempo bis zu Stellas Grab, wo er abrupt bremste, die Schaufeln millimetergenau platzierte und begann, die Erde auszuheben.

Große Brocken fielen auf die Seite, einer nach dem anderen. Ramona und ein weiterer Lehrling begannen mit Schaufeln die Erde zu durchsuchen. Sie arbeiteten Hand in Hand, wie es Paul bereits kannte, außer dass sie dieses Mal auf der Suche nach Gold waren. Paul, Ruby und Herr Traub schauten so gebannt zu wie alle anderen. Schließlich machte Ramona das Daumen-runter-Zeichen.

»Kein Gold«, schrie Matteo. »Haben Sie gehört, Frau Kruger?«

Paul bemerkte, wie Gertrud nickte. Es sah aus, als ob sie froh wäre, dass dieser Albtraum endlich vorbei war.

»Kann es sein, dass Gertrud gar nicht so gierig ist?«, fragte er Ruby.

Sie war so verwirrt wie er. »Ich weiß, was du meinst. Sie reagiert ganz anders als erwartet. Vielleicht haben mich meine Kindheitserinnerungen getäuscht.«

Vorne ging es weiter, das Grab wurde richtiggehend ausgeweidet. Dann hob Matteo in einem unwahrscheinlichen Kraftakt höchstpersönlich Stellas bröckligen Grabstein aus der Erde und platzierte ihn auf der Seite. Mit einem Pfiff rief er daraufhin sein Team zusammen und verteilte die weiteren Aufgaben. Antigone und Gertrud hatten offenbar genug gesehen, sie machten sich auf in Richtung Kapelle, ihre Schirme verschwanden zwischen den Bäumen, während Stein um Stein auf den Transporter geladen wurde, bis nur noch Stellas übrig war.

Auch Herr Traub verabschiedete sich. »Ich muss zu Margerita in den Weinberg.« Nach einigen Metern blieb er stehen und drehte sich um. »Ich habe gehört, die Havel ist im Krankenhaus. Stimmt das? Grüßen Sie sie von mir.«

Aus Feinden wurden Freunde, angesichts der Endlichkeit. In dem Moment brach die Abendsonne durch die Wolken. Stellas Grabstein leuchtete auf. »Hat es Kristallsplitter in dem Stein. Kann das sein?«

»Nein.«

Paul holte sein Handy raus, machte ein Foto und vergrößerte es, bis es nicht mehr ging. »Da ist eine Gravur. Eine Art Treppenstufen. Die blitzen, sieh mal.«

Ruby sah Paul an. In ihren Augen leuchtete es plötzlich auf. Sie nahm Paul das Gerät aus der Hand und verglich das Foto mit dem Original. »Ich glaub's nicht. Das ist eine Himmelsleiter.«

»Das Wort hat Frau Havel auch benutzt«, sagte Paul, »bevor sie abtransportiert wurde.«

»Eine Himmelsleiter ist ein religiöses Symbol. Eine Pflanze oder ein Berg. Eine Verbindung zwischen Erde und Himmel.«

»Wo die Engel rauf- und runtergehen?«

»Nicht nur die Engel. Man sagt, dass die Kinderseelen, die ganz jungen unschuldigen, noch eine ganze Weile auf der Leiter zwischen Himmel und Erde hin und her schweben.«

Paul hielt den Atem an. Eine Himmelsleiter aus Gold. In dem Moment wurde Stellas Grabstein von den zwei Lehrlingen auf den zweiten Transporter gehoben. Die Ladefläche war überladen, und der Stein rutschte und knallte auf den matschigen Boden. Kurze Stille, dann stieg ein dunkel gekleideter Mann aus der Führerkabine und wies die Lehrlinge an, den Stein auf dem Beifahrersitz zu verstauen.

»Ist das Raph?«, fragte Paul atemlos.

Ruby nickte. »Und am Steuer sitzt der Restaurator.« Schon fuhr der Transporter los.

»Ruby, bestell noch mal ein Uber«, sagte Paul. »So schnell wie möglich.«

✳ ✳ ✳

Sie hatten Glück. Das Uber kam sofort, und als sie einstiegen, war der Transporter gerade erst auf die Hauptstraße eingebogen.

»Können Sie dem Fahrzeug hinterherfahren?«, fragte Paul.

Die Uber-Fahrerin fand's toll. Wie im Film, auf so etwas hatte sie ihr Leben lang gewartet. Während sie dem

Transporter folgten, der erst das Zentrum und dann eine Ausfallstraße anpeilte, schrieb Ruby eine Nachricht nach der anderen. Paul jedoch schaute stumm hinaus.

»Das ist mein Haus«, sagte er plötzlich.

Ruby folgte seinem Blick. »Diese Villa? Das ist ja ein moderner Prachtbau. Aber du lebst doch allein, hast du gesagt. Bist du reich, Paul?«

In dem Moment bemerkte Paul seine Nachbarin von gegenüber, Mirka, die sich über den Bürgersteig schleppte. Sie war allein und hatte keinen Schirm. Weiter vorne bog der Transporter auf die Straße ab, die durch den Wald auf den Zürichberg führte. An deren Ende lag eine Recyclinganlage. Paul vertraute darauf, dass dies das Ziel des Transporters sein würde.

Er tippte der Uber-Fahrerin auf die Schulter. »Halten Sie bitte an und warten Sie.«

Trotz Rubys Protest stieg er aus und rannte den Weg zu Mirka zurück.

Sie sah total verheult aus.

»Was ist los?«, fragte er.

»Schon wieder eine Absage. Ich weiß bald nicht mehr … Ende des Monats müssen wir aus der Wohnung raus sein.« Sie fasste sich an den Bauch, der wieder gewachsen war.

»Mirka«, sagte er. »Ich kenne einen Hausbesitzer, der will sein Haus verkaufen und sucht jemanden wie dich.«

Mirka war verblüfft. »Machst du Witze?«

»Ich doch nicht«, sagte er. »Du kennst mich doch.«

Ein Hupen ertönte. Ruby winkte aus dem Fenster. »Spinnst du, Paul? Die hauen uns ab.«

\*\*\*

Die Recyclinganlage stand zwischen den Bäumen, ein hoher Drahtzaun grenzte das Gelände ab, aber die Flügeltür stand weit offen.

Paul stieg aus.

»Wenden Sie und warten Sie hier auf uns, bitte«, sagte er zur Uber-Fahrerin. Nachdem sich Paul aus dem Overall geschlängelt und seinen Anzug zurechtgerückt hatte, gingen sie los. Hier gäbe es eine Baubrechanlage, eine Maschine, um Steine zu zertrümmern, erklärte er. Er habe sich immer gefragt, wozu die gebraucht würden.

»Für Grabsteine«, sagte Ruby.

Paul nickte und ging schneller. Als sie das Gelände betraten, kam die Anlage in Sicht. Sie sah aus wie ein Vogel Strauß mit blau gehaltenem, trichterförmigem Bauch und einem Hals in Form eines Förderbands. Der Transporter parkte unter einem Greifarm, der dabei war, den ersten Stein zu schnappen und ihn auf dem Förderband zu platzieren. Das knirschende Geräusch, wenn die Steine in den Trichter kippten, fuhr Ruby durch Mark und Bein. Nun ging es Schlag auf Schlag, Stein um Stein.

»Die denken, das Gold würde der Zertrümmerung standhalten«, sagte Paul. »Sie könnten einfach reinfassen und mit drei Goldbarren davonrennen. Aber Sie irren sich. Die Maschine wird das Gold zermalmen.«

Der zweitletzte Stein war drin.

»Wir müssen was tun!«

Der Restaurator und Raph hievten Stellas Stein von der Führerkabine auf das Laufband. Langsam wurde er nach vorne befördert.

»Es ist gleich zu spät.« Ruby rannte los. Ungesehen von den anderen kletterte sie über die Gitter bis zum Laufband.

*\*\* \*\**

Paul näherte sich von der anderen Seite. Die Maschine war über ein mobiles Schaltpult gesteuert, eine Lampe blinkte grün. Gerade als er den Hebel umlegen wollte, um sie auszuschalten, sprang ihn jemand an. Es war der Restaurator, der kleiner und massiger war als Paul. Er trat ihn, aber der Restaurator verpasste ihm einen Schlag und stieß Paul zu Boden. Noch zwei Meter bis zum Trichter.

*\*\* \*\**

Ruby versuchte, den Stein zu packen und vom Band zu zerren. Viel zu schwach, sie sollte mal ihre Arme trainieren. Das Herz pochte. Gleich wäre er drin. Sie warf sich aufs Band. Das veränderte Gewicht verlangsamte das Förderband, es bewegte sich im Zeitlupentempo.

*\*\* \*\**

Paul rappelte sich auf. Ein Auto fuhr vor, gleich darauf wurde der Motor abgewürgt. Der Restaurator war einen Moment unaufmerksam. Mit einem kräftigen Tritt brachte ihn Paul zu Fall. Dann rannte er zum Schaltpult.

*\*\* \*\**

»Alice! Gott sei Dank«, schrie Ruby, als sie die Fahrerin sah, die aus dem Auto stieg. »Hilf mir, gleich ist der Stein weg.«

Ein Knall, und das Förderband stand still. Der Stein

war jedoch zu weit vorne an der Kante, er drohte abzurutschen.

✳ ✳ ✳

»Wo waren Sie die ganze Zeit?«, fragte Paul den Arbeiter, den er aus der Pause in der Baubaracke gerissen hatte.

»Paul«, hörte er Ruby schreien. Gleich würde sie loslassen.

»Das Band … fahr es zurück.«

Der Angestellte hatte verstanden, dass es um etwas ging. Am Schaltbrett gab es ein Rad. Er drehte einige Male. Dann kam von oben der erlösende Schrei. »Alles easy.«

Der Restaurator und eine große Frau traten zu ihnen. Ihre Fingernägel hatten dieselbe pulsierende Farbe wie der rote Mantel, sie deutete damit auf Paul. »Er wollte den Stein klauen. Er ist Steinmetz und heißt Paul Krasinski.«

✳ ✳ ✳

Der Restaurator und Alice machten sich daran, in den Mietwagen zu steigen, während der Angestellte Paul festhielt und Ruby angerannt kam.

»Die lügen. Er heißt Paul Blom und ist Anwalt. Oder haben Sie je einen Steinmetz im Anzug gesehen? Der Stein da vorne ist Beweismaterial. Was aussieht wie eine Himmelsleiter, sind in Wirklichkeit drei eingemauerte Goldbarren.«

## Vierunddreißigstes Kapitel

Die Sonne war zurück und mit ihr die Hitze. Stellas Gedenkfeier fand draußen vor der Kapelle statt. Gertrud hatte sie organisiert und alle Beteiligten dazu eingeladen. Auch Paul. Er war zu spät gekommen und hielt sich diskret hinter einem der Zierbäume der Hauptallee. Er nutzte die Zeit bis zum Beginn für ein Telefonat mit Iain. Seine Frau sei wütend. Er sei aufs Sofa umgezogen und harre der Dinge. Zum Schluss bedankte er sich überschwänglich für Pauls Hilfe. Es klang mehr nach Weinen als nach Lachen.

»Ich komme in nächster Zeit mal nach London«, sagte Paul. »Dann trinken wir ein Bier zusammen, okay.« Bevor Iain sich dazu äußern konnte, legte er auf.

Die Feier war schlicht und wurde von Antigone Licht gehalten, die, wie sich herausstellte, in ihrer Freizeit als Trauerrednerin arbeitete. Sie bezeichnete Stella als Engelskind, das zwei Familien verband. Um die kleine Urne gruppiert waren Gertrud und Raph, ihnen gegenüber stand Julian Krüger. Sie hatten kein Wort miteinander gesprochen, bis Antigone die Geschichte mit Stellas Husten-Himbeersirup zum Besten gab, die Paul bei einem gemeinsamen Kaffee beigesteuert hatte. Dass Antigone Jacob und Eva beschrieb, wie sie darüber gelacht hatten, wie sie als Liebespaar glücklich gewesen waren, zauberte auch ein Lächeln auf die Gesichter der Anwesenden. Zum Schluss stimmte das Keyboard das *Ave Maria* an, es wurde von Raph gespielt. Er war auch der Einzige, der sang. Und wie er sang! Seine Stimme war bestimmt bis zur Lady mit den toten Augen zu hören. Er hatte sehr glaubhaft beschrieben, wie er Panik bekommen hatte, als der Restaurator seine Rolle immer mehr ausbaute. »Ruby Kosa hat ihm Angst gemacht, er befürchtete, dass sie das Gold vor uns finden würde, darum wollte er sie weghaben, egal mit welchen Mitteln. Er fühlte sich ganz als Michael Corleone. Ich konnte ihn nicht mehr stoppen.«

Alice hatte zu Beginn noch mit Gertrud zusammen, später dann allein gehandelt. Die Sache mit der Polizei ging auf ihr Konto, der Polizist war nicht krebskrank, dafür entpuppte sich DI Nesbø als Freundin von Alice. Sie hatte Ruby also knallhart belogen, als sie sie engagiert hatte. Ebenso ihre Geschwister. Gertrud hatte bei ihr zu Hause Schmuckstücke und Antiquitäten aus dem Haus ihres Vaters sichergestellt, die sie hatte mitgehen lassen, während sie Jacob gepflegt hatte. Auch war sie tatsächlich zu einem früheren Zeitpunkt nach Zürich gereist, hatte bei Frau Havel einige Gerüchte platziert und Gertrud angestiftet, über Iain Paul anzuheuern. Kompliziert und hinterhältig. Trotzdem würde es zu keiner Anklage kommen. Die Geschwister hatten sich hinter Alice gestellt, wie Iain ihm erzählt hatte. In der Krise entwickelte die Familie plötzlich einen Zusammenhalt, was selten vorkam. Paul wusste das aus Erfahrung. Andererseits standen drei intakte Goldbarren, Royal Louise, im Raum. Da Julian nichts davon wollte, fiel die Gleichung simpel aus.

Das Keyboard verstummte, eine merkwürdige Stille kam auf. Die könnten jetzt gut Ruby als Eisbrecher gebrauchen, dachte Paul, aber sie war längst wieder zurück in London. Bei der Einreise hatte sie offenbar ein Problem mit der Polizei gehabt, einen Moment lang habe es ausgesehen, als ob DI Nesbø sie verhaften wolle. Ruby habe sich aber erfolgreich verteidigt, und die Gefahr sei gebannt. Gerade hatte sie Paul eine Nachricht geschickt, dass der Podcast vom Killer-Reh traumhafte Quoten erbracht hatte. Der nächste über eine Gifttapete aus Pariser Rot sei in Planung. *Im Moment recherchiere ich über die Repräsentation von weiblichen Prominenten auf dem Highgate-Friedhof. Und heute Abend kommt was ganz Besonderes. Eine Spezialausgabe auf einem der* BBC-*Hauptsender. Ich schicke dir den Link. Es ist eine Überraschung für dich. Musst du hören.*

Vom Friedhofstor her kam eine Gestalt auf die Gruppe zu, es war Frau Havel, auf wundersame Weise genesen.

»Der Tod hatte mich schon in seinem Wohnzimmer. Mit dem Leo und dem Heiri saßen wir zu dritt am Tisch. Aber die Runde war mir dann etwas zu männlich.« Das hatte sie Paul erzählt, als er sie besucht und sie dabei auch über die Kruger-Story ins Bild gesetzt hatte.

»Servus, meine Lieben. Darf ich Sie auf ein Glaserl einladen?« Hinter ihr tauchte der Chauffeur auf, der einen Korb mit Essen und Wein dabeihatte. »Himmelsleiterli heißt der Tropfen.«

Julians Lachen war ansteckend. Er erklärte seinen neuen englischsprachigen Verwandten die Pointe. Dann lud er auch die Frau mit dem Carréeschnitt zum Umtrunk ein, außerdem Till und seinen Vater, die alle aus der Tram gestiegen waren und vorbeigingen. Die steife Feier verwandelte sich in eine fröhliche Runde. Frau

Havel war eine sehr intelligente Frau, Paul hatte größten Respekt vor ihr.

Bevor er sich im Krankenhaus von ihr verabschiedet hatte, war das Gespräch auf das Rätsel um die Eierschalen gekommen.

»Traubs Frau Margerita war überzeugt, dass hier ein Reh wohnt und nachts zu Besuch kommt. Aber wie könnte ein Reh Eierschalen aufknacken? Oder eine ganze Graswiese aufwühlen? Ich bin todsicher, dass er dahintersteckt. Er spielt das Reh, damit seine Frau ihre Illusion behalten kann. Treue bis über den Tod hinaus.«

Netterweise behielt Frau Havel ihren Verdacht für sich. Rubys Podcast hatte die Debatte weiter befeuert, und es schien nicht unmöglich, dass ein Reh nachts den Enzenbühl aufsuchte.

Paul hatte genug gesehen. Als er sich umdrehte, stand Antigone vor ihm. Sie trug einen Overall. Auf ihrem Gesicht lag eine Schicht Staub.

»Du hast da was.« Sanft wischte er es weg. »Adieu, Frau Licht.«

Ihr Lächeln war vielsagend. »Bis bald.«

Sie hätte ihn gerne behalten, aber Matteo sei der Chef über die Lehrlinge, sie würde ihm nicht in die Personalpolitik reinreden.

Paul würde in die Kanzlei zurückgehen. Jelena und er würden später mit dem Starkoch essen. Und eine Strategie entwickeln, wie sie auch das Obergericht von seiner Unschuld überzeugen konnten. Paul hatte veranlasst, dass sie eine neue Praktikantin engagierten: Michelle, die rauchende Schülerin mit dem Scharfblick.

Paul setzte sich zügig in Bewegung, obwohl sich die

Lederschuhe an den Füßen unbequem anfühlten. Er hatte den Aktenraum ausgeräumt, das Klappbett hineingestellt und war ganz in die Kanzlei gezogen. Zum ersten Mal seit langer Zeit hatte er sechs Stunden geschlafen, er fühlte sich wie neugeboren. Der Verkauf des Hauses stand kurz bevor, auch wenn sein Bankberater die Entscheidung, unter Marktpreis zu verkaufen, nicht verstand.

»Der Pestalozzi ist doch schon lang tot, Herr Blom.«

Paul hatte nur mit den Schultern gezuckt.

Er fasste in seine Jacketttasche, wo die Asche sicher ruhte. Ein Mitarbeiter vom Oliver Twist hatte den Aschebeutel aufbewahrt und ihm zurückgegeben. Milu musste noch eine Weile auf ihren Grabplatz warten.

In der Ferne sah Paul den Goupil vorbeidonnern und hinter der Sumpfweide anhalten, in Lauer-Position, mit Blick auf die Gedenkfeier. Sie dauerte zu lange, am Nachmittag stand eine Beerdigung an, bis dann müsste alles aufgeräumt sein. Er verlangsamte seinen Schritt, blieb schließlich ganz stehen. Dann drehte er um und ging direkt auf das Elektromobil zu.

»Schon in Stellung für den Abtransport der Bänke?«, fragte er Matteo, der hinter dem Steuer saß. »Soll ich dir helfen?«

Matteo blickte stur geradeaus.

»Sieh mich an, bitte. Es tut mir leid.«

Immer noch reagierte der junge Mann nicht. »Ich wollte dich ja einweihen, aber ich habe den Zeitpunkt verpasst.« Paul trat einen Schritt näher. »Und da war auch noch Ruby Kosa ... Sie ist wirklich eine sehr besondere Person. Ich glaube, ich würde sie sehr gerne besuchen, mir den Highgate-Friedhof ansehen und bei ihrer Mutter im

Waschsalon zum Kaffee ein Rugelach essen. Vielleicht hast du ja Lust mitzukommen.«

Endlich bekam er einen Blick. Matteos Augen waren dunkel und unergründlich. »Nach London? Bezahlst du das Ticket?«

»Du bist eingeladen.«

»Mit dem Zug, ich fliege nicht.«

»Warum nicht?«

»Nie was von Klimaschutz gehört?«

»Konsequenterweise müssten wir dann zu Fuß gehen.« Matteo sah auf Pauls Lederschuhe. »Damit kommst du nicht sehr weit.«

»Die Wanderschuhe sind noch in meinem Spind.«

»Hol sie dir und dann zisch ab.«

»Ich würde sie gerne dalassen. Und mich ebenfalls. Was ist? Stellst du mich wieder ein?«

Matteo hielt Pauls Blick. »Als Krasinski?«

»Als Paul Blom. Friedhofsgärtner.«

# Epilog

Hey, Leute, willkommen zu *DIESSEITS VOM JENSEITS – eine Special-Edition*. Die Musik im Hintergrund, das ist die St. Georges' Brass Band von 1978. Die Geschichte ist für einen Freund. Ich hoffe, dass er zuhört. @Paul: Ende gut, alles gut, alte polnische Weisheit.«

\* \* \*

Dublin, August 1978

»Wie sind meine Überlebenschancen?«, fragte Dad.

Er saß aufrecht in dem fremden Bett, drei Kissen im Rücken, die Hand an einem baumelnden Griff. »Schaffe ich es bis heute Nachmittag? Oder bis Weihnachten? Ich habe noch so viel Mehl vom letzten Jahr, der muss zu Teig werden. Mein Sohn hier liebt Kokosmakronen.«

»Das müsste hinkommen«, sagte die Ärztin und legte ein Schreiben und einen Stift auf die Bettdecke. In den drei Tagen, seit Dad gestürzt war, hatte Paul sonst nur männliche Ärzte zu Gesicht bekommen.

»Und den Osterhasen müsste ich verschieben?«

Warum sprach Dad von Hasen, wenn es doch um seinen Kopf ging? Er hatte einen Tennisball drin, und den mussten sie rausholen. Danach würde alles sein wie davor, hatte ihm Dad versprochen.

Um sie herum war ein schmutzig weißer Vorhang gezogen, vom Nachbarbett kam alle paar Sekunden ein Stöhnen. Paul konnte die Uhr besser als Dad, der die Zeit verlegte, so wie andere Leute ihre Schlüssel oder Socken.

»Frau Doktor?«

Paul saß auf einem Stuhl in der Ecke, sein Arm in der Schlinge. Der Gips scheuerte, er reichte von der Schulter bis zum Daumen. Er steckte die Stricknadel vorne rein und führte sie mit der Spitze bis zum Ellbogen.

»Was ist mit Ostern, Frau Doktor?«, fragte Dad. »Ich unterschreibe nur mit Ostergarantie.«

Die drei jungen Männer neben der Ärztin vergruben ihre Hände in den Kitteln und sahen zu Boden. Linoleum mit grünen Sprenkeln. Dad und er hatten sie gestern Nachmittag gezählt. Es waren über tausend.

Paul würde am Dienstag in die Schule kommen. Das dauerte noch ewig und drei Tage, hatte Dad zu Beginn der Sommerferien gesagt. Und nun war der Moment bald da.

»Bitte, ich will die Wahrheit wissen.« Dads Stimme klang rau, als ob er das ganze Wochenende mit der Schleifmaschine im Dachboden gearbeitet hätte. In Pauls neuem Zimmer, seinem eigenen.

»Du bist jetzt groß und kannst nicht mehr bei deinem Dad schlafen.«

Paul hatte die wunde Stelle im Gips erreicht. Langsam begann er, die Nadel auf und ab zu bewegen. Es kitzelte und kribbelte.

»Dazu müssen wir erst operieren«, sagte die Ärztin und schob das Papier in Richtung Dad.

Paul stieß die Nadel tiefer hinein. Am Ellbogen wurde es warm. Er stellte sich vor, wie die Flüssigkeit sich verteilte, eine warme Schutzschicht gegen den Gips. »Wir vergraben den Hering diesmal beim Apfelbaum. Das gibt Apfelhering. Nicht wahr, Dad?«

Dad nahm den Stift in die Hand. »Wann?«, fragte er die Ärztin, während er unterschieb.

»Ich bespreche es mit dem Chirurgen. Vielleicht heute noch, und sonst am Montag.«

Sie wurde ganz geschäftig, deckte Dad mit Worten ein, was er essen durfte, was trinken.

»Ich finde Montag auch gut«, sagte Paul leise.

Am Montag wären es zwei Wochen her, seit er sich beim Gaelic den Arm gebrochen hatte. Hier im Rotunda Hospital hatten sie den Arm angekettet und auf der Gegenseite ein Gewicht angehängt. Ihm war schummrig geworden, aber Dad hatte ihn gehalten, bis er mit dem eingegipsten Arm wieder aufgewacht war.

»Tapferer Soldat. Du bekommst dafür den neuen Ranzen, den du dir gewünscht hast.«

Er stand zu Hause, in der Küche, neben der Einkaufstasche und dem Putzbesen. Er war aus blauem Leder, der teuerste aus dem Laden in Sandford. So weich wie eine Decke. Am allermeisten freute sich Paul über die Schachtel, die nach Holz und Leim roch. Darin waren einige Bleistifte. Dad hatte mit dem dünnsten eine Rechenaufgabe ins fein linierte Heft geschrieben. Er sollte einen Kuchen aufteilen. Acht Stücke und fünf Kinder. Alle Kinder aus ihrer kleinen Straße. Paul hatte es geschafft, und Dad war stolz gewesen. »Wer schon vor der Schule bruchrechnen kann, dem steht die Welt offen.«

Am selben Abend war Dad schwindlig geworden, und er war in die Rosenhecke gefallen. Paul hatte ganz allein das Krankenhaus angerufen.

»Wir zwei ziehen ins Spital um«, hatte Dad gescherzt, auf der Trage, bevor sie ihn in den Krankenwagen geschoben hatten und Paul bei der Nachbarin Unterschlupf fand.

Die Ärztin stand an der Tür, umgeben von den drei stummen Männern mit dem Bodenblick.

»Wir geben gleich Bescheid, ich verspreche es.«

»Wissen Sie, ob heute oder Montag, das ist mir egal, solange ich am Dienstag meinen Sohn in die Schule begleiten kann. Er kommt in die erste Klasse.«

Alle drehten sich zu Paul um.

Er machte sich ganz klein. Und doch sah die Ärztin die Stricknadel im Gips.

»Das solltest du nicht tun. Es ist gefährlich.«

Unter ihrem strengen Blick zog er die Nadel heraus.

»Haben Sie jemand, der das übernehmen kann? Seine Mutter vielleicht?«

Paul sah seinen Dad an. »Dad?« Seine Stimme zitterte. »Du kommst doch mit? Am Dienstag? Nicht wahr?«

Aber sein Vater kam nicht. Er kam nie mehr.

ENDE

# Dank

Im Tod vor Leben vibrieren – als ich diesen Satz in einem Artikel über irische Friedhöfe gelesen habe, war ich fasziniert und die Idee zu *Diesseits vom Jenseits* war geboren. Der Fulham-Friedhof in London ist mir vor die Füße gefallen. Er ist so versteckt und geheimnisvoll, wie ihn Ruby in der Geschichte erlebt. Der Highgate ist schillernd und schon lange kein Geheimtipp mehr. Und auf den beiden Zürcher Gegenstücke, Rehalp und Enzenbühl, bin ich einige Jahre lang täglich spazieren gegangen. Die Sage zum Rehalpfriedhof ist in meiner Fantasie entsprungen.

Ein großer Dank geht an Barbara, die mit mir die Figuren ausgelotet hat. An Manuela, Mitarbeiterin auf dem Enzenbühl, an das ganze Friedhofsteam sowie das Team der Grabmalkultur. Danke an Flo, meinen Erstleser, und alle anderen Gegenlesenden. An Kampa und den Atlantis-Verlag, an Meike, Daniel und das Team, an René. Danke, dass ihr mir geholfen habt, einen soliden Grundstein für eine neue Serie zu legen. An meine Familie, wie immer. DANKE. Und an euch, liebes Lesepublikum, dass ihr mir vom Diesseits ins Jenseits folgt.

Zürich, im März 2023